Olaf Kretschmer

Taxifalle

Bremer Viertel-Roman

Kellner Verlag
Bremen Boston

Dieses Buch ist bei der Deutschen Nationalbibliothek registriert.
Die bibliografischen Daten können online angesehen werden:
http://dnb.d-nb.de

IMPRESSUM

© **2016 Kellner Verlag, Bremen • Boston**
St.-Pauli-Deich 3 • 28199 Bremen
Tel. 04 21 - 77 8 66 • Fax 04 21 - 70 40 58
sachbuch@kellnerverlag.de • www.kellnerverlag.de

Lektorat: Manuel Dotzauer & Sebastian Liedtke
Satz: Sebastian Liedtke
Umschlag: Designbüro Möhlenkamp unter Verwendung
            einer Zeichnung von Jennifer Addens
Vignetten: Titel für nummerierte Kapitel: Jonas Ginter –
            Titel für benannte Kapitel und Seitenzahlen:
            www.pixelio.de

Foto auf Seite 1: Jonas Ginter

ISBN 978-3-95651-111-0

Für Paula und Gerhard

Der Autor

Olaf Kretschmer, geboren 1966, war 18 Jahre Reporter bei Radio Bremen. Zunächst für den Hörfunk, danach bei buten un binnen. Seit sechs Jahren arbeitet er für das NDR-Fernsehen in verschiedenen Formaten. Und dann war er noch Taxifahrer ... und zwar fünf Jahre lang, während seines Studiums. Offenbar hat das Spuren hinterlassen.

Lesewarnung

Die in diesem Werk beschriebenen Begebenheiten entspringen allein der Fantasie des Autors. Auch wenn ich in fünf Jahren meines Lebens für alle Funktaxi-Zentralen Bremens unterwegs war, kann der Leser davon ausgehen, dass solche Vorgänge in der Realität komplett auszuschließen sind. Also die meisten jedenfalls. Eventuelle Ähnlichkeiten mit lebenden oder toten Personen wären damit – selbstverständlich – rein zufällig.

Denn es wäre natürlich undenkbar, dass es in den 80ern tatsächlich dieses halbseidene Bremen gegeben haben könnte, das Sie möglicherweise erschrecken wird. Säufer, Prostituierte, Junkies, Schläger, Kriminelle – als Taxifahrer fährt man nicht ausschließlich die Oberen Zehntausend. Und auch *die* sind nicht immer angenehm.

Die eigentliche Romanhandlung ist im Präteritum geschrieben, die Kapitel sind durchnummeriert. Die im Präsens erzählten Touren unterbrechen die Handlung und sind mit einem Titel versehen. Naja ... und vielleicht basieren ein paar von diesen Touren doch auf echten Erlebnissen von Bremer Taxifahrern und mir selbst. Also einige wenige ... also alle vielleicht ...

Danksagung

Mein Dank geht an Andrea für unermüdliches Korrekturlesen, an David fürs Mutmachen und wertvolle Tipps, an Helga und Leo für Kost und Logis während einer wichtigen Schreibphase und an so manchen Bremer Taxifahrer.

»Geld allein macht nicht glücklich, aber es ist besser, in einem Taxi zu weinen als in der Straßenbahn.«

Marcel Reich-Ranicki

Meinung zu »Taxifalle«:

»Dieser Roman beantwortet all die Fragen, die man sich als Taxi-Kunde immer schon gestellt hat. Und auch wenn die Einblicke in den Taxifahrer-Alltag teilweise erschreckend sind, hatte ich selten so viel Spaß beim Lesen. Authentische Figuren in einem authentischen Umfeld. Bremen (endlich) mal von einer anderen Seite betrachtet.«

Jens-Uwe Krause, Hörfunkmoderator Radio Bremen

Radio

Wie kann man nur so weit herunterkommen? Diese vergilbte, khakifarbene Baumwolljacke, Jeans, wahrscheinlich von Aldi, der gesamte Typ einfach nur ein schmieriger Sack. Er sieht unfreundlich aus, mit einer Alkoholfahne, die mich schon am Eingang in Empfang nimmt. Wie alt mag er sein? Es gibt Menschen, bei denen das Alter nur schwer einzuschätzen ist. So um die fünfzig könnte er sein, wahrscheinlich etwas jünger, seiner Spielsucht vollkommen erlegen im Automatenkasino am Breitenweg.

Was für ein erbärmlicher Ort. Glücksspielmaschinen, auf amerikanisch getrimmt, aber ohne den dort üblichen Zughebel an der Seite. Die bunten Bildchen, die das Glück, das große Geld verheißen – der Jackpot steht heute bei über einer Million –, werden über blinkende Knöpfe gesteuert. Unrasiert, mit einer Haltung wie ein Mehlsack hängt er über den tanzenden Rädchen, die Augen gar nicht mehr interessiert am immer gleichen Drehen, die Haare fettig, als ob er sie in der Friteuse gebadet hätte. Und dann dieses charakteristische Schwarz von Daumen, Mittel- und Zeigefinger der rechten Hand. Nicht, dass der Rest an ihm wirklich sauber wäre, aber das Schwarz dieser drei Finger ist tief wie die Nacht. Wie viele Münzen sind heute Abend durch diese Finger geglitten, mechanisch in den Schlitz geworfen? Diese Maschinen fressen Münzen im Akkord. Woher hat er das Geld dafür, warum hat so ein abgerissener Typ so viel Geld, dass seine Finger schwarz davon sind?

Das also ist mein Fahrgast. Meinetwegen, ich habe schon Schlimmere gefahren. Hauptsache, er kann noch zahlen. Ich hasse Fehlfahrten.

»Hallo? Ihr Taxi ist da.« Wie oft habe ich diesen Satz in den letzten Jahren Nacht für Nacht gesagt?

Keine Antwort, kein Nicken, gar nichts. Hat der Typ mich überhaupt bemerkt? Egal, raus hier, irgendwann wird er schon kommen ...

Neun Jahre Wesertaxi ... Damals, nach dem Zivildienst, hielt ich es für eine verdammt gute Idee, mein Geld in der »Kraftdroschke« zu verdienen. Neben dem Studium, ideal, freie Zeiteinteilung, mal mehr, mal weniger, völlig flexibel und die Kohle schwarz auf die Hand. Ich weiß auch nicht, wie das passierte. Aber aus zweimal die Woche Taxi und vier Tagen Uni wurden innerhalb weniger Monate sechs Tage Taxi – und die Universität habe ich nur noch gesehen, wenn ich jemanden hinbringen musste. Dafür ständig nachts »auf dem Bock«. Wesertaxi, das ist ein Unternehmen, ungefähr so schmierig wie der Typ, auf den ich gerade warte. Mein Boss schmiert Kneipenwirte, damit sie nur uns rufen. 80 Prozent Besoffene, alle Schichten zwar, aber ab einer gewissen Promillegrenze spielt es überhaupt keine Rolle mehr, wo du herkommst und was du bist ...

Es wird Zeit, noch mal reinzugehen. Ich will hier nicht ewig warten und würde vielleicht doch ganz gerne noch ein bisschen Geld verdienen. Der Spielsüchtige hängt immer noch mit glasigen Augen über der Slot-Maschine. Ich tippe ihn an die Schulter, versuche, freundlich zu bleiben.

»Hey, ihr Taxi ist da ...«

Die Antwort kehlig, gesprochen von Stimmbändern, die durch jahrelangen Alkoholmissbrauch rau wie die Mondoberfläche geworden sind.

»Ja, verdammt, ich komm gleich!«

Ich weiß genau, was das bedeutet: Es interessiert ihn einen Scheißdreck, ob ich da draußen sitze und auf ihn warte. Er ist viel zu sehr damit beschäftigt, in Selbstmitleid aufzugehen, weil er heute ein kleines Vermögen in der

Maschine versenkt hat, ohne Sinn, ohne Verstand. Aber egal ... freundlich bleiben, zur Not dreimal reingehen.

Mein Boss, der von allen nur »der Fette« genannt wird, hat da klare Anweisungen gegeben. Wer den Sud der Stadt aus den Kneipen holt, muss freundlich bleiben und darf nicht zimperlich sein. Und »der Fette« war noch nie zimperlich. Sein Geld hat er als Lude in Hamburg gemacht, bevor er in den 70er-Jahren die ersten Taxis in Bremen kaufte. Im Prinzip hat sich für ihn nicht viel verändert: Er schickt Leute auf die Straße und kassiert die meisten Prozente.

Zeit für meinen dritten Gang. Zeit für die ultimative Drohung, die Geschwindigkeit in die Sache bringt.

»Okay, ich habe jetzt lange genug gewartet, ich mach den Wecker an!«

Keine Reaktion. Aber das ist mir vollkommen egal. Ich setze mich ins warme Taxi und drücke auf die Uhr. 3,60 Mark Anfahrt. Davon gehören 40 Prozent mir. Wow, 1,44 Mark in zehn Minuten. Verdammte Scheiße, warum hab ich nur nichts Anständiges gelernt!

4,20 Mark sind auf der Uhr, als mein Fahrgast endlich aus dem Casino taumelt. Schon das Öffnen der Tür macht ihm Probleme. Muss wohl ziemlich schwierig sein, an einem Griff zu ziehen ... Ich öffne die Tür von innen, und der Typ plumpst auf den Beifahrersitz. Was für eine Fahne! Normale Menschen würden sich jetzt über eine kurze Tour freuen. Aber Taxifahrer sind nicht normal, schon gar nicht, wenn sie bei Wesertaxi fahren. Sie sind Glücksspieler. Und lange Touren bedeuten viel Geld, und Geld ist der einzige Grund, warum wir diesen Scheißjob nachts machen.

»Wo soll's denn hingehen?«

»Zum Bells!«

Zum »Bells«. Das muss man sich mal vorstellen. Das »Bells« passt prima ins Bild: eine Kneipe genauso schmierig wie der Typ, genauso schmierig wie Wesertaxi. Und was das Schlimmste ist: Es liegt etwa 150 Meter entfernt in der gleichen Straße. Hun-dert-fünf-zig Meter. Ich habe eine halbe Ewigkeit auf diesen Kerl gewartet, um ihn ein paar Häuser weit zu kutschieren. Ich fange an, den Abend zu hassen. Es ist kurz nach sieben. Meine erste Tour. Egal, die Nacht ist lang, alles kann passieren, und noch ahne ich nicht, dass ein Hauptgewinn in meinem Wagen sitzt.

Routiniert lenke ich den Mercedes-Diesel auf die Straße und gebe Gas. Komisch, dass mir Autofahren nach neun Jahren immer noch Spaß macht. Beschleunigen auf 80. Bremsen, wir sind da.

4,60 Mark auf der Uhr. Ich komme gar nicht dazu, danach zu fragen. Der Typ geht plötzlich ab wie eine Rakete, regt sich auf, fängt an zu schreien.

»Schweinerei! So bin ich ja noch nie reingelegt worden, so eine verdammte Sauerei, das ist Betrug ...«

Was will der? Wo bitteschön ist das Problem?

»Arschloch, das hab ich passend, da gibt's kein Trinkgeld.«

Es gibt Momente, da schweige ich lieber. Es geht hier um popelige 4,60 Mark. Wie oft ich schon als Arschloch tituliert wurde, kann ich nicht mehr zählen.. Und doch frage ich mich, was den Typ so auf die Palme bringt.

Er zückt sein Portemonnaie und legt mir abgezählt 101,20 Mark auf die Mittelkonsole. Beim Aussteigen hat er keine Probleme. Adrenalin macht nüchtern.

Was war das jetzt?, frage ich mich und gucke staunend auf den Hunderter und das Kleingeld. Passend hat er gesagt. Mit anderen Worten: Das stimmt so! Und doch würde mich jetzt interessieren, warum da so viel Geld liegt. Die Antwort ist so banal, so unfassbar, dass mir die Geschichte hinterher bestimmt keiner glaubt. »Radio Bremen 4« ist die Antwort. Sendefrequenz: 101,2 Megahertz. Der Typ hat auf das Radio und nicht auf die Uhr geguckt. Bingo. Viertel nach sieben und den ersten Hunni netto in der Tasche. Das verspricht eine tolle Nacht zu werden ...

1

Die Riffelglastür zum Aufenthaltsraum am Neustadts-
güterbahnhof (der von allen *Zürich* genannt wurde,
weil einer der Fahrer mal gefragt hatte, was er für die
Tour nach *Zürich* nehmen müsse, als er den Wagen in
einer erfolglosen Nacht schon um Mitternacht abstellte)
öffnete ich im Alter von 21 zum ersten Mal. Drei Monate
hatte ich da bereits hinter mir, beim seriösen Taxi-Ruf.
Aber da hat das mit der Ablöse nicht hingehauen. Normal ging so eine Schicht von sechs bis sechs, aber mein
Tagfahrer kam gerne erst um sieben rein. Die Stunde um
die Wechselzeit ist eine der lukrativsten, weil dann wenig
Autos draußen sind. Bei Wesertaxi gibt es so ein Problem
nicht, denn die Droschken sind allesamt Huren. Also kein
festes Auto, sondern jeden Tag ein anderer Wagen. Beim
»Fetten« konnte ich schon nachmittags um vier anfangen,
weil er so gut wie nie alle 60 Taxen besetzt hatte.

Kein Wunder, wer will bei dem schon fahren? Er war
nicht nur chronisch cholerisch, sondern neigte auch zu
Gewalttätigkeiten. Das Wort Freundlichkeit war ihm so
fremd wie einem unentdeckten brasilianischen Indianer-
stamm das Telefon. Wie ein König thronte er hinter seinem 70er-Jahre-Furnierschreibtisch. Die Augen klebten
grundsätzlich an irgendwelchen Papieren, meist den Abrechnungen der Tagesfahrer oder gerne mal vorwurfsvolle
Schreiben von der Kfz-Versicherung, weil Wesertaxi die
höchste Unfallquote von allen Unternehmen der Repu-
blik vorzuweisen hatte. So war das eben, wenn demoti-
vierte Glücksritter Autos lenkten, die ihnen nicht gehörten, um damit Geld für ein Arschloch einzufahren. Mate-
rialschonende Fahrweise gehörte da nicht zu den obersten
Prioritäten.

»Was willst du hier?«, bölkte mir seine raue, vom ewigen Rauch einer immer entzündeten Zigarette in die tiefsten Oktaven des physikalisch Möglichen versetzte Stimme entgegen. Eine Respekt einflößende wuchtige Gestalt, Pranken wie ein Bauarbeiter, fleischige Lippen, Fassonschnitt à la Dieter Bohlen, ein Gesichtsausdruck, der das Vorhandensein jeglicher menschlicher Regung von vornherein ausschloss. Nein, »der Fette« war kein Menschenfreund, das war in der ersten Sekunde klar. Und in seinem Leben gab es nur einen einzigen Gott: Geld.

»Ich würde hier gerne Taxi fahren, Herr Heinken.«

Ich wusste von anderen Fahrern, dass sie ihn Heinz nannten. Ich hatte nicht die Absicht, ihm das vertrauliche Du zukommen zu lassen. Eine gewisse Distanz konnte bei solchen Menschen nicht schaden. Und das sollte sich in den kommenden Jahren auch nicht ändern. »der Fette« war für mich *Herr Heinken*. Was ihn natürlich nicht davon abhielt, mich zu duzen.

»Hast du 'n Schein?«

»Jepp, bin schon beim Ruf gefahren. Drei Monate bei Karsten Fiedler.«

Das war die denkbar schlechteste Einführung meiner Person. Wie sollte ich auch ahnen, dass Fiedler und Heinken schon früher im gleichen Geschäftssegment tätig waren. Der Weg vom Luden zum Taxiunternehmer schien kein ungewöhnlicher zu sein.

»Bei Karsten ...? Dann kannst du hier nicht anfangen. Das ist 'n Freund von mir, dem nehm ich keine Fahrer weg.«

Na, klasse. »Der Fette« dürfte geschätzt null Freunde auf der Welt haben. Und ich kam ausgerechnet von einem Halter, den er für seinen Freund hielt oder ihn zumindest als solchen bezeichnete. Andererseits hoffte ich, ihm intellektuell überlegen zu sein, ihm begreiflich machen zu können, dass meine Zeit bei Fiedler sowieso vorbei war.

»Ich kann ja auch zu Hansa gehen und dann in vier Wochen mal wieder vorbeigucken. Dann käme ich nicht von Fiedler. Aber bei dem fahr ich definitiv nicht mehr. Ist mir zu unzuverlässig.«

»Unzuverlässig« – ein Signalwort für den »Fetten«. Er hob zum ersten Mal den Kopf und musterte mich mit seinen graublauen Schweinsaugen, die durch tiefe Tränensäcke verziert waren. »Unzuverlässig«, das war eigentlich eine *seiner* Lieblingsformulierungen, wenn es um *die* Fahrer ging, die nicht seinen Wünschen entsprachen. Also eigentlich alle. Verbarg sich hinter diesem Bürschchen womöglich ein »zuverlässiger« Fahrer? Er senkte den Kopf zurück über die Briefumschläge mit den Einnahmen der Tagschicht.

»Na, wenn das so ist ... Ich telefonier mal mit Karsten. Du nimmst die 93. Schlüssel hängen um die Ecke am Board. Die Abrechnung schmeißt du von draußen in den Briefkasten.«

So schnell ging das. Er wollte keinen Führerschein sehen, keinen Taxischein, gar nichts. Nicht mal meine Personalien hatte er überprüft, geschweige denn, dass ich überhaupt meinen Namen hätte nennen müssen. Doch als ich sein Büro verließ, fiel es dem »Fetten« ein.

»Wie heißt du überhaupt?«

»Marcus Meyer.«

»Alles klar. Behandel den Wagen anständig! Und hier wird Funk gefahren, dass das klar ist! Wenn ich dich am Bahnhof oder am Flughafen erwische, gibt's Ärger.«

Grob zusammengefasst war das auch schon die gesamte Unternehmensphilosophie des »Fetten«. Wenn Funktouren offen waren, dann sollte man tunlichst keine Einsteiger von der Straße mitnehmen. Die Kunden, die anriefen – zu 80 Prozent waren das Kneipenwirte, per Direktleitung mit der Zentrale verbunden –, hatten absoluten Vorrang. Das galt insbesondere für die Tage, an denen man auf der Straße richtig Geld verdienen konnte: Weihnachten, Silvester, 1. Mai ... Also an Tagen, wo einem die Fahrgäste Geldscheine auf die Motorhaube legten, damit man anhielt, um ihre vollgesoffenen Leiber nach Hause zu karren. Aber das war dem »Fetten« scheißegal, weil er weiterdachte. Wer an solch einem Tag in kurzer Zeit ein Taxi vor die Tür bekam, würde auch den Rest des Jahres genau dieses Unternehmen anrufen. Bahnhof und Flughafen passten da nicht ins Konzept. Der Bahnhof und der Flughafen riefen nicht an. Die Fahrer standen teilweise bis zu zwei Stunden da, bis sie ganz vorne landeten. Die Touren waren zwar oft weiter, aber unter dem Strich rechnete sich das nicht. Bei Wesertaxi fuhr ich in der gleichen Zeit bis zu einem Dutzend kurze Touren und hatte mit Trinkgeld deutlich mehr raus. Auch wenn's stressig war, die Kasuffkes in ihre Heimstatt zu verfrachten ... Ich fuhr lieber Funk.

2

Meine erste Schicht bei Wesertaxi verlief überaus erfolgreich. »Der Fette« hatte die Stadt in seine Hand gebracht. Insgesamt gab es in Bremen vier organisierte Taxi-Unternehmen: Weser, Roland, Hansa und den Ruf. Ein Blick auf die Heckscheibe schaffte da Klarheit. Der Ruf hatte einen roten Punkt, Hansa einen grünen, Roland einen gelben und Weser war blau. Nachts bekam die Farbgebung einen tieferen Sinn: Der rote Punkt vom Ruf deutete auf nichts anderes hin, als dass sich die Fahrer dort die Reifen eckig standen. Die Hansa-Taxen fuhren in regelmäßigen Abständen ihre Touren. Die gelben hatten einfach zu wenig Autos dafür und rissen Leerkilometer ohne Ende ab. Verkehrsregeln waren da unverbindliche Verhaltensempfehlungen. Wir mussten mit unseren blauen Punkten auf Teufel komm raus die ganze Stadt bedienen. Wie bei einer Ampel: rot gleich stehen, grün gleich fahren und gelb gleich ganz schnell fahren, damit man es noch schaffte … Und wir hatten ein Blaulicht oben drauf.

Heinkens Schmiergeldsystem funktionierte einwandfrei. Regelmäßig schickte er Walter, einen der Funker, auf Kneipentour. Der verteilte Schreibblöcke, Aschenbecher, Streichhölzer und – viel wichtiger – Briefumschläge mit Barem, damit sie nur uns bestellten. Das Personal wurde zu besonders günstigen Spezialpreisen gefahren. Und natürlich war das alles vollkommen illegal. Aber das interessierte den »Fetten« wenig. Ohnehin konnte man ihm keine allzu große Gesetzestreue bescheinigen.

Mir kam das durchaus entgegen. Er spielte nicht fair, und deshalb musste ich mit ihm auch nicht fair umgehen. Bei Weser war es Usus, jede nur mögliche Mark an ihm vorbeizuschleusen. Offiziell, oder besser gesagt halboffiziell (denn für die Steuer arbeitete ich nur maximal zwei Tage die Woche für drei- bis vierhundert Mark im Monat), bekam »der Fette« von mir 60 Prozent der Einnahmen und ich die restlichen 40. In der Realität lief es umgekehrt, denn wenn immer möglich handelte ich mit den Fahrgästen Festpreise aus und schaltete die Uhr nicht ein. Ich hatte ein Auge dafür, wem ich dieses Angebot unterbreiten konnte. Und schließlich hatten beide was davon – der Fahrgast zahlte für eine Zwölf-Mark-Tour nur einen Zehner, ich kassierte davon 100 Prozent, und »der Fette« ging leer aus. »Plattfahren« wurde das genannt. Und ich habe alles platt gemacht, was ging.

Die Sache war nicht ganz ohne Risiko. Denn Heinz Heinken ließ es sich trotz seines beträchtlichen Reichtums nicht nehmen, nachts mit seinem 500er-SL Kontrollfahrten zu machen. Das Problem: Wenn die Uhr nicht eingeschaltet war, brannte der »Geier« (so nannten wir das Taxischild). Und mit brennendem »Geier« und Fahrgästen im Auto war sofort klar, was da lief. Eigentlich gab es einen Schalter, um das Scheißding auszumachen … Aber nicht bei Wesertaxi. Denn »der Fette« wusste ganz genau, dass wir keine Gelegenheit ausließen, ihn zu bescheißen. Er rechnete aber nicht mit unserem Erfindungsgeist. Der »Geier« hatte nämlich einen Steckkontakt am Autodach, und den konnte man einfach rausziehen. Als er dahinterkam, ließ er die Leitung innen unter die Deckenverkleidung legen. Unser Konter ließ nicht lange auf sich warten, denn jede elektrische Funktion im Auto ließ sich durch das Ziehen der Sicherung lahmlegen. Und wir hatten ganz schnell raus, welche die richtige war.

Zur Kontrolle hatte »der Fette« zwei Wagen mit Sitzkontakten ausgerüstet, mit sogenannten »Schweizer Uhren«. Die zeichneten auf, ob jemand auf dem Beifahrersitz oder im Fond saß, ohne dass der Wecker eingeschaltet wurde. Natürlich war uns das bekannt, und die Autos waren entsprechend unbeliebt. Nicht nur, weil damit nichts platt zu machen war, sondern auch wegen der kleinen Extrafahrt, die jeder Fahrer damit am Ende seiner Schicht machen musste. Ein Auto mit Sitzkontakt erreicht natürlich einen viel besseren Kilometerschnitt. Mit einer normalen Taxe fuhr ich pro Kilometer etwa eine Mark ein, besser ein bisschen drüber. Das war so eine Art ungeschriebenes Gesetz. Mit einem Schnitt von 1,30 Mark brauchtest du gar nicht nach *Zürich* zu kommen, ohne einen körperlichen Verweis der anderen Fahrer zu riskieren. Mit einem Schnitt *unter* einer Mark bekam »der Fette« einen Tobsuchtsanfall. Im Wiederholungsfall verlieh er der nachfolgenden Kündigung gerne dadurch Ausdruck, dass er dem Fahrer schlicht ein paar in die Fresse schlug. Die lästige Pflicht in einem Sitzkontaktauto bestand darin, am Schichtende noch mal kurz unbesetzt nach Oldenburg oder zumindest nach Delmenhorst zu brettern … Das brachte den Schnitt wieder in Ordnung.

Schon in der ersten Nacht wurde klar, dass sich mein Gehalt gegenüber dem Ruf mehr als verdoppeln würde. In einer ganz normalen Schicht waren das 200 Mark bar auf die Kralle, ohne die Finanzbehörden zu beteiligen. Am Wochenende sogar an die 400. Mitte der 1980er-Jahre eine beachtliche Stange Geld. Und die Entscheidung, zu diesem eher zweifelhaften Unternehmen gewechselt zu haben, bereute ich deshalb nie.

Gleichzeitig führten mich meine erfahrenen, oftmals der Halbwelt entsprungenen Kollegen in die tiefere Philosophie des Taxifahrens ein. Hatte ich bis dahin noch geglaubt, dass es sich dabei um eine seriöse Dienstleistung zum Wohle des Kunden handelte, wurde ich gleich bei der ersten Abrechnung eines Besseren belehrt. Es ging nur um eins: Wie kommt das Geld, das der Mensch neben mir in der Tasche hat, in die meine?

Die erste Lektion erteilte mir Pfeife. Pfeife war eine der wirklich jämmerlichen Gestalten des Taxigewerbes, wie geschaffen für Wesertaxi. Taxifahren war eigentlich nur seine Nebenbeschäftigung. Hauptberuflich spielte er »17 und 4« und Rommé gegen hohe Einsätze. Eine durchaus übliche Berufswahl unter meinen Kollegen.

Gegen fünf Uhr morgens stellte ich meinen 190er-Mercedes in *Zürich* ab. Den Schlüssel hängte ich an das Board neben dem Bierautomaten – vermutlich war Wesertaxi das einzige Taxiunternehmen der Welt, das für seine Fahrer Bier bereithielt – und setzte mich an einen der Resopaltische. Rund ein Dutzend Kollegen war bereits eingerückt, und sie versuchten das, was sie von der Uhr abgelesen hatten, mit dem in Einklang zu bringen, was auf ihrem Fahrbericht stand. Da musste hier und da kräftig gefummelt werden, denn jede Funktour sollte besser auf dem Bericht erscheinen, auch wenn der Wecker nicht eingeschaltet war.

Pfeife nahm genüsslich einen Schluck von seinem Bier, bodenständiges Haake-Beck aus der Dose, guckte wie immer ein bisschen grimmig und fuhr sich durch seine eher gewagte Frisur. Ein klassischer »Vokuhila«, vorne kurz und hinten lang. Eine Kopfpracht, die in den 1980er-Jahren zwar bei manchen Menschen beliebt war, aber schon damals darauf schließen ließ, dass es sich beim Träger derselbigen nicht um einen Intellektuellen handelte. In seinem schmalen Gesicht prangte eine völlig unpassende kartoffelige Nase. Und darunter ein kleiner spitzer Mund.

»Du bist neu hier, wa?«

»Jepp, erste Schicht bei Weser«, antwortete ich wahrheitsgemäß.

»Dann muss ich dir gleich mal was beibringen«, sagte Pfeife und rückte seine Verbrecherfresse bedrohlich ein paar Zentimeter in meine Richtung. »Wenn du in deiner Karre ein Portemonnaie findest, was machst du dann?«

»Ich drücke den Funkknopf und informiere die Zentrale?«

Sein triumphaler Gesichtsausdruck sollte mir sofort verdeutlichen, dass er mich für einen absolut grünen Jungen hielt, der vom Taxigewerbe ungefähr so viel Ahnung hatte wie er selbst vom Tiere-Streicheln.

»Falsch! Du nimmst das Geld raus, und den Rest schmeißt du in die Weser.«

Eines war klar: Für einen Karmasammler hätte es hier nichts zu sammeln gegeben.

Prothese

Es gibt Kneipen, die würden normale Menschen entweder gar nicht oder allenfalls unter Zuhilfenahme eines autark mit Atemluft versorgten Ganzkörpergummianzugs betreten. Die gibt es in fast jedem Stadtteil, mal abgesehen von den Villenvierteln der oberen Zehntausend.

Eine ungewöhnlich große Ansammlung davon befindet sich in Woltmershausen, auch Pusdorf genannt, angeblich weil der Südwestwind hier immer so stark pustet. Ein Stadtteil, der sich auf der einen Seite links der Weser entlangschlängelt und auf der anderen Seite an den Neustädter Containerhafen grenzt. Um nach Pusdorf zu gelangen, muss man den Woltmershauser Tunnel passieren. Und nicht eben wenige Bremer sind der Meinung, es wäre das Beste, spätestens abends um sechs ebendort ein Rollgitter herabzulassen, weil es klüger wäre, diesen Stadtteil zumindest in der dunklen Hälfte des Tages nicht mehr betreten zu können, was auch immer einen dazu veranließe. Außerdem hätte das noch den Vorteil, dass dann auch keiner raus kann.

Die wahre Ausgeburt des Schreckens, das unschlagbar versiffteste Loch, bei dem es jedem Betrachter ein Rätsel ist, wieso das Gewerbeaufsichtsamt hier die Kneipenkonzession nicht längst entzogen hat, ist das »Kastanieneck«. Es ist nicht nur ob seines – nun sagen wir einmal – »gewöhnungsbedürftigen Interieurs« ein bemerkenswerter Ort, sondern auch wegen seiner alle Dimensionen des Menschlichen sprengenden Kundschaft. Hier wird eine gänzlich andere Sprache gesprochen als im Rest der Stadt. Allenfalls in Gröpelingen findet man eine ähnliche, durch jahrelangen Alkoholmissbrauch begünstigte Artikulation, die die Individuen, die sich dieser Art der Kommunikation bedienen, offensichtlich untereinander verstehen. Es handelt sich dabei um eine Folge verfusselt-undeutlich gegrunzter Laute, deren Gesamtausstoßzeit niemals zehn Sekunden überschreitet. Sollte es sich dabei um Sätze handeln, und davon gehe ich nach mehrmalig unfreiwilligen Zuhörens aus, dürften diese grundsätzlich aus nur einigen kurzen Wörtern bestehen. Die Vermutung, dass es sich dabei um echte Gespräche handelt, wird dadurch gestützt, dass nach einer solchen Verlautbarung oftmals mehrere Menschen *gleichzeitig* lachen. Dies könnte aber auch ein Trick sein, um den Beobachter hinters Licht zu führen. Ich weiß es nicht.

Wenn gelacht wird, ist übrigens alles in Ordnung. Das bedeutet, dass sich der Alkohol noch unter dem für Gewalthandlungen notwendigen Pegel befindet. Dieser ist aber oft schon am Nachmittag erreicht, dokumentiert durch etliche gebrochene Scheiben, die meist notdürftig mit Gewebeklebeband geflickt sind, und in aller Regelmäßigkeit aus der Kneipe fliegende Menschen, die ihre blutenden Nasen dann gerne auf dem Pflaster ausbremsen. Ein Unfallchirurg hätte meiner Ansicht nach in Woltmershausen gut zu tun, aber wahrscheinlich wenig Spaß an seiner Arbeit.

Aus eben diesen Gründen meide ich Pusdorf eigentlich. Allerdings hat die Sache einen Haken: Der Woltmershauser Tunnel liegt direkt neben *Zürich*. Und wenn ich mir in *Zürich* ein Taxi nehme, muss ich mich in der Zentrale anmelden. Dann weiß der Funker, dass es für mich nur ein Katzensprung in das Minenfeld alkoholisierter Vollpfosten ist, und da Reimund gerade eine Bestellung aus dem »Kastanieneck« auf dem Tisch liegen hat, teilt er mir die Tour zu.

»Du sollst dich im Spiegelsaal melden« – einer seiner Standardwitze, der gerne mit: »Ach, nicht beim Empfangschef?« beantwortet wird. Na, klasse, »Kastanieneck«. Da ist die Wahrscheinlichkeit einer Fehlfahrt besonders hoch, weil die Trinker sich kurz vor Eintreffen des Wagens noch mal schnell daran erinnern, dass sie ja nur zwei Straßenecken weiter wohnen und dieser Weg bequem auf allen Vieren zu bewältigen wäre.

Leider habe ich nicht so viel Glück. Das, was ich dort abtransportieren muss, könnte in einem früheren Leben womöglich eine Frau gewesen sein. Im Moment handelt es sich dabei nur um einen dicken, hirnlosen und vollgesoffenen Klumpen Fleisch in annähernd humanoider Form, der mir auf eben beschriebene Weise irgendetwas mitteilen möchte. Vielleicht, dass es gleich kommt, vielleicht das Fahrtziel, vielleicht, dass ich gar nicht mehr benötigt werde? Letzteres wäre schön …

Der Wirt setzt dem Rätselraten ein Ende.

»Die wohnt gleich hier umme Ecke in der Huder Straße 14. Bring die bloß weg. Die nervt!«

Das sollte Warnung genug sein. Wenn die Schmerzgrenze des Wirtes im »Kastanieneck« erreicht ist, handelt es sich mit an Sicherheit grenzender Wahrscheinlichkeit um einen ganz speziellen Fall. Als ob dieser Ort nicht prinzipiell schon speziell genug wäre …

Ich verlasse also flugsen Schrittes die Kneipe, in der Hoffnung, die Dicke möge vergessen, dass sie nach Hause will. Nach fünf Minuten Warten würde ich mich dann einfach so schnell wie möglich vom Acker machen. Aber auch dieser letzte Fluchtweg ist mir nicht vergönnt. Kurze Zeit später springt die Lokaltür mit einem lauten »Wumms« auf. Der Wirt stützt die stark Schwankende, während er sie zielstrebig in Richtung Taxi bugsiert. Gleißendes Sonnenlicht blendet ihre Augen. Sie stöhnt und hebt schützend einen Arm vors Gesicht, ist aber nicht in der Lage, ihn länger als eine Sekunde oben zu halten, bis er schlaff wieder nach unten fällt und mit einem deutlichen »Patsch« auf den wabernden Fettwülsten landet, die einstmals ihre Hüften dargestellt haben könnten.

Der Wirt öffnet die Taxitür und lässt das *Ding* auf den Sitz plumpsen. Schnell schiebt er die elefantösen Beine hinterher – der Mann hat offensichtlich Kraft in den Armen –, haut die Tür zu, guckt auf seine Hände und schmiert irgendeinen klebrigen Dreck in seine Hose.

Na, klasse. Das *Ding* suppt!

Und was die Sache nicht besser macht, es riecht auch noch. Dies wäre im »Kastanieneck« niemals aufgefallen, da der Geruch dort ohnehin außerhalb jeglicher olfaktorischen Richterskala liegt. In einem Taxi hingegen, mit gerade mal zwei Kubikmetern Atemluft, hat diese Mischung aus Schweiß, Alkohol, Ausscheidungen und Gammel eine geradezu fatale Wucht, die auch den stärksten Duftbaum an die Grenzen seines Selbstbewusstseins brächte. Zum Glück handelt es sich nur um ein paar Meter. Das nährt meine Hoffnung, die Dicke zu Hause abzuliefern, bevor sie Gelegenheit bekommt, eventuelle Flüssigkeiten, in welcher Form auch immer, in meinem Auto zurückzulassen. Zweimal abbiegen. Das war's.

Das *Ding* brabbelt irgendwas, und leider habe ich keinen Übersetzer zur Hand. Es hört gar nicht auf zu brabbeln. Mit aller Konzentration versuche ich, dem speichelgesättigten Gegrunze etwas Interpretierbares zu entlocken. Ich meine die Worte »kein Geld« zu hören. Na, klasse. Da werde ich wohl auf meine 4,20 Mark verzichten müssen. Es gibt Schlimmeres.

Zum Beispiel, dass das *Ding* keinerlei Anstalten macht, aus meinem Auto zu steigen. Es brabbelt immer noch. Und diesmal meine ich, das Wort »Hilfe« entziffern zu können. Da wird mir wohl nichts anderes übrigbleiben. Ich werde *es* anfassen müssen. Mit Abscheu im Blick gehe ich zur Beifahrerseite und öffne die Tür. Erst mal die Beine raus, zur Seite drehen, und dann greife ich mit beiden Händen nach den seinen – *es* ist irgendwie feucht – und ziehe mit all meiner Kraft geschätzte 120 Kilo aus dem Auto. Doch *es* ist nicht in der Lage, sich auf den Beinen zu halten. Ein einziges Wabern und Wabbeln in den vom deutlich mehr als ausreichenden Gewicht gebeutelten Knien versagt *ihm* in diesem alkoholgetränkten Zustand jegliche Körperbeherrschung. Zum Glück ist die Huder Straße sehr eng, und wir stehen direkt neben einem am Bürgersteig geparkten Mazda. Mit letzter Anstrengung wuppe ich das *Ding* noch mal einen halben Meter zur Seite und lege es mit dem Oberkörper auf der weinroten und unter seiner Masse ächzenden Motorhaube ab. Dienstleistung beendet. Soll *es* doch sehen, wie *es* ins Bett kommt. Das ist nicht Teil meiner Arbeit und schon gar nicht, wenn sie nicht bezahlt wird.

Erschöpft steige ich zurück in den Wagen und notiere eine Fehlfahrt. Minus 4,20 Mark. Dann drücke ich die Funktaste und melde: »Reimund, das war hier nichts mit dem ›Kastanieneck‹. Hatte kein Geld. Gib mir mal Ersatz.«

»Geht in Ordnung. Warte da, du kriegst die Nächste, die kommt.«

»Nee, das vergiss mal ganz schnell. Ich mach mich auf den Weg in mein Revier. Das ist hier nicht ganz meine Kragenweite«, antworte ich und meine, im Augenwinkel irgendwas an meinem Taxi vorbeiwischen zu sehen. Ich blicke auf, aber da ist nichts. Die Dicke ist auch nicht mehr da. Wie die wohl so schnell weggekommen ist? Egal. Ich lasse den Motor an und will gerade losfahren, da klopft etwas gegen den Kotflügel. Eine blutverschmierte Hand, eine zerbrochene Zahnprothese haltend, erscheint kurz danach in Höhe des Mercedes-Sterns.

Ja, hört das denn nie auf?

Ich steige wieder aus dem Wagen. Da liegt diese entfernt menschenähnliche Gestalt in einer Lache von Blut und Erbrochenem. Beim Sturz hat sie offenbar was abbekommen. Ein Fall für den Rettungswagen. Und das kostet mindestens eine Stunde.

3

Es mochte nicht besonders ehrenwert sein, sein Gewissen an der Taxitür abzulegen und sich erst nach der Schicht wieder darum zu kümmern. Zumal es dabei auch zusehends verkümmerte. Aber das folgende Jahr war das fetteste meines Lebens.

Das hatte ich vor allem einer verwaltungstechnischen Kleinigkeit zu verdanken. Meine Hochachtung dem Sozialen Friedensdienst und seinem überaus lehrreichen zwanzigseitigen Ratgeber. Zwischen Abitur und »Zuvieldienst« – ich war wahrlich kein Freund dieser unterbezahlten Zwangsarbeit – lagen genau zwei Monate. Ich hegte ganz sicher nicht die Absicht, diese kurze Zeit mit Arbeit zu verbringen … Und doch trat ich den Weg zum Arbeitsamt an, um mich vor Antritt meiner Stelle »Arbeit suchend« zu melden. Natürlich machte sich kein Sachbearbeiter die Mühe, mir für die paar Wochen einen Job zu vermitteln. Das Risiko war dementsprechend gering. Aber die Sache hatte einen monetären Nebeneffekt *nach* meiner Zeit im Kindergarten. Denn nur, wer sich vor dem Zivildienst diesen Status sicherte, bekam hinterher Arbeitslosengeld, nicht etwa Sozialhilfe – das wäre ohne diesen kleinen Unterschied die Alternative gewesen. Und zwar ein volles Jahr lang.

Für die Berechnung wurde das Gehalt der letzten drei Monate zugrunde gelegt. Als Zivi bekam ich 715 Mark, damit hätte ich keinen toten Hering vom Teller ziehen können. Aber ich brachte das Kunststück fertig, mir vom Arbeitsamt den Höchstsatz auszahlen zu lassen. Dafür ließ ich mich einfach drei Monate in der Firma meines Vaters anstellen, einem kleinen Handwerksbetrieb. Ich kassierte ein exorbitantes Gehalt, das ich ihm in bar wieder auszahlte – unterm Strich war das sogar ein Steuersparmodell für ihn. Tatsächlich rührte ich nicht einen Finger, sondern fuhr längst schwarz Taxi beim Ruf.

Es war nicht einfach, meinen Vater von dieser Idee zu überzeugen. Wenn es nach ihm gegangen wäre, hätte ich mich 15 Jahre beim Bund verpflichtet und dort auf Staatskosten studiert. Er sprach ständig von »schnell studieren« und einem »verlorenen Jahr«. So ein Blödsinn! Das war ein gewonnenes Jahr! Das Arbeitsamt zahlte mir jeden Monat gut 2.000 Mark fürs Nichtstun. Und ich verdiente bei Weser noch mal 3.000 dazu. Jepp, ich war ein kleiner König: aß nur noch im Restaurant, brauchte in den Nachtbars der Stadt nicht jede Münze dreimal umzudrehen, und wenn das Geld alle war, reichte eine Schicht, und das luxuriöse Leben konnte weitergehen. Viel fehlte nicht zu meinem Glück, ich war eingetaucht in die halbseidene Welt der Großstadtnacht, genoss das Lotteriespiel namens »Leben«. Und bei Wesertaxi gab es in regelmäßigen Abständen Hauptgewinne.

Es war im ersten Monat, der Abend eines x-beliebigen Wochentages, als Fortuna zum ersten Mal an meine Tür klopfte. Genauer gesagt war es ein Funkspruch von Reimund aus der Zentrale, der mich zum »Saitensprung« in Schwachhausen führte. Über der Eingangstür der auf schick getrimmten Bar prangte ein großer Bass mit einer gerissenen Saite. Die Besitzer hielten das wohl für originell.

Am Nussholztresen saß eine einzige Kundin, die mit der Linken schnell noch ein paar Schluck Kaffee runterstürzte und in der Rechten routiniert eine Zigarette hielt. Ungefähr mein Alter, Anfang zwanzig, schlank – oder nein, eher hager. Sie trug ein blau-weiß quer gestreiftes Top und einen kurzen bauschigen Rock, der unterhalb ihrer Hüften in seltsam weitem Bogen Abstand von ihren Beinen nahm. Darunter blaue, wie ich zu erkennen meinte, halterlose Strümpfe. Das wirklich Bemerkenswerte aber waren ihre Augen. Gefühlt so groß wie Teetassen, ein Meer von Augen in strahlendem Blau mit langen, dunkel getuschten – und, wie ich heute weiß, falschen – Wimpern. Ein Anblick zum Versinken. Aus ihrem Mund lächelten mir zwei Reihen schiefer Zähne entgegen, die sie aber nicht entstellten. Ganz im Gegenteil. Sie gaben ihrem hübschen Gesicht das gewisse Etwas, nicht eine dieser langweiligen Schnullibacken, wie sie als Dutzendware von Illustrierten blickten.

»Das Taxi wäre da ...«

»Ja, das ist für mich«, sagte sie. »Ich muss noch eben bezahlen, und dann komme ich.«

Ich wartete, begleitete sie zum Taxi und öffnete ihr die Tür. Eine altmodische Geste, die aber bei Frauen ganz entscheidend das Trinkgeldverhalten beeinflusste.

»Wo soll's denn hingehen?«, fragte ich, als ich hinter dem Lenkrad Platz genommen hatte.

»Zum Ostertorsteinweg.«

Eine eher kurze Tour, aber ich ahnte noch nicht, dass sie deutlich länger und eine für mein zukünftiges Leben entscheidende werden würde.

Direkt vor uns – ich stand mitten auf der Straße – parkte ein Strich-Achter-Coupé. Ein Traum von einem Auto, das mich sofort ins Schwärmen brachte.

»Wow, ist der schön! Der Schönste, den Mercedes jemals gebaut hat.« Als wir an der langgezogenen Seite der Karosse vorbeifuhren, warf ich einen kurzen Blick ins Innere. »Leider schon mit dem Vollschaumlenkrad und der Prallplatte. Ist schon der Modellgepflegte. Die mit dem weißen, dünnen Lenkrad, die sind noch schöner. Mit diesem Metallring in der Mitte für die Hupe.«

»Ah, ja ... Gefällt dir der Wagen?« Sie duzte mich.

Ich dachte einen kurzen Moment, wie bescheuert ich doch war, einer Frau vom »Männertraum Auto« vorzuschwärmen. Aber da war es schon zu spät. Beim Anblick dieses Schlittens war an Aufhören nicht zu denken.

»Gefallen ist gar kein Ausdruck. Das ist *das* Auto schlechthin. Da sitzt du drin wie in einem Fernsehsessel. Und auch, wenn es ein Zweitürer ist: Hinten im Fond können die Insassen ihr eigenes Fenster runterkurbeln. Das kippt dann so seitlich nach hinten rein, und wenn der Fahrer seins auch runterdreht, ist die gesamte Seite komplett offen. Und dann diese Chromleisten.«

Es gab eine Zeit, da hatten Autos noch Chrom statt Plastik. Die hatten eine Seele, nicht wie diese japanischen Reisschüsseln.

»Umdrehen!«, sagte sie kurz und bestimmt. »Ich habe mich anders entschieden. Wir fahren zur Poggenburg.«

»Das ist doch die komplett andere Richtung«, sagte ich, nur um irgendwas zu sagen. Zumal es ja völlig idiotisch gewesen wäre, die kürzere Strecke nicht durch eine längere eintauschen zu wollen.

»Ja, stimmt«, erwiderte sie. »Ich habe meine Gründe.«

Während wir also nach Osterholz fuhren – jetzt war es eine wirklich lukrative Tour – erzählte sie mir von ihren Mühen, den Führerschein zu machen. Mehr als hundert Stunden, völlig unfähiger Fahrlehrer, eigentlich sei sie total talentiert, und gerade heute sei sie durch die dritte praktische Prüfung gefallen. Das sei auch der Grund, warum sie schon am Nachmittag in der Bar saß, um ihren Ärger mit Kaffee und Cognac runterzuspülen. Jetzt aber sei sie völlig entnervt und habe eingesehen, dass das nichts wird mit dem Lappen – wie sie sagte – und dass sie jetzt aufgebe und ihr Mann (Mist! Sie hatte einen Mann!) sie ja auch weiterhin dahin fahren könne, wo sie denn mal hin und wieder hin müsse.

Als wir von der Osterholzer Landstraße in die Poggenburg einbogen, meinte sie: »Halt, hier ist es! Den hier brauch ich jetzt nicht mehr. Ich habe ihn mir bereits vor einem Jahr gekauft und ich will, dass ihn jemand bekommt, der ihn genauso liebt wie ich.«

Auf dem Eckgrundstück an der Gaststätte »Zur Poggenburg« stand ein Strich-Achter 280 C in kupferrot-metallic. Einer mit weißem Lenkrad, mit silbernem Metallreif in der Mitte. Sie öffnete ihre Handtasche, zog einen Schlüssel und den Fahrzeugbrief heraus und drückte mir beides in die Hand. Ich verstand nicht recht, was das zu bedeuten hatte. War das hier ein Verkaufsgespräch, oder hatte sie tatsächlich die Absicht, mir einen Mercedes zu schenken?

»Nu guck nicht so doof. Das ist jetzt deiner und Ende. Und nun möchte ich bitte zum Ostertorsteinweg.«

4

Wenn es einen Preis für den schlechtesten Autofahrer Bremens gegeben hätte, wäre Träne der erste Platz konkurrenzlos sicher gewesen. Eigentlich hieß er Michael. Aber Matz, einer der Funker aus der Tagschicht, hatte einst die legendäre Heldentat vollbracht, beim NDR-Wunschkonzert den Titel »Eine Träne geht auf Reisen« von Adamo zu bestellen, und das Lied wurde tatsächlich gespielt. Nicht nur im Radio, denn als der Moderator »Und jetzt gibt's ›Eine Träne geht auf Reisen‹ für Michael, Taxifahrer aus Bremen« über den Äther verkündete, ließ Matz es sich selbstredend nicht nehmen, das über den Funkkanal zu senden. Ab da hatte Träne seinen Namen weg.

Da war er nicht der Einzige. Ich weiß nicht, warum Pfeife Pfeife hieß, aber dass er eine ziemliche Pfeife war, blieb auch Beobachtern mit wenig Menschenkenntnis nicht lange verborgen. Conrad hieß Aladin, weil er am Wochenende immer vor der gleichnamigen Diskothek im Stadtteil Hemelingen geierte. Eigentlich war es nicht erlaubt, sich direkt vor die Eingänge gut besuchter Etablissements zu stellen. Aber darauf pfiffen wir alle. Dann war da noch Franzi, der eigentlich auf den Namen Franz hörte. Nur gab es da mal die Ansage über Funk, eine Fahrerin namens Franzi Scheubacker möge sich doch bitte bei ihrer Mutter melden. Ein kleiner Lesefehler des Funkers und – peng – hatte Franzi seinen Namen weg. Bei Koslowki bin ich mir nicht so sicher, ob er wirklich Koslowski hieß oder nicht. Auf jeden Fall war er Pole und *wohnte* praktisch im Taxi. Er hatte den Wagen 24 Stunden am Tag und das sieben Tage die Woche. Kein besonders beliebter Kollege, weil er dazu neigte, Touren zu wuppen, sprich zu klauen.

Im Prinzip lief das so: Überall in der Stadt waren Halteplätze für die Droschken. Und wenn eine Funktour kam, ging die an den ersten am nächstgelegenen Platz. Da wir aber meistens unterwegs waren, waren die Plätze oft nicht besetzt. Zumindest nicht mit Wesertaxis. Der Ruf stand da hochkant. Und dann ging die Tour in den freien Raum.

Besonders beliebt waren Touren aus Seckenhausen. Dort gab es zwei Rotlichtbars: den »Club Passion« und den »Muschelpalast«. Eine Tour in die Innenstadt lag so um die 30 Mark und war entsprechend begehrt. Zumal es sich bei der Kundschaft meist um gut betuchte Geschäftsleute handelte, mit entsprechendem Trinkgeldpotenzial, oder zahlungskräftige Männer aus der Halbwelt oder, noch besser, um die Nutten selbst. Die sparten nie mit Trinkgeld.

Koslowki war seltsamerweise fast immer, wenn eine Tour für Seckenhausen ausgerufen wurde, in der Nähe. In Brinkum, in Weyhe oder zumindest im Ortsteil Kattenturm, ganz am Rand von Bremen. Prüfen konnte das keiner, das war reine Vertrauenssache. Aber Koslowski *konnte* man nicht trauen. Mehr als einmal passierte es mir, dass ich solch eine Tour nicht bekam, obwohl ich in aussichtsreicher Position war, nur weil er näher dran zu sein behauptete. Wenn ich dann in Richtung Innenstadt fuhr, kam mir Koslowski mit geschätzten 120 Sachen entgegen. Oder anders ausgedrückt: Der Typ log, dass sich die Balken bogen. Wenn ich ihn dabei erwischte, gab es natürlich ein Problem für ihn. Ich ließ mir nicht einfach so eine Tour wuppen. Und die entsprechende Antwort war dann eine Anforderung für Koslowski in Oldenburg, in Bremerhaven oder in minder schweren Fällen in Bremen-Nord. Bei Weser konnte man nämlich einen speziellen Fahrer bestellen. Da reichten ein kleiner Gang in die nächste Telefonzelle und die Worte: »Der Koslowski soll mich bitte in Bremerhaven abholen. Rickmerstraße 13 bei Bennickendorf.« Schon war er eine Stunde beschäftigt und versaute sich gründlich den Kilometerschnitt.

Ich selbst wurde »Haftschale« genannt. Den Namen hatte mir Reimund verpasst, als ich anfing, in der Betriebssportmannschaft von Weser Fußball zu spielen. Damals wechselte ich von Brille auf Kontaktlinsen, wegen der Kopfbälle. Und Reimund war nicht nur Funker, sondern auch der Betreuer des Teams.

Träne lernte ich kennen, als ich meinen Strich-Achter in Bremen-Osterholz abholen wollte. Man konnte ihn nur als absolut harmlos, gutmütig und ein wenig tumb bezeichnen. Eine echte Trantüte. Mitte 20, der Körper im Mittelbereich schon deutlich aus den Fugen geraten, wulstige Lippen, dunkles lockiges Haar, das meist feucht-fettig an seinem Kopf klebte und bereits lichter zu werden begann. Wir vereinbarten einen Festpreis von 15 Mark. Untereinander fuhren wir uns grundsätzlich zu Spottpreisen, an denen »der Fette« natürlich nicht partizipierte. Und so kam ich in das zweifelhafte Vergnügen, in einem von Träne gelenkten Auto zu sitzen.

Seine Fahrweise entsprach zu 100 Prozent seinem langsamen und schlichten Naturell. Beschleunigen war ein absolutes Fremdwort für ihn. Und Schalten kam seinen Neigungen ganz und gar nicht entgegen, weder geistig noch technisch. Wenn er den Diesel in einer gefühlten Unendlichkeit im ersten Gang auf 50 Stundenkilometer gebracht hatte – dass der Motor dies überlebte, war einzig und allein den Konstruktionsfähigkeiten deutscher Maschinenbauingenieure zu verdanken, die offenbar mit Missbrauch ihrer Produkte rechneten –, wechselte er endlich in den für ihn ultimativ letzten, also den zweiten Gang. Mit diesem quälte er dann den Wagen, stoisch 52 Kilometer pro Stunde fahrend, durch die Stadt. Der Motor quittierte mit einem ständig hochtourigen Jaulen, das normale Fahrer nur für Sekundenbruchteile wahrnehmen, weil sie dann ja in den Dritten oder Vierten wechseln. Nicht so Träne. Den dritten und vierten Gang eines auf Dauer von Träne gesteuerten Taxis hätte »der Fette« auch nach einer Laufleistung von mehreren 100.000 Kilometern mit Fug und Recht als neuwertig verkaufen können. Ich bezweifelte allerdings, dass dies ein Vorteil gewesen wäre.

Eigentlich war das auch besser so, denn Tränes zentrales Nervensystem war nicht auf Geschwindigkeit ausgelegt. Wann immer er versuchte, diese ihm natürlich gegebene Fahrweise abzulegen, vorzugsweise dann, wenn er Chris beeindrucken wollte – auf die stand er –, ging die Sache gründlich in die Hose. Legendär war zum Beispiel sein Kavalierstart am Halteplatz Goethe. Chris fuhr gerade den Ostertorsteinweg entlang und am Goethetheater vorbei. Träne hatte eine Tour auf dem Zettel, startete den Wagen, drückte das Gaspedal bis aufs Bodenblech durch und ließ in einem Anfall infantiler Selbstüberschätzung die Kupplung fliegen. Leider hatte er den Rückwärtsgang eingelegt. Das Auto sprang mit einem fulminanten Satz nach hinten und rammte nacheinander drei (!) in einem Abstand von jeweils einem Meter aufgestellte Poller. Beifahrerseite schrottreif. Unvergessen auch das Wendemanöver in *Zürich*. Ebenfalls unter beobachtender Beteiligung Chrissis wollte er auf dem Betriebsgelände einen geschwind-eleganten U-Turn hinlegen. Der endete frontal in einem dort geparkten Lkw. Nein, in seiner Haut hätte man da wirklich nicht stecken wollen. »Der Fette« faltete ihn in einer Lautstärke zusammen, die jedem urzeitlichen Tier über 50 Meter Körperlänge zur Ehre gereicht hätte.

Träne fuhr mich also nach Osterholz zu meinem Coupé. Und da ich damals noch nicht wusste, dass man mit Träne besser nicht befreundet war – er zog Katastrophen an wie Honig die Bären –, erzählte ich ihm stolz die Geschichte, wie ich an mein Auto gekommen war. Von da an hatte ich ihn an der Backe.

Das Coupé stand schon über ein Jahr lang neben der Gasstätte »Poggenburg« auf einer kleinen, abgezäunten Wiese. Ich hatte rote Nummernschilder, Kontaktspray und eine Fußpumpe mitgebracht. Träne hatte es nicht besonders eilig – wie auch –, und ich konnte ihn mühelos überreden, noch einen Moment zu warten, falls ich Starthilfe brauchte. Die Schilder waren schnell angeschraubt. Die Kerzen versah ich mit einer großzügigen Menge Spray, und dann bestieg ich zum ersten Mal das großartigste Automobil, das der Daimler-Benz-Konzern in seiner langen Geschichte gefertigt hatte: das einzigartige Strich-Achter Coupé 280 C. Okay, als Einspritzer hätte es noch mehr Eindruck gemacht.

Es roch muffig. Die lange Zeit im kalten, feuchten Klima Bremens hatte ihm zugesetzt; auf dem Lenkrad waren spakige Flecken kleiner, schwarzer Schimmelpilze. Die Sitze, bezogen mit Lammfellschonern, waren feucht. Die Scheiben beschlugen sofort durch meinen Atem. Da musste ich noch Arbeit reinstecken.

Gespannt schob ich den Schlüssel ins Zündschloss. Einen Moment lang hielt ich inne, dann drehte ich das Glück verheißende Stück silbernen Metalls und hörte ... nichts. Nur ein blasses Licht in den Kontrollleuchten ließ erahnen, dass die Elektrik wahrscheinlich in Ordnung war, aber die Batterie hatte die lange Standzeit nicht mitgemacht. Ich winkte Träne zu.

»Wir müssen überbrücken. Kein Saft auf der Batterie.«

Träne stieg in sein Taxi, ließ den Motor an und fuhr langsam vom Schotterweg auf die Wiese. Der Untergrund war ziemlich seifig, in den letzten Tagen hatte es reichlich geregnet ... und natürlich fuhr er sich prompt fest. Jeder normale Autofahrer hätte jetzt den zweiten Gang eingelegt und versucht, vorsichtig mit schleifender Kupplung einen langsamen Vortrieb zu erwirken. Nicht so Träne. Seine Reaktion war ein beherzter Tritt auf das Gaspedal.

Das erschien ihm von seiner Warte aus logisch. Das Auto bewegte sich schließlich nicht. Also, Gas geben. Jeder vernünftige Fahrer wäre jetzt mit durchdrehenden Rädern bis zu den Schwellern im Dreck versunken, und allenfalls ein raupengetriebenes Fahrzeug der Firma Caterpillar wäre in der Lage gewesen, die Karre aus selbigem wieder herauszuziehen. Nicht so Träne. Er fand genau die Stelle der Wiese, an der in vergangener Zeit mal eine Ladung Bauschutt eingearbeitet worden war. Die Schlammschicht unter der Grasnarbe war nicht dick genug, um sein Auto in den Morast zu ziehen. Die Reifen bekamen plötzlich Griff und katapultierten die eineinhalb Tonnen Mercedes Diesel W 124 in einer plötzlichen Vorwärtsbewegung exakt in die verchromte Frontstoßstange meines 280 C.

Na, klasse.

5

Mein 280er Coupé fuhr auch mit Beule im vorderen Stoßfänger ganz vorzüglich. Ich hatte mit Träne Stillschweigen vereinbart, da er sich keinen weiteren Unfall leisten konnte – »der Fette« hatte ihn auf der Abschussliste. Und in der Plastikstoßstange seines Dienstwagens war lediglich ein 30 Zentimeter langer Riss zu sehen, der mit ein bisschen Schuhcreme für die nächsten paar Tage hoffentlich in der Unsichtbarkeit versinken würde. Ein durchaus beliebter Trick, wenn man mal irgendwo ein bisschen »anschrabbte«.

In einem Anfall geistiger Umnachtung und auch, weil er, sich tausendmal entschuldigend, geradezu rührend besorgt um meinen Mercedes war, verzichtete ich auf jegliche Ausgleichszahlung. Aber ich wusste auch, dass er seinen Namen völlig zu Recht trug, dass er ihn sich redlich verdient hatte, dass es höchst wahrscheinlich eine Menge Geschichten gab, in denen er Material zerstörte und Menschen zur Weißglut trieb. »Träne nach Möglichkeit meiden«, trug mein Hirn vollautomatisch in den Zentralspeicher ein.

Der ersten Fahrt in meinem Traumauto tat das keinen Abbruch. Die Abstimmung war eindeutig zu weich. Da waren ganz schnell neue Stoßdämpfer fällig. Aber diese Beschleunigungswerte … Der Wagen sprang trotz seiner 1,4 Tonnen wie ein Gazelle. Die sechs Zylinder seiner mächtigen Maschine gaben ein wunderbar anzuhörendes, sehr kraftvolles Nageln von sich. Ein charakteristisches Geräusch, eine Wohltat für die Ohren, aus Tausenden anderer Motoren mühelos herauszuhören. Wie der Soundtrack zu einem perfekten Film, der mich glücklich machte.

Dass mein Glück schon wenige Tage später wirklich vollkommen sein sollte, hatte ich dann ausgerechnet Träne zu verdanken. Ausnahmsweise machte er mal alles richtig, wenn auch ungewollt. Denn vom Ansatz her, wenn er auch nur einen Moment drüber *nachgedacht* hätte, war das, was er tat, völlig falsch.

Es war in einer ruhigen Sonntagnacht, im feuchtkalten Bremer »Frühling«, der sich diesen Namen nur selten verdiente. Die Stadt war wie ausgestorben. Monatsende, das von der Stütze bezogene Geld der Alkoholiker war längst verprasst, die feierwütige Jugend hatte noch die Nachwehen vom Wochenende auszustehen, und vielversprechende Großveranstaltungen lagen auch nicht an. Ich stand gelangweilt an dritter Position am Leibniz, ein eigentlich gut laufender »Halte« in der Neustadt, als Träne mich über Funk auf Kanal zwei rüber rief. Das war der Laberkanal, auf dem nicht geschäftsrelevante Gespräche geführt werden durften.

»Hey, Marcus, wie wär's mit einem Kaffee im ›Fives‹?«

»Im was?«

»Das ist so ein Bistro oben am Steintor, fast Ecke Sankt-Jürgen-Straße.«

»Hab ich noch nie gehört. Ein- oder auswärts?«

»Auswärts.«

Mein Erinnerungsvermögen setzte ein und hob in meiner Innenwelt mahnend einen Zeigefinger. Im Hypothalamus flackerten drei sich drehende rote Lampen auf: »Vorsicht Träne! Gehen Sie nicht über Los, streichen Sie keine 4.000 ...« Und außerdem machte ich mir so rein gar nichts aus Kaffee. Das Koffein bekam mir nicht, handelte es sich bei mir doch um einen aus reinem Naturell aktiven Menschen, der bei aufputschenden Drogen, selbst wenn es nur Kaffee war, zum Überdrehen neigte.

»Och, nö«, antwortete ich und log dann: »Ich steh ganz vorne am Leibniz und kann hier jetzt nicht weg.«

»Naja«, kam es zurück, »kannste dir ja noch mal überlegen. Ich mach da jetzt 'ne halbe Stunde Pause. Wenn du Lust hast, kannste ja noch vorbeigucken. Ich lad dich auch ein.«

»Ja, mal gucken.«

Mein Glück war, dass es dann ganz schnell ging. Innerhalb von fünf Minuten gingen drei Touren raus. Und mein Fahrgast wollte ausgerechnet ins Steintor. Vielleicht sollte ich doch mal eben im »Fives« vorbeigucken. Die Nacht war tot wie Elvis, J.F.K. und James Dean zusammen. Und ich musste ja keinen Kaffee trinken. Eine Cola täte es auch. Ich weiß, dass es Leute gibt, die behaupten, bei Cola handele es sich um ein koffeinhaltiges Getränk, allen voran die Coca Cola Company, die das auf ihre Dosen und Flaschen druckt. Aber die Droge konnte nur in homöopathischen Dosen zugesetzt worden sein. Die Wirkung war bei mir, anders als mit Kaffee, gleich null.

Ich parkte das Auto auf dem Reservehalt Lüneburger Straße, direkt an der Ecke zum Steintor. Dann ging ich die Straße auf der stadtauswärtigen Seite zurück und fand zwar ein paar Kneipen wie den »Krug« oder das »Didiers«, aber einfach kein »Fives«.

»Träne«, schoss es mir durch den Kopf. »Natürlich – wenn Träne sagt, dass die Kneipe stadtauswärts liegt, ist es naheliegend, besser einwärts zu gucken.« Und tatsächlich, auf der gegenüberliegenden Seite hinter der Verkehrsinsel mit der großen Haltestelle, an der sich die Straßenbahnlinien 2, 3 und 10 schieden, hing ein unscheinbares, von zwei Halogenlampen angestrahltes Stück Blech, auf das ein stümperhafter Schildermaler das Wort »Fives« gepinselt hatte. Na, klasse. Der Laden roch so gar nicht nach dem, was meinem Geschmack entspräche. Und ich spielte einen Moment lang mit dem Gedanken, umzudrehen. Aber jetzt, wo ich doch schon mal hier war ...

Das Bistro war bis auf Träne vollkommen leer. Der hing mit rundem Rücken auf einem Barhocker am Tresen, beugte sich über seinen Kaffee und fummelte irgendwas heraus. Ich nahm an, dass es aus seinen Haaren gefallen war (oder aus seinem Mund, er hatte einen Keks in der Hand), schloss aber nicht aus, dass man in diesem Etablissement in seiner Tasse auch Rückstände vorheriger Kunden finden könnte. Wie zur Bestätigung dieser These war die Tasse des ersten Getränks, das mir in dieser Kneipe serviert wurde – es wurden im Laufe der nächsten Monate eine Menge mehr –, am Rande mit Lippenstift verziert. Aber dazu später mehr, denn in dem Moment, als ich das »Fives« zum ersten Mal betrat, war nicht mal eine Servicekraft zu sehen.

»Hallo, Träne«, begrüßte ich ihn.

Er dreht sich rasch um und rief ehrlich freudig überrascht: »Hey, Marcus!«

Und dann kam meine Überraschung.

Das »Fives« war eine notdürftig renovierte Kneipe mit einem Hauptraum, rechts ein paar vom Licht verschiedenfarbiger Spots beschienene runde Edelstahltische mit unbequemen Stahlstühlen, links der Tresen mit verchromten Barhockern aus dünnem Eisenrohr und schwarzem Lederimitat. An einer Seite hingen an der Wand – Grundfarbe durchgängig weiß – zwei Daddelautomaten und direkt geradeaus ein Flipper. Gar kein schlechter, der »Earthquaker« sollte mir in Zukunft noch viel Freude bereiten. Rechts neben dem Flipper war ein Durchgang zu den Klos und einem Hinterraum mit Billardtisch. Das gesamte Design war konsequent niveaulos, keinem Stil entsprechend, wirkte insgesamt sehr kalt und wenig einladend. Hinter dem mit schwarzem Noppengummi verkleideten Tresen – der Fußboden bestand aus dem gleichen Material – waren einfache Glasregale mit einer eher bescheidenen Auswahl an Spirituosen an einer voll verspiegelten Wand aufgehängt.

Die Überraschung kam am hinteren rechten Ende des Tresens aus zwei schwarz angepinselten Lammellenschwingtüren, die schwungvoll aufflogen und dabei einen hageren Frauenkörper freigaben. Es war Kim. Bis dahin wusste ich zwar, dass es eine Kim gab – ich hatte den Namen im Fahrzeugbrief gelesen –, nur ahnte ich nicht, dass sie hier arbeitete. Scheinbar völlig beiläufig und ohne mich zu sehen, kam sie in den Schankraum. Ihre großen Augen blickten erst nach einem tiefen Zug von der Zigarette auf.

»Na? Du bist wohl der Glückspilz, der einen Mercedes als Trinkgeld bekam, was? Hat Träne mir gerade erzählt.«

»Dieser Vollpfosten!«, schoss es mir durch den Kopf. Mein Hirn ratterte. Natürlich war sie es, die wollte, dass ich hier einen Kaffee trinke. Natürlich war sie es, die sich die Sache mit dem Mercedes noch mal anders überlegen wollte. Und das alles nur, weil Träne seine Schnauze nicht halten konnte und er damit in irgendwelchen Kneipen hausieren ging – weil er die personifizierte Katastrophe, ein Hurrikan in Menschengestalt, ein apokalyptischer Reiter war. Denkebene zwei flüsterte mir mit innerer Stimme: »Weil *Du* Vollpfosten das Träne erzählt hast, weil *Du* Vollpfosten nicht zugehört hast, als ich dich vorhin gewarnt habe, hier handelt es sich um *Träne*.«

Das war es also. Ich könnte jetzt darauf beharren, dass ich den Wagen bereits angemeldet hatte, dass ich Kosten hatte, dass sie ihn mir geschenkt hatte und schließlich wie im Kindergarten mit »Geschenkt ist geschenkt, wiederholen ist gestohlen!« enden und würde mich dabei einfach nur scheiße fühlen. Die Gedanken schossen mir nur so durch den Kopf, und ich verfluchte Träne innerlich, und ich verfluchte mich und die Welt und alles ...

Und sie lächelte mich freundlich mit ihren schiefen Zähnen an und fragte beiläufig: »Möchtest du einen Kaffee?«

»Ja, gerne«, erwiderte ich verwirrt.

Sie brühte einen frischen Kaffee auf, servierte ihn mir, stellte mir eine Dose Milch dazu, legte sieben Päckchen Zucker daneben, setzte sich mir direkt gegenüber und blickte mir mit ihren teetassengroßen Augen tief in die meinen.

Pantoffelheld

Der Freimarkt wird in Bremen auch die fünfte Jahreszeit genannt. Ein Volksfest mit Karussells, Achterbahnen, Buden und Festzelten. Für uns Norddeutsche eine Art Karnevalsersatz, denn mit dem Fasching haben wir es hier nicht so. Der Freimarkt ist »Big Business« für »Ticker«, wie wir Taxifahrer uns selbst bezeichnen. Gerade in einer Wochenendnacht ist alles, was Räder hat, draußen. Ich nutze die Gelegenheit und stelle mich um kurz vor sechs – ich war bereits um vier ausgerückt – an den verbotenen Bahnhof. Eine unverdächtige Zeit ... Nur ein einziges Taxi steht vor mir, »der Fette« sitzt noch in *Zürich* und checkt die Abrechnungen, in fünf Minuten bin ich hier wieder weg. Ein untersetzter Geschäftsmann im feinen Hugo-Boss-Anzug wuchtet seinen offensichtlich übergewichtigen Koffer in Richtung des vor mir wartenden Kollegen. Er steigt aus seinem Ford Sierra, fängt den potenziellen Fahrgast weit vor seiner Beifahrertür ab und verwickelt ihn in ein Gespräch. Völlig klar, was da abgeht. Geschäftsmann, Taxi, Koffer. Der Ruf-Ticker zählt eins und eins zusammen, weiß sofort, dass das nur eine Innenstadttour ist, und weist dem Mann den Fußweg in Richtung seines Hotels. Genervt winkt der ab und schleift seinen Koffer auf dünnen, quietschenden Rollen weiter zu meinem Wagen.

»Der Kollege will mich nicht fahren. Die Tour ist ihm zu kurz.« Ich habe nicht die geringste Lust, zu erklären, dass wir Taxifahrer grundsätzlich *beförderungspflichtig* sind. Um einen Fahrgast abzulehnen, muss es schon einen triftigen Grund geben. Zum Beispiel, wenn die Leute so besoffen sind, dass ich Gefahr liefe, sie kotzten mir ins Auto. Kurze Touren gehören nicht zu diesen Gründen.

Das war eigentlich nicht meine Fahrt. Aber egal.

»Immer rein mit dem Koffer! Wo soll's denn hingehen?«

»Zum Maritim an der Stadthalle.«

Jepp, das war ein »Super-KAS«, die »kürzeste anzuneh-mende Strecke« überhaupt. Die Stadthalle liegt genau auf der anderen Seite des Bahnhofs. Eine Fünf-Mark-Tour, die er mir immerhin mit einem Zehner vergütet. Aber das ist nicht die Geschichte.

Was mein Kollege vom Ruf nicht ahnt, ist, dass exakt dort, wo der Anzugträger aussteigt, ein hagerer Mann so Mitte 50 flehentlich auf ein Taxi wartet. Dankbar stolpert er, offenbar stark angetrunken, auf den Vordersitz. Seine dunkelblaue Bundfaltenhose erregt meine besondere Auf-merksamkeit, denn noch beim Einsteigen bemerke ich, dass der Stoff im Bereich des Schrittes seiner Hose noch mal deutlich dunkler ist als der Rest. Na, klasse, da hat der gute Mann wohl eingenässt. Gerade als ich ihm freund-lich, aber bestimmt erklären möchte, dass ich grundsätz-lich keine Leute fahre, die nicht in der Lage sind, ihre Körperflüssigkeiten bei sich zu behalten, stellt er die alles entscheidende Frage.

»Was kostet eine Fahrt nach Siegen?«

Das ändert die Sache natürlich schlagartig. Eine Tour nach Siegen, 330 Kilometer, zweieinhalb Stunden Fahrt-zeit. Das bisschen Urin dürfte sich auf dem Weg dorthin sicherlich verflüchtigen.

»Da können wir einen Festpreis machen. 600 Mark. Drunter geht gar nichts«, sage ich selbstsicher.

Da sind durchaus noch 100 Mark Luft nach unten. Aber irgendwie ahne ich, dass er es eilig hat und hier nicht groß feilschen will. Er wirkt nervös. Fast ein bisschen ängst-lich, als wäre er auf der Flucht. Und falls das so sein sollte, täte ich gut daran, jetzt aufs Gaspedal zu drücken, denn ich habe nicht die geringste Lust, dass mir irgendjemand diesen Volltreffer noch aus dem Wagen zieht.

Einen kleinen Moment muss ich aber noch warten. Genau in diesem Moment bremst der Sierra des Ruf-Fahrers vorm Maritim ab und kassiert einen anderen Geschäftsmann ab. Ich lasse es mir nicht nehmen, kurbele das Seitenfenster herunter und sage in gespielt mitleidigem Ton: »Wärest du nur zwei Minuten früher hier gewesen, könntest du diesen Herrn jetzt nach Siegen fahren. Aber die Tour wäre dir bestimmt zu lang gewesen.«

Ich gebe zu, das zeugt nicht von besonderer charakterlicher Stärke. Aber das Verhältnis von Ruf und Weser ist nicht das beste. Konkurrenz wäre da noch eine milde Beschreibung. Und sein Gesicht, verzerrt, als hätte er gerade in eine besonders bittere Zitronenschale gebissen, ist mir deshalb auch ein innerer Vorbeigang.

»Schnell, schnell«, drängt mein inkontinenter Kunde, »das mit den 600 geht in Ordnung. Aber, um Himmels Willen, fahren Sie.«

Und ob ich das tue. Schon aus ureigenstem Interesse. Wenn alles glatt läuft – mit Staus ist an einem Samstagabend im Oktober nun wirklich nicht zu rechnen – bin ich noch vor Mitternacht zurück. Genau dann, wenn das Geschäft anfängt zu brummen. Mein Fahrgast legt sein Gesicht in tiefe Sorgenfalten. Er dürfte um die 1,80 Meter groß sein, wirkt aber so zusammengesunken, wie er da im Beifahrersitz kauert, deutlich kleiner.

»Es geht mich ja nichts an. Aber dürfte ich Sie fragen, warum Sie nicht einfach einen Zug nach Siegen nehmen?«

»Den hab ich verpasst.«

»Und was hindert Sie daran, den nächsten zu nehmen?«

»Da fährt heute keiner mehr.«

Eine bestechende Logik. Abgesehen davon, dass ich mir ziemlich sicher bin, dass heute auf jeden Fall noch ein Zug zumindest in Richtung Siegen fährt, gäbe es ja durchaus die Möglichkeit, einfach eine Nacht in Bremen zu bleiben. In den teuren Hotels gibt es auch an einem Freimarktswochenende noch ein Zimmer. Das kostet zwar an die 200 Mark, unterm Strich sind das aber immer noch 400 weniger als ein Taxi.

Seine mitleiderregende Geschichte erklärt mir den Sachverhalt. Er ist nicht auf der Flucht, er ist ein Verfolger:

»Ich war mit meiner Handballmannschaft in Bremen auf dem Freimarkt. Ich weiß gar nicht, wo ich die ganze Nacht war ... Jedenfalls nicht in unserem Hotel. Der Zug ist um halb sechs abgefahren, und ich hab ihn verpasst. Meine Frau darf auf keinen Fall mitbekommen, dass ich nicht im Zug saß. Sie bekommen 100 Mark extra, wenn sie den Zug einholen und ich mit der Mannschaft zusammen aus dem Bahnhof komme.«

»Warum rufen Sie Ihre Frau nicht einfach an und sagen: ›Schatz, ich hab den Zug verpasst und komme erst morgen‹?«

»Sie kennen meine Frau nicht!«

Da hat er Recht. Und so wie es aussieht, möchte ich sie auch nicht kennen lernen. Ich steuere über den Autobahnzubringer Hemelingen auf die A 1. Ab da nur noch Vollgas. Ein stürmischer Gewitterregen setzt ein, dicke Tropfen prasseln auf die Windschutzscheibe, der kleine 190er wird geschüttelt und gerüttelt, die Tachonadel klebt stetig auf 160 Stundenkilometer, und er erzählt mir mehr aus seinem Leben. Banklehre, mit 25 geheiratet, zwei Kinder, beide inzwischen erwachsen, mit 42 zum Filialleiter der Siegener Kreissparkasse befördert. Seine Frau hat Geld mit in die Ehe gebracht, betreibt einen Massagesalon und verfügt nach seinem Bekunden über Bärenkräfte, die sie hin und wieder zu seinem Nachteil einsetzt. Nein, so sieht kein glücklicher Mann aus. Die Fassade wird nach außen natürlich stets gewahrt. »Der Heinz« (oder Hermann oder Georg, oder was auch immer er für einen altbackschen Namen tragen mag), »der Heinz, der hat es geschafft.« So ähnlich dürften die bewundernden Worte in seiner Handballmannschaft klingen. »Der hat sich aus dem Nichts hochgearbeitet. Und so eine tüchtige Frau.«

Das stetige Prasseln der Regentropfen schläfert den Siegener Kreissparkassenleiter langsam ein. Seine Gesichtszüge entspannen sich, zwei Stunden Frieden liegen vor ihm, bevor ihn die Hölle seiner Ehe wieder in den Würgegriff nimmt. Es riecht ein wenig nach Urinal ...

Das Kunststück gelingt. Kurz vor neun am Abend schnurrt der Diesel auf den Siegener Bahnhof zu. Wir haben den Zug eingeholt, haben sogar noch zehn Minuten Zeit. Zehn Minuten, die mir bleiben, ihn zu wecken und zu kassieren. Ich rüttele an seinem Arm und verkünde nicht ohne Stolz in der Stimme: »Da wären wir. Wir haben es geschafft. Der Zug ist noch nicht da, alles paletti.«

Er wacht nicht auf. Ich rüttel ihn. Er wacht nicht auf. Ich rüttel noch mal.

»Was? Wie? Wer sind Sie?«

Er siezt mich. Er funktioniert wieder – irgendwie.

»Sie sind zu Hause. Wir haben es geschafft. Der Zug ist noch nicht da. Alles paletti«, wiederhole ich.

Ein kurzer Moment der Verwirrtheit, des Unglaubens, langsam in Erleichterung umschlagend, in seinen Augen.

»Was? Klasse! Meine Rettung!«

Von wegen. Es fehlt ihm an der nötigen Menge Bargeld. Er hat keine EC-Karte dabei und würde gerne mit einem Scheck bezahlen. Ein grüner Scheck. Ein Schüttelscheck, wie wir »Ticker« sagen, denn wenn du zur Bank gehst und versuchst, ihn einzulösen, kommt von der anderen Seite des Schalters lediglich ein Kopfschütteln zurück.

»Sie können mir glauben. Der Scheck ist gedeckt!«

»Sorry, aber da mache ich keine Ausnahmen. Eurocheque oder bar. Was anderes kommt nicht in Frage!«

Auch wenn ich dem Mann seine Geschichte abkaufe ... Keine unnötigen Risiken. Wenn ich dem »Fetten« einen geplatzten 600-Mark-Scheck abliefere, kann ich gleich einpacken.

»Dann müssen wir zu mir nach Hause«, sagt er kleinlaut. »Da hab ich Eurocheques. Aber wir müssen uns irgendeine Geschichte für meine Frau ausdenken.«

In seinen Augen ist wahrhaftige, echte, ungespielte Angst zu sehen. Eben noch der strahlende Sieger, scheiß auf 600 Mark – aber er hatte es seiner Frau gezeigt, hatte sie bereits hinters Licht geführt, hatte einmal gewonnen. Und jetzt sind wir auf dem Weg in die Höhle der Löwin. Sein Haus – wahrscheinlich ist es mehr ihres als seins – liegt am Siegener Stadtrand. Eine Ausgeburt der Spießigkeit. Zweistöckig, schwarze Pfannen, dunkelgrauer Rauputz, Mahagonifenster mit drapierten Gardinen, der Garten eine Ansammlung auf Fasson geschnittener Ziertannen, und der Rasen könnte ohne Weiteres mit einer Nagelschere auf gleichmäßige Länge gebracht worden sein. Geranien, rote, lilane, pinke, zweifarbige. Keine Blume kann etwas dafür, dass sie ist, was sie ist. Aber die Geranie ist die Ausgeburt des Matriarchats. Pflegeleicht und auch nach schlechter Behandlung Wachstum garantierend. Die braucht keiner.

Wir laufen einen schnurgeraden Weg aus Waschbetonplatten zur Haustür hinauf. Eine gelbe Lampe verbreitet diffuses Licht über einem überdimensioniert geschwungenen Briefkasten aus handgehauenem Kupferblech. Unter dem Posthorn ein kleines graviertes Schildchen: »Manuela und Martin Sawitz«. Links ein Firmenschild: »Manu's Massagesalon«. Mit Idiotenapostroph. Na, klasse!

Er klingelt. Der Mann hat keinen Schlüssel. Als kurz danach Licht hinter der Ornamentglasscheibe aufflammt, sacken seine 1,80 Meter auf gefühlte 1,65 Meter zusammen. Manu öffnet die Tür.

Was für ein Tier! Sie bringt gut und gerne 90 gut durchtrainierte Kilo auf die Waage, verteilt auf eine Länge von etwa 1,70. Ihre ehemals blonden, inzwischen deutlich angegrauten Haare zu einem gewaltigen Dutt aufgetürmt. Das macht sie nicht gerade kleiner. Sie trägt Hosen – ich hätte nichts anderes erwartet. Im nach außen dringenden Schein des Flurlichts werfe ich einen prüfenden Blick auf Martins Schritt. Zumindest da hat er Glück gehabt. Abgesehen von einem kleinen grauen Rand ist der Fleck auf seiner Hose in der warmen Heizungsluft des Taxis restlos ausgetrocknet. Auch wirkt er deutlich nüchterner als drei Stunden zuvor.

»Hallo, Manuela«, beginnt er kleinlaut. »Das ist Peter, aus meiner Handballmannschaft. Ich wollte ihn noch auf einen Kaffee einladen.«

Sie sagt kein Wort, und Filialleiter Sawitz bugsiert mich über einen braunen Filzteppich in Richtung Küche. Wenn er hofft, dass wir dort alleine wären, so täuscht er sich gewaltig. Seine voluminöse Frau begleitet uns, mustert uns aus schmalen Augen, versucht herauszufinden, was hier gespielt wird. Kein Wort kommt über ihre Lippen. Nichts, was die Situation ein wenig entspannen könnte. Kein Signal, dass sie den Vorgang hier zwar nicht ganz normal findet, sie aber ihrem Ehemann doch soweit vertraut, dass man ihn mit seinem Handballkameraden einfach mal alleine lassen könnte. Nervös fingert Martin Filter und Kaffeepapier aus einem beigefarbenen Hängeschrank über der Spüle.

»Das war ein klasse Abend gestern«, versuche ich ein Gespräch und habe das Gefühl, Manus Augen vergrüben sich tief in meine Hirnrinde, als könnte sie meine Gedanken erspähen und so dahinterkommen, was hier läuft.

»Ja, war klasse«, zittert Martins Stimme, »was ham' wir Spaß gehabt.«

Er serviert den Kaffee. Wir sitzen zu dritt um den Küchentisch herum, und Martin wird klar, dass er diese Nummer nicht ewig durchziehen kann.

»Manuela, könntest du mir bitte einen Eurocheque geben?« Er versucht, dabei möglichst selbstsicher zu klingen.

Was für eine arme Sau! Keinen Schlüssel, keine Eier, und als Filialleiter einer Siegener Kreissparkasse muss er seine Frau auch noch nach einem verfickten Eurocheque fragen.

Manu antwortet nicht. Sie steht einfach nur auf, öffnet einen der Hängeschränke, zieht ihren Schlüsselbund aus der knapp sitzenden Armani-Hose und schließt eine kleine rote Kassette auf. Wortlos reicht sie ihm einen Scheck.

Martin versucht beiläufig zu klingen. »Äh, 650 waren das, oder?«

»700«, sage ich.

»Verwendungszweck ›Mannschaftskasse‹.«

»Jepp, herzlichen Dank noch mal. Das ist wirklich großzügig von dir. Die Jungs sind stolz auf dich.«

Manus Augen verengen sich auf Birefmarkenniveau, quer, enger als ich es für möglich gehalten hätte für jemanden, der mich eindeutig immer noch kritisch mustert. Martin reicht mir den Scheck. Einen Moment lang überlege ich, ob ich auf zwei Schecks bestehen sollte. Schließlich sind Eurocheques nur bis 400 Mark gedeckt. Aber irgendwas in mir sagt, dass ich den Bogen jetzt nicht überspannen sollte. Wie selbstverständlich nehme ich das vertrauenserweckend blaue Stück Papier an mich und verspüre nur noch einen Wunsch: Schnell weg hier!

»Ich müsste dann mal los. Meine Freundin wartet bestimmt schon auf mich«, lüge ich. »Wir sehen uns dann beim Training.«

»Ja, mach's gut, Peter. Bis Dienstag.«

Martin gibt sich alle Mühe, die Scharade aufrechtzuerhalten. Aber in seinen Augen lese ich, dass ihm die Vergeblichkeit dieses Plans längst bewusst ist. Sobald ich das Haus verlasse, wird Manu ihn sich vornehmen. Und die Wahrheit, da bin ich mir sicher, zur Not aus ihm herausprügeln.

6

Ich trank jetzt regelmäßig Kaffee bei Kim, obwohl mich das Koffein immer ganz raschelig machte. Ihre blonden Haare reichten fast bis zu ihrem strammen Po – erst später wurde ich gewahr, dass es sich bei der überwiegenden Mehrheit ihrer Kopftracht um ein künstliches Haarteil handelte. Wir waren beide der Meinung, dass Träne in den kurzen Pausen, die ich bei ihr verbrachte, völlig fehl am Platze war. Und deshalb verzichtete ich darauf, ihn nach Gesellschaft zu fragen. Was Träne übrigens nicht im Geringsten davon abhielt, trotzdem in aller Regelmäßigkeit genau dann aufzutauchen, wenn ich im »Fives« saß. Dabei hatte ich hier Gesellschaft genug, und zwar die beste, die ich mir momentan vorstellen konnte. Ihr »Mann«, das fand ich schnell heraus, war gar nicht ihr Mann, sondern ihr Freund. Sie nannte ihn nur so. Aber die beiden wohnten zusammen, das sah nach einer festen Kiste aus.

Er arbeitete bei Daimler am Band, verdiente gut und schien ihr ihre Freiheiten zu lassen. Ohnehin war sie nicht der Typ, den man kommandieren oder einsperren konnte. Sie war selbstbewusst, zielstrebig und hatte eine ziemlich klare Vorstellung davon, was sie mal erreichen wollte. Und das war eine eigene Diskothek, am besten auf einer Insel – Sylt stand in der engeren Auswahl.

Ihre nahe Zukunft beschränkte sich aber auf ein anderes Thema – und das war ich! Zu diesem Zeitpunkt wusste ich noch nicht, dass sie es sich regelmäßig von ihrem Nachbarn besorgen ließ. Ein DJ und Radiomoderator, dem früher mal das »Johnny's« gehört hatte, eine Diskothek im Bahnhofsviertel. Ihr »Mann« hatte mehr so eine Art Versorgerfunktion. Die beiden lebten in einer sündhaft teuren Wohnung am Ostertorsteinweg, in einem wunderschönen Jugendstilhaus mit zwei in die Fassade eingearbeiteten Türmen. Ein Traum von einem Haus, das es ob seiner Schönheit sogar mal auf die Umschlagseite des Bremer Telefonbuches geschafft hatte.

Sie arbeitete fleißig, sechs Nächte die Woche, und sie war eine ausgesprochen aufmerksame Barkeeperin und bekam dementsprechend viel Trinkgeld. Aber für diese Wohnung – sie liebte sie abgöttisch – hätte es alleine nicht gereicht. Und so war dieses Konstrukt – fester Freund, aber ein Sexmuffel, und ein Nachbar, den man nur mal kurz für eine schnelle Nummer anrufen musste – für sie die optimale Lösung. Bis zu diesem Zeitpunkt. Denn sie hatte die Absicht, diese beiden Wichtigkeiten in einer Person zu vereinigen, und sie mochte mich. Sie wusste aus meinen Erzählungen, dass ich eine Menge Geld im Taxi verdiente und zusätzlich noch Arbeitslosengeld einsackte. Nun musste sie nur noch herausfinden, ob ich ihren Ansprüchen im Bett genügte. Ein Test, dem ich mich, hätte ich von ihrem Plan gewusst, ohne zu zögern sofort gestellt hätte.

So dauerte es aber noch zwei Wochen. Meine letzte Tour war es jetzt, sie jeden Morgen gegen fünf vom »Fives« abzuholen und nach Hause zu bringen. An diesem Abend, es war ein Dienstag, fragte sie mich in der Kaffeepause, ob ich nicht morgens nach Dienstschluss bei ihr ein Bier und einen Whisky trinken wollte. Warum nicht, dann müsste sie eben hinterher ein Kollege nach Hause bringen. Ich war längst bis über beide Ohren in sie verknallt, und sie hätte mich auch fragen können, ob wir uns mal eben im Parkhotel einmieten, nach Paris fahren oder auf den Mond fliegen wollten. Ich hätte immer ja gesagt.

Das übliche Feierabendbier in *Zürich* stürzte ich in Hochgeschwindigkeit hinunter. Normalerweise saßen einige von uns »Tickern« noch eine halbe Stunde an den schmutzig-weißen Resopaltischen zusammen, öffneten ein paar Büchsen und tauschten ein bisschen Taxifahrerlatein aus. Irgendeine verrückte Story gab es jede Nacht. Aber heute hatte ich es eilig, lief rüber zum Parkplatz unter der Hochstraße, stieg in mein Coupé und jagte mit deutlich überhöhter Geschwindigkeit durch die Stadt. Ein risikoloses Unterfangen, wir wussten immer, wo die Blitzer standen, weil wir uns gegenseitig über Funk informierten.

Kim stand hinterm Tresen, Benno, einer der Stammgäste, goss mit lautem Gurgeln die Hälfte eines Halbliterglases Bier in sich hinein. Heino hing am Daddelautomaten und verspielte wie fast jede Nacht viel zu viel Geld.

»Feierabend!«, rief Kim, als ich mit klopfendem Herz das »Fives« betrat. Ich verstand nicht. Wieso Feierabend? Was sollte das jetzt?

»Kommt, Jungs, ich hab's euch gesagt. Benno, trink das Bier aus, und bei dir ist jetzt auch Schluss, Heino!«

Benno stürzte die andere Hälfte seines Haake-Beck hinunter, und weil Heino nicht reagierte, ging Kim zum Münzautomaten, drückte auf die Rückgabetaste und zog den Stecker. Heino guckte sie mit glasigen Augen an, muffelte irgendwas, streifte sich seine Jeansjacke über und trottete Richtung Ausgang, Benno stand bereits vor der Tür. Sie schloss von innen ab und löschte die Außenbeleuchtung.

Dann drehte sie sich zu mir um und fragte kurz: »Whisky?«

»Chivas Regal«, antwortete ich genauso knapp und setzte mich, möglichst lässig wirkend, an den Tresen. Sie brachte mir einen Dreifachen auf Eis, setzte sich mit einer Tasse Kaffee zu mir und zog an ihrer Zigarette. Kaffee und Tabak waren ihre Grundnahrungsmittel. Mal abgesehen von Zucker. Sieben Löffel, exakt *sieben* Löffel Zucker, kippte sie in jede Tasse guten Bohnenkaffees, rührte ritualisiert eine gefühlte Ewigkeit um und trank diese von klebriger Süße getränkte Brühe dann in kleinen Schlucken.

»Lust auf eine Partie Billard?« fragte sie in gespielter Unschuld. Sie wusste längst, was sie vorhatte, saß mit aufreizend gespreizten Beinen vor mir, ließ mir einen Blick auf den schmalen Streifen strahlend weißer Haut ihrer makellosen Beine, zwischen ihrem Spitzenslip und den schwarzen halterlosen Strümpfen.

»Ja, gerne ...«, antwortete ich und wirkte dabei wohl ziemlich unsicher. »Jetzt nur nichts versauen«, schoss es mir durch den Kopf. Ich stand auf und ging mit ihr ins Hinterzimmer zum Billardtisch und wollte nach einem der Queues greifen, als sie mich von hinten am Hosenbund packte, mich umdrehte und gegen den Pooltisch drückte. Sie presste ihre Hand ohne weitere Umschweife in meinen Schritt, löschte mit der anderen die Zigarette, griff nach meinem Nacken, küsste mich, grub ihre Zähne sanft in meine Lippen. In Sekundenschnelle wuchs meine Männlichkeit um das Dreifache, sie quittierte das mit einem zufriedenen Lächeln, küsste weiter, öffnete mein Hemd, zog mein T-Shirt hoch, drückte meinen Oberkörper auf das Grün des Tisches, küsste tiefer, küsste noch tiefer und öffnete mit geübter Hand meine Hose. Ihr Mund war ein Werkzeug, das die Götter geschaffen haben mussten. Sie spielte mit Zunge und Lippen auf meinem kleinen Freund, rieb den Schaft bis an die Wurzel mit ihren feuchten Fingern, brachte mich fast zum Explodieren und hielt genau im richtigen Moment inne, um mich nicht zu früh kommen zu lassen. Ich griff sie, packte sie mit meinen Händen, legte sie mit dem Rücken auf den Billardtisch. Sie war so zierlich, dieser gertenschlanke Körper, in meinen Armen leicht wie ein Blatt Papier. Ein parfümiertes Blatt, denn sie roch unbeschreiblich gut. Ihr Körpergeruch war *das* Liebeselexier für mich. Ein Geruch, den ich niemals vergessen würde, den ich bis an mein Lebensende mit gutem Sex verbinden würde.

Ich war viel zu begierig darauf, sie zu nehmen, als dass ich mir die Mühe machte, ihr etwas auszuziehen. Mit groben Händen schob ich ihren Rock hoch, den Slip zur Seite und drang, ohne eine weitere Sekunde zu verschwenden, in sie ein. Es war harter, kurzer und überaus leidenschaftlicher Sex. Sie schrie mit der Lautstärke eines startenden Düsenflugzeugs direkt in mein Ohr: »Fick mich!« und andere in diesem Moment absolut passende Obszönitäten, die mir das Gefühl, ja die Sicherheit gaben, dass sie diesen Moment genoss. Sie ließ sich gehen wie nie eine Frau zuvor. Sie schrie mich in einen rauschenden Orgasmus, und ihre Augen verdrehten sich dabei in die Unendlichkeit.

Dann lächelte sie.

»Einen Whisky?«, fragte sie. Und entglitt so schnell, wie sie mich genommen hatte, meinen Armen und verschwand hinter der Bar. Sie kam mit einem Glas Chivas Regal zurück, aber was wichtiger war, mit einer Zigarette. Die berühmte Zigarette danach. Die brauchte sie, und als Belohnung für meine Dienste bekam ich zukünftig immer einen guten Whisky auf Eis.

7

Kims Nachbar hieß Johnny, war gut und gerne 20 Jahre älter als sie. Ein abgehalfterter DJ, der mit seiner Disco im Bahnhofsviertel grandios gescheitert war, um sich danach als Plattenaufleger bei irgendwelchen Schüler- und Unipartys zu verdingen. Kims Verlust – sie hatte ihm erzählt, dass er nur noch die Nummer zwei im Bett war (und damit raus) – konnte er durch seinen Job problemlos kompensieren, denn zu seinen Hobbys zählte es, kleine Mädchen betrunken und willig zu machen. Wie ihm das gelang, war mir von Anfang an ein Rätsel. Schiefes Gesicht, dünne, graue Haare und eine kleine, gedrungene Gestalt. Adonis sah gewiss anders aus und trug vermutlich auch nicht so ein schleimig schiefes Grinsen auf den Lippen, das selbst wohlwollende Betrachter nicht als Lächeln eingeschätzt hätten. Wie Kim mir erzählte, habe es wohl erheblich an seinem Selbstbewusstsein genagt, dass sie ihm lediglich das Ende ihrer Affäre eröffnete, ihm aber den anschließenden Abschlussfick versagte.

Aber da gab es immer noch Felix, ihren »Mann«, der gar nicht ihr Mann war, und den galt es jetzt loszuwerden. Zwar waren die täglichen Feierabendnummern auf dem Billardtisch, dem Flipper oder der kleinen Edelstahlspüle in der Küche des »Fives« überaus erregend und unser Sexleben besser als alles, was ich mir in meinen Träumen vorzustellen gewagt hätte. Aber Felix musste weg! Und dafür musste ich genau *gar nichts* tun. Exakt zwei Wochen nach unserem prickelnden Erstling im Billardzimmer gönnte ich mir einen Kaffee im »Fives« und sah am Tresen sitzend ein zufriedenes Lächeln, das die schiefen Zähne in Kims Gesicht von Mundwinkel zu Mundwinkel freilegte. Die üblichen Verdächtigen hingen über ihren

Biergläsern, rauchten die Luft neblig und schwadronierten über die schrecklich moderne Musik der 1980er-Jahre und wie viel besser doch die »handgemachten Songs« in den 1970er-Jahren waren.

Kim kam mir ein Stück entgegen, schlug ihre großen Augen soweit auf, als ob sie mich damit verschlucken wollte, und fragte so selbstverständlich, als ob sie sich mal eben nach dem Wetter oder der Geschäftslage erkundigt hätte: »Wann kannst du einziehen?«

Ich verschluckte mich an meinem Kaffee, hustete ein paar Mal kräftig, Tränen rannen aus meinen Augen, und als ich ungläubig antworten wollte, versagte die Stimme ihren Dienst. Ich weiß nicht genau, ob vor Überraschung oder weil immer noch eine erhebliche Menge koffein-geschwängerten Kaffees in der Röhre hing, in die er nicht hineingehörte. Vermutlich war es eine Mischung aus beidem … Endlich hatte ich mich soweit gefangen, dass ich antworten konnte – und praktischerweise hatte mir das auch Zeit gegeben, eine coole Antwort zu formulieren.

»Wieso? Ich bin doch schon vor über zwei Jahren eingezogen ...«

»Jepp, das mag schon sein. Aber in *deine* Wohnung. Und nun will ich wissen, wann du in *meine* Wohnung einziehen kannst. Denn Felix ist heute morgen *aus*gezogen.«

Die ganze Geschichte bekam eine atemberaubende Geschwindigkeit. Es war nicht mal einen Monat her, dass ich von einer mir völlig Unbekannten einen Strich-Achter quasi als Trinkgeld bekam, und jetzt fragte sie mich, ob ich bei ihr einziehen wolle. Das wollte wohlüberlegt sein. Andererseits, wenn ich es mir erst noch groß überlegen müsste, könnte ich es auch gleich lassen, denn eines war klar: Ich war in diese Frau bis zur letzten Blut pumpenden Ader meines Körpers verliebt. Zurück war überhaupt keine Option, ich musste da jetzt rein, musste genau das tun. Und wenn Hirnforscher manchmal behaupteten, der

Mensch habe gar keinen freien Willen, er sei ein Spielball seiner Triebe und seiner Gene, so traf diese Beschreibung auf mich hundertprozentig zu.

»Wie wär's mit heute Abend?«

Mir war klar, dass Kim meine gespielte Gelassenheit durchschaute. Sie hatte sich bestimmt minutiös ausgemalt, wie ich überrascht nach Worten suchte, ein bisschen stammelte und mir dann Bedenkzeit ausbat. Aber diese Blöße wollte ich mir nicht geben. Ich wollte ihr zeigen, dass ich genau *das* wollte, dass ich es schon immer gewollt hatte, dass es unser vorherbestimmtes und unabwendbares Schicksal war. Von der ersten Sekunde an, als ich sie am Tresen sah, als sie in mein Taxi stieg, als mir ihr unvergleichlicher, magisch anziehender Geruch in die Nase stieg, als sie wie von einer fremden Macht gesteuert genau mir ihren Mercedes überließ … Na, klasse, jetzt wurde ich also zum Romantiker.

Kim machte hinterm Tresen einen kleinen Luftsprung, gab eine Mischung aus freudigem Gurren, Lachen und mädchenhaft albernen Freudenschreien von sich. Dann tänzelte sie mit ihren dünnen Beinen um die Bar herum, lächelte noch ein bisschen breiter, umschlang mich mit ihren Ärmchen und gab mir einen Kuss, der, obwohl er nach Kaffee und Tabak schmeckte, nicht schöner hätte sein können.

Unser erster offizieller Kuss.

Benno und Heino hoben die Köpfe um die Rekordmarke von 30 Zentimetern über ihre Biergläser und drehten sich zu uns um.

»Siehst du, da läuft was … hab ich dir doch gesagt«, freute sich Heino, der doch tatsächlich einen Zusammenhang erkannt hatte – zwischen dem Umstand, dass er in den letzten Tagen um fünf immer den Laden verlassen musste, und meinem Eintreffen, um dort mein Feierabendbier zu trinken.

»Denn mach ma' noch zwei Halbe. Wir fliegen ja gleich wieder raus.«

»Genau so sieht's aus, Jungs. Letzte Runde!«, und zu mir gewandt: »Hier ist dein Schlüssel. Und heute darfst du schon mal bei mir schlafen.«

8

Heute hatten wir es ein bisschen eiliger. Kim machte ihre Abrechnung, schob Heino und Benno aus dem Laden, warf sich eine dünne Jacke über und hakte mich unter. Die Alarmanlage scharf schalten, abschließen, Rollgitter runter und dann kurz um die Ecke zum Traumauto.

Ich ließ die mächtige Maschine an und fuhr zum Ostertorsteinweg. Kims Wohnung kannte ich nur von außen. In der Morgensonne sah das knapp hundert Jahre alte Jugendstilhaus noch schöner aus als nachts, wenn es von den vielen bunten Lampen der Geschäfte und der gelblichen Straßenbeleuchtung angeleuchtet wurde. Im Erdgeschoss der Comicladen »Pegasus« – der bestsortierteste Comicladen der ganzen Stadt –, der mich schon ein kleines Vermögen gekostet hatte. An dem mussten wir vorbei, durch einen kleinen außenliegenden Flur zur hölzernen Haustür mit Drahtglasscheibe. Ich ließ mich zu der kleinen Geschmacklosigkeit hinreißen, mit meinem Schlüssel zu öffnen und sie über die Schwelle zu tragen. Wenn ich mir jetzt die Hoffnung gemacht hatte, endlich eine ganze Nacht mit meiner Traumfrau in einem Bett zu verbringen, hatte ich mich entschieden getäuscht. Einerseits, weil es bereits dämmerte – wir arbeiteten schließlich nachts –, und andererseits, weil Kim hinter der Schwelle von meinen Armen sprang, den linoleumbelegten Flur entlanglief und dann rechts im Treppenhaus verschwand.

Als ich wenig später um die Ecke bog, kniete sie auf der dritten Treppenstufe und streckte mir ihren bezaubernden Po entgegen. Den bauschigen schwarzen Rock – genau der, den sie trug, als ich sie das erste Mal sah – hatte sie bis über die Hüften geschoben. Darunter trug sie nichts, so dass mir ihre schneeweiße Haut mit einer kleinen rosafarbenen Wölbung in der Mitte direkt ins Gesicht sprang. Die Verhärtung in meiner Jeans kam augenblicklich, und Kim machte nicht den Anschein, dass sie mir beim Öffnen der Hose helfen wollte. Das musste sie auch nicht. Selbst Präzisionsinstrumente hätten ihre Mühe gehabt, den winzigen Augenblick zu messen, den es dauerte, bis mein kleiner Freund in ihre feuchte Öffnung drang. Die aufregendsten 21 Stufen meines Lebens. Und obwohl wir uns hier in einem Mietshaus befanden, machte Kim sich nicht die Mühe, ihre Lautstärke auch nur um ein Dezibel einzuschränken. Wer auch immer die Geräuschkulisse überhört hätte, und dabei konnte es sich nur um einen absolut Taubstummen handeln, hätte noch Stunden später ihren Geruch, den Geruch von Schweiß, das Parfüm von heißem Sex, bemerkt. Aber all das war ihr vollkommen egal. Und mir letztlich auch. Wenn uns jemand bemerkt hatte, so hatte er sich vornehm zurückgehalten. Keiner rief durchs Treppenhaus, wir sind nie darauf angesprochen worden, die Nachbarschaft – meine neue Nachbarschaft – schien in Ordnung zu sein.

9

Kims Wohnung hielt eine Überraschung bereit. Denn als sie die Tür öffnete, kamen wir erst mal in eine andere Wohnung. Der Flur war ebenfalls mit Linoleum bedeckt. Ein langer Flur, von dem links und rechts je drei Türen abgingen. Und dann am Ende noch eine.

»Hier wohnt Mama Maggiora.«

»Hä?«

»Eine alte Italienerin. Total schwerhörig. Die wohnt hier schon seit Jahrzehnten, und als sie die Wohnung nicht mehr bezahlen konnte, haben die Vermieter hinter ihrem Teil eine zweite abgeteilt, das ist meine.«

»Wir müssen jedes Mal durch die Wohnung einer alten schwerhörigen Italienerin, um nach Hause zu kommen?«

»Ist gar kein Problem. Die hat ganz andere Zeiten als wir, und außerdem ist die supernett. Du wirst sie mögen.«

Meine Erfahrungen mit alten Italienerinnen waren eher mager – um nicht zu sagen null –, und es war mir auch völlig egal, wo sie herkam. Ich fand es nur etwas ungewöhnlich, die Privatsphäre eines anderen Menschen zu durchschreiten, um in die eigene zu gelangen. Auf jeden Fall wünschte ich ihr von Herzen, wirklich schwerhörig zu sein.

Kims Wohnung war wirklich ein Traum. Zwar nur zwei Zimmer, aber beide mehr als 30 Quadratmeter groß, 3,50 Meter Deckenhöhe, Stuck, eine große Küche, nur das innenliegende Bad hatte keine Fenster. Aber in der Lage sollte man einfach mal die Fresse halten.

Vom Wohnzimmer aus ging der Blick nach vorne raus am Theater am Goetheplatz vorbei bis zur Kunsthalle, zur Seite sah man die Geschäfte am »O-Weg« – so wurde der Ostertorsteinweg von den Viertelbewohnern in Kurzform

60

genannt – und das Café Engel. Wenn man durch das Küchenfenster blickte – das Haus stand zu drei Seiten frei –, guckte man direkt in die Kneipe »Zum lustigen Schuster«. Aber viel Zeit zum Umgucken ließ mir Kim nicht. Sie zog mich im Schlafzimmer auf ihr Futonbett – mein neues Zuhause. Eine Flasche Whisky und eine Schachtel Davidoff standen bereit. Und ich hoffte, dass Mama Maggiora wirklich ganz echt und ehrlich schwerhörig war.

Tod

Im alljährlich erscheinenden Armutsbericht der Bremer Arbeitnehmerkammer wird Walle grundsätzlich auf einem der hinteren Plätze gelistet. Komisch eigentlich. Wenn es ein Bericht über Armut ist, dann sollte Walle ganz vorne stehen. Doch seltsamerweise kommen am Anfang der Liste immer die reichen Stadtteile. Villenviertel wie Oberneuland, Borgfeld, Horn und Schwachhausen. Wer in Walle lebt, steht mit ziemlicher Wahrscheinlichkeit im sozialen Abseits. Genauso wie im angrenzenden Gröpelingen. Dabei sind beide von der Bausubstanz her gar keine schlechten Wohngegenden. Viele Altbremer Häuser, klein zwar, aber zum Teil mit Stuck und schönen Fassaden aus besseren Zeiten. Keine Hochhäuser wie in Tenever, einer 70er-Jahre-Siedlung, die sich die Sozialdemokraten damals als urbanes Heil der Stadt ausgedacht hatten.

Zumindest eines dieser städtebaulichen Ungetüme steht aber auch in Walle, genauer gesagt in der Almatastraße. Walle und Hochhaus, das ist nicht die Kombination, auf die ich scharf bin. Aber Tour ist Tour, und manchmal ist auch so etwas ein Volltreffer. Im Nachhinein kann ich immerhin sagen, dass die Fahrt unter »tragisch und dabei überaus bemerkenswert« abgeheftet werden kann.

Der Funker, Reimund, ruft die Tour schon eine ganze Weile für den offenen Raum aus. Das ist immer dann der Fall, wenn die Plätze nicht besetzt sind, oder anders gesagt: Das Geschäft läuft. Meine Fahrgäste warten also schon länger, als ich den Wagen in die Straße lenke.

Sie stehen bereits unten vor der Tür. Drei Personen. In der Mitte eine übergewichtige Frau jenseits der 70, gekleidet in eine Art Kittel, der womöglich in den 1950er-Jahren mal modern war. Die Grundfarbe blau, darauf

Blumen in depressiv verwaschenem Dunkelgrün. An den Füßen abgelatschte Schlappen mit einem cremefarbenen Kunstlederlappen über dem Spann. Sofern denn einer zu erkennen wäre. Vor und hinter dem Kunstleder quillt fettgefüllte Haut hervor, kein Schuh dieser Welt wäre in der Lage, solche Füße in menschenwürdiger Weise zu beherbergen. Die Frau ist schlecht auf den Beinen, links und rechts gestützt von, wie sich später herausstellt, ihrer Tochter und deren Bekannten. Das ist übrigens noch immer ein ganz geläufiges Wort in Walle. Da heißt es nicht Freund oder Freundin oder Lebensabschnittsgefährtin, wie es heute gern modern formuliert wird, sondern: »Das ist mein Bekannter.«

Vielleicht sind die beiden auch verheiratet. Auf jeden Fall sind sie schwer beschäftigt, denn der alten Frau scheint es nicht gutzugehen. Mühsam, Schritt für Schritt, die Alte an beiden Armen untergehakt, bewegt sich das Trio auf das Taxi zu, und schnell wird mir klar, dass ein Krankenwagen das bessere Transportmittel gewesen wäre. Der Kopf der alten Frau ist dunkelrot angelaufen. Ihr Atem geht schwer, die Lungen rasseln, die Augen sind zugequollen. Mühsam schafft das Pärchen sie auf den Rücksitz, versucht, die massigen Beine hinter die Lehne des Fahrersitzes zu wuchten. Dabei rutscht eine der Sandalen vom Fuß, und es dauert eine quälende Ewigkeit, bis es der Tochter gelingt, ihr den Schuh wieder über das verfettete Endstück ihrer Extremität zu pressen. Sie versäumt es dabei nicht, der alten Frau Vorwürfe ob ihrer mangelnden Kooperation zu machen. Ihr »Bekannter« nimmt derweil unbeteiligt auf dem Beifahrersitz Platz. »Zum Diako-Krankenhaus«, lautet die kurze Anweisung. Von hinten ertönt ein genervtes: »Stell dich nicht so an. Wir sind gleich da, Mama.«

Es gibt Momente, da stelle ich keine Fragen, obwohl ich schon gern wüsste, weshalb diese Tour nicht bei den

Kollegen vom Roten Kreuz gelandet ist. Hinten steigert sich das schwere Atmen, das Rasseln wird lauter, und ich steige aufs Gas. Etwa zehn Minuten bei normaler Fahrweise. Solange wird es wohl dauern. Aber der Blick in den Rückspiegel macht mir klar, dass wir keine zehn Minuten haben. Über die Lippen der bemitleidenswerten Frau quillt inzwischen schaumiger Speichel. Die Gesichtsfarbe changiert zwischen rot und blau, und ich fahre wie der Teufel, achte weder auf rote Ampeln noch auf die Vorfahrt anderer Verkehrsteilnehmer. Von hinten ein asthmatisches Schnaufen.

Ich drücke auf die Funktaste: »Reimund. Dringend!« *Dringend* ist ein Codewort im Taxifunk, und es signalisiert, dass es sich hier um eine Angelegenheit handelt, die keinen Aufschub duldet.

»Ich höre«, kommt sachlich und ruhig die Antwort.

»Bin auf dem Weg ins Diako. Mein Fahrgast hat ernste Probleme. Keine Ahnung, Herz, Kreislauf oder so. Schick bitte unbedingt ein Notarztteam vors Krankenhaus.«

»Wird erledigt.« In solchen Fällen wird nicht diskutiert, sondern gehandelt.

Das Gesicht der alten Frau ist inzwischen dunkelblau. Die Augen verdreht, der Mund voll Schaum, der Kittel besudelt. Ungefähr auf der Hälfte des Weges ein letztes Röcheln, dann kippt ihr Kopf zur Seite, weg von ihrer Tochter, die die Mutter am Arm hält und dabei stoisch schweigt. Der Typ neben mir scheint wenig interessiert. Er blickt stur geradeaus, dreht sich nicht ein einziges Mal nach hinten.

So schnell nur irgend möglich donnere ich mit dem Taxi in die Einfahrt zum Krankenhaus. Ein Rettungsteam mit fahrbarer Trage kommt gerade zum Eingang heraus und birgt die alte Frau. Sie gibt kein Lebenszeichen mehr von sich, die Gesichtszüge entspannt, kein Schaum dringt mehr nach außen, kein Atmen, kein Röcheln. Das Pärchen bleibt bei alledem überaus gelassen.

Verdammt, da ist gerade eine nahe Verwandte gestorben, eine Mutter.

»Was macht das?«, fragt der Mann mich.

Gute Frage, denke ich, ohne sie wirklich zu verstehen. Euch macht das offensichtlich überhaupt nichts aus.

Der Kerl bleibt stoisch guckend sitzen. Ich schaue auf die Uhr. Stimmt ja, da war ja was. »8,60 Mark«, sage ich. Er gibt mir einen Zehnmark-Schein und lässt sich 1,40 Mark rausgeben. Seine »Bekannte« sitzt immer noch hinten im Taxi und beobachtet den Vorgang kritisch. Ihre tote Mutter wird ins Krankenhaus geschoben. Sie sagt: »Eine Quittung!«

»Wie bitte?«, frage ich fassungslos.

»Wir brauchen die Quittung. Die reichen wir bei der Krankenkasse ein. Da muss auch die genaue Fahrstrecke und die Uhrzeit drauf.«

Klar, denke ich mir, ist ja logisch. Wenn meine Mutter stirbt, sollte ich es auch nicht verpassen, in der Minute ihres Todes nach einer Quittung zur Einreichung bei der AOK zu verlangen. Ich schreibe also eine Quittung aus und reiche sie dem Mann, der immer noch völlig unbeteiligt auf dem Beifahrersitz verharrt.

»Die kriegt meine Bekannte«, sagt er.

»Bitteschön. Einen schönen Abend noch!«, sage ich, mich nach hinten drehend, der vorbildlichen Tochter die Quittung überreichend, und bleibe ziemlich verstört zurück.

10

Viel hatte ich nicht zu packen. Meine Einrichtung bestand nur aus wenigen Möbeln. Der Zivildienst war so bescheiden bezahlt, dass ich das meiste selbst gebaut oder irgendwo abgestaubt hatte. Das alte Sofa stellte ich einfach an die Straße, zusammen mit den beiden einzigen Stühlen, die ich besaß. Bett und Tisch verschenkte ich an einen Nachbarn, der noch spärlicher ausgerüstet war als ich. Die Regale – Billy, der Klassiker von Ikea – baute ich auseinander, die Bücher verstaute ich in Kisten und brachte sie in Kims Keller unter. Das einzige, das ich mit in die Wohnung nahm, waren drei Umzugskartons mit Klamotten, meine Schallplatten und die Stereoanlage – die war bitter nötig, weil Felix seine mitgenommen hatte – und natürlich meinen Kater Strontium.

Den hatte ich vor zwei Jahren bekommen. Das erste Mal sah ich ihn, als er durch den radioaktiven Regen lief, der über Deutschland regnete, als Tschernobyl in die Luft ging. Deshalb auch der Name: Strontium ist ein schwarzes, radioaktives Metall. Und mein Kater war auch schwarz, pechschwarz – mal abgesehen von einem kleinen weißen Fleck auf der Brust.

Die ganze Aktion war in zwei Stunden erledigt. Und meine Wohnqualität steigerte sich durch den Umzug beträchtlich. Kim hatte einen teuren Glastisch, eine weiße Ledergarnitur und ansonsten wenig im Wohnzimmer stehen. Aus Büchern schien sie sich nichts zu machen, jedenfalls konnte ich nirgendwo welche entdecken. Im großen Kleiderschrank mit schwarzem Chinalack und Spiegeln an den Schiebetüren konnte ich spielend alles unterbringen. Eine einzige Pflanze stand in einer Ecke des Schlafzimmers. Eine Yuccapalme, die schon bessere Tage gesehen hatte. Alles war perfekt. Frau, Auto, Wohnung, Stütze, Schwarzgeld.

Wir gingen keinen Meter zu Fuß, das Taxi war für uns Neureiche das adäquate Fortbewegungsmittel. Da konnte die Strecke noch so kurz sein. Lachs, Hummer, Austern und Champagner waren unsere ständigen Wegbegleiter. Wir hatten guten Sex, ich trank exquisiten Whisky, Kim rauchte teure Zigaretten, und wir warfen das Geld mit vollen Händen zum Fenster raus. Wir hatten ja genug davon, und es kam ständig welches nach.

Die Sache hatte nur einen klitzekleinen Schönheitsfehler, von dem ich erst vier Tage später erfuhr. Felix – Kims »Exmann« – war ganz und gar nicht freiwillig ausgezogen. Ganz im Gegenteil. Er war eifersüchtig, verletzt bis ins Mark, fuchsteufelswild, und er hatte noch einen Schlüssel.

Dummerweise lag ich gerade mit einem grippalen Infekt im Bett, als ich von diesem Umstand erfuhr. Fiebrig, mit Schüttelfrost, hustend und geschwächt trank ich einen Tee, den Kim mir gemacht hatte, als plötzlich die Schlafzimmertür aufflog und Felix mit langen Schritten ans Bett lief. Na, klasse.

»Du Schwein! Du Drecksau! Was machst du hier in meiner Wohnung?«, schrie er auf mich ein.

Ich war nackt. Felix war knapp einen Kopf größer als ich, trug eine schwarze Lederjacke, schwarze Jeans und schwarze Cowboystiefel, von denen heute keiner mehr weiß, warum sie mal modern waren. Sein Kopf hochrot, die Adern am Hals traten aggressiv hervor, er roch nach Alkohol.

»Du fickst meine Frau, hä? Weißt du, dass sie mir noch einen geblasen hat, an dem Tag, an dem sie mich rausgeschmissen hat?«

Der erste Tritt traf mich in die Rippen. Mit einem Satz war er aufs Bett gesprungen und stand direkt über mir. Cowboystiefel sind verdammt spitz, und mir wurde schlagartig klar, dass ich jetzt die Prügel meines Lebens beziehen würde.

Wenn ich glaubte, dass Kim mir in dieser Situation beistehen würde, hatte ich mich gewaltig getäuscht. Zum Helden war sie wahrlich nicht geboren. Stattdessen stand sie mit geschlossenen Augen im Wohnzimmer und steckte sich die Finger in die Ohren, weil sie von der ganzen Nummer einfach nichts mitbekommen wollte.

Felix schrie weiter auf mich ein und trat mir wieder in die Rippen. Dann beugte er sich zu mir runter und wiederholte immer die eine Frage.

»Du fickst meine Frau? Du fickst meine Frau in meiner Wohnung, hä?«

Er beugte sich noch weiter herunter und ohrfeigte mich im Rhythmus seiner sich immer wiederholenden Frage.

Das war meine Chance. Näher würde er mir nicht mehr kommen. Adrenalin macht gesund. Gesund und kräftig. Ansatzlos schnellte meine linke Faust nach vorne. Ich traf ihn perfekt aufs Auge. Ein Meisterschlag. Die Wucht des Schlages stieß seinen Oberkörper nach hinten. Er taumelte zwei, drei Schritte rückwärts, trat ins Leere, kippte vom Bett, versuchte, sich stolpernd abzufangen, und knallte dann der Länge nach mit dem Hinterkopf in die bedauernswerte Yuccapalme. Ich war mit einem Schlag hellwach, sprang nackt, wie ich war, aus dem Bett, warf mich auf ihn und griff mir den zerbrochenen Untertopf der Palme. Die scharfe Bruchkante schnitt in meine Finger, aber das merkte ich in diesem Moment gar nicht. Drohend hielt ich das kiloschwere Stück Keramik über seinen Kopf und schrie mit bebender Stimme: »Entweder ist jetzt Schluss, oder ich hau dir das Ding über den Schädel.«

Das wäre gar nicht nötig gewesen. Der Schlag aufs Auge und der Sturz auf den Hinterkopf hatten Felix komplett ausgeknockt. Vorsichtig klatschte ich mit meiner

Handinnenfläche auf seine Wangen, bis er wieder zu sich kam. Kim tauchte in der Tür auf. Das Bild, das sich ihr bot, war nicht das erwartete. Da saß der falsche Mann auf der Brust des anderen.

»Okay ... die Sache ist jetzt gelaufen, klar?«, fragte ich, und Felix nickte benommen. Ich stieg von ihm runter und zog mich an.

Felix gelang es gerade mal, sich aufzusetzen, dann versuchte er, auf die Beine zu kommen.

»Schlüssel!«, befahl ich, und er drückte ihn mir in die Hand. Mit gesenktem Kopf trottete er Richtung Schlafzimmertür und gab dabei kein besonders würdiges Bild ab. Zu diesem Zeitpunkt ahnte ich noch nicht, dass ich hier einen kleinen Blick in meine eigene Zukunft warf.

Die körperliche Auseinandersetzung hatte mich hellwach gemacht. Und ich fühlte mich stolz. Stolz, einen vermeintlich viel stärkeren Gegner besiegt zu haben. Heute ein Held. Keine Spur mehr von Krankheit.

»Lass uns mal ins ›Brasil‹ gehen«, sagte ich zu Kim. »Auf den Schreck brauch ich ein Bier.«

»Aber du bist doch krank.«

»Jetzt nicht mehr. Hat sich gerade erledigt.«

Kim fühlte meine Temperatur und guckte erstaunt. Dann warf sie sich eine Jacke über, und wir gingen die 50 Meter zum »Brasil« – ein Taxi hätte sich da wirklich nicht gelohnt.

Das »Brasil« war eine wirklich gute Nachtbar mit exzellenter Musik. Auch zu später Stunde – es war schon nach vier Uhr nachts – noch voller Leben. Lediglich die Kokser gingen mir hier hin und wieder auf die Nerven. Ein unangenehmes Volk: immer laut, immer alles besser wissend und gerne mal aggressiv.

Als wir das »Brasil« betraten, saß Felix bereits am Tresen über ein Bier gebeugt. Sein rechtes Auge war komplett zugeschwollen und begann, blau zu werden. Sein

Freund Ecki saß neben ihm und schien beruhigend auf ihn einzureden.

Jetzt nur nicht zurückziehen. Selbstbewusst setzten wir uns an die Bar, in sicherem Abstand zu Felix und Ecki, und bestellten ein Bier und einen Kaffee mit sieben Päckchen Zucker. Jetzt bloß keine Angst zeigen. Auf die Wiederholung einer solchen oder ähnlichen Aktion hatte ich wahrlich keine Lust. Aber das war auch gar nicht Felix' Plan. Ganz im Gegenteil. In der Niederlage bewies er sogar echte Größe. Er stieg von seinem Barhocker, kam zu mir rüber und sagte: »'tschuldigung. Das war echt nicht in Ordnung von mir. Ich wünsch dir viel Glück.«

Kim würdigte er keines Blickes.

11

»Der Fette« hatte eine ganz besondere Überraschung für mich parat. Gestreng der Maxime »Viele Taxis bringen viel Geld – mehr Taxis bringen noch mehr Geld« hatte er vor einigen Wochen vier Konzessionen mit den dazugehörigen Autos von Hansa gekauft. Eines davon war ein 123er-Mercedes 300D-Großraumtaxi. Solche Autos waren sehr selten in Deutschland und wurden eigentlich hauptsächlich in Israel gefahren. Das Besondere an diesem eigentlich gewöhnlichen Auto war seine Länge. Eine Spezialfirma schnitt die Karosserie auseinander und schweißte einen kompletten Meter Mercedes dazwischen. Wer die hintere Tür öffnete, sah dann keine Rückbank, sondern einen leeren Raum, in den eine zusätzliche Sitzbank, arretiert an den Vordersitzen, gekippt werden konnte. Ich nannte das einfach »Pullmann«, obwohl das natürlich nicht stimmte. Der Begriff »Pullmann« war dem legendären 600er vorbehalten. Adenauer fuhr so einen, beziehungsweise er *ließ* sich in so einem durch die Gegend fahren.

»Der Fette« hatte mit dem Auto nichts als Probleme. Zwar konnte man sieben Fahrgäste gleichzeitig transportieren, und deshalb wurde es oft für lange Touren bestellt. Aber es war extrem unhandlich und schnitt aufgrund seiner Länge die Kurven ab. Deshalb stand der Wagen mehr in der Werkstatt als auf der Straße.

»Du nimmst mal die 97!«, herrschte »der Fette« mich an.

»Den Großraum?«

»Sprech ich Chinesisch, oder was? Ich hab gesagt, du nimmst die 97. Und sieh zu, dass das Ding heile auf den Hof kommt.«

»Und warum sollte der nicht heile zurückkommen?«

»Der Fette« hob seinen Kopf und guckte mich mit starrem Blick an. »Soll ich dir mal was zeigen?« Er fummelte auf seinem Schreibtisch einen Brief aus einem Packen Papier hervor. »Hier, ich les dir das mal vor«, sagte er mit seiner donnernden Stimme: »Wesertaxi ist laut Versicherungsstatistik das Unternehmen mit der höchsten Unfallquote von allen Taxi-Firmen in ganz Deutschland! Und der Wagen, den ich dir jetzt gebe, hatte in den letzten drei Wochen vier Unfälle. Beim nächsten Bumms kann ich das Ding abmelden, weil die den dann überhaupt nicht mehr versichern.«

»Na, dann wird's ja mal Zeit, dass den einer fährt, der es kann. Wie wär's mit Träne?«, antwortete ich eine Spur zu frech.

»Raus!«, schrie »der Fette«.

Ich duckte ab und zog blitzschnell die Bürotür hinter mir zu. Irgendwas Schweres knallte von innen dagegen.

Was für 'ne geile Nummer. Die 97. Der Pullmann. Das Flaggschiff der Flotte. Und was noch besser war: Kim hatte heute frei. Ich war kein ausgewiesener Freund von Sex im Auto. Der Innenraum ist einfach zu klein für eine entspannte Nummer, zumindest wenn man kein Schlangenmensch ist. Aber diese Nobelkarosse mischte die Karten ganz neu. Ein gesamter Meter Platz zwischen Sitzbank und Vordersitzen – wie gemacht für ein erotisches Stündchen. Hocherfreut nahm ich den Schlüssel vom Haken und begutachtete meinen neuen Dienstwagen. Okay, das Neue war definitiv ab. Aber in seinem Inneren schlummerte eine mächtige Drei-Liter-Maschine, und die schier endlose Flanke hatte etwas überaus Erhabenes. In dieses Auto würde ich nicht mal die kleinste Schramme fahren. Nicht in dieses Auto.

»Wesertaxi 97 dabei«, meldete ich mich bei der Zentrale an.

»Ah, Haftschale. Der nächste, der das Auto zu Sand verarbeitet«, antwortete Tagfunker Matz.

»Ich hatte auch angeregt, dass Träne der Richtige wäre. Aber irgendwie sieht ›der Fette‹ das anders.«

»Gute Idee«, kam es zurück, »da wären wir mit Sicherheit innerhalb einer Nacht zwei Probleme los. Träne und die 97 ... Du kannst gleich mal 'ne Tour im ›Kastanieneck‹ übernehmen.«

»Nee, lass mal, Matz. Ich hab schon 'ne Vorbestellung. Die muss ich eben abarbeiten«, log ich. Meine erste Tour im Pullmann würde ich bestimmt nicht mit dem »Kastanieneck« versauen. Ohnehin hatte ich andere Sachen als Taxifahren im Kopf und steuerte die nächste Telefonzelle an.

»Hi, Schatz. Heute Abend schon was vor?«

»Nee. Ich hab doch heute frei. Was gibt's denn?«

»Überraschung«, antwortete ich. »Zieh dir mal was Hübsches zum Ausziehen an. Ich hol dich ab, wenn's dunkel ist.«

Dunkel ... Das würde noch eine Weile dauern. Es war ein typischer Sommertag Ende Juni in Bremen. Typisch, das bedeutete ein grau verhangener Himmel mit Temperaturen um die 15 Grad. Und leider kein Regen. Böse Zungen behaupteten, dass sich der Sommer in Bremen vom Winter nur dadurch unterschied, dass der Regen wärmer war und der Bremer seinen Grog auf dem Balkon trank. Uns Taxifahrern konnte das nur recht sein: Bremen war die Stadt der kurzen Wege. Bei Sonnenschein gingen die Leute zu Fuß oder fuhren mit dem Fahrrad. Schlechtes Wetter war gut für den Umsatz. Und auch, wenn das Stadtmarketing behauptete, Bremens Wetter sei besser als sein Ruf, gab es im Taxigeschäft selten echte Einbrüche, denn auf Wolkenbrüche war hier praktisch immer Verlass. Heute war aber so ein »Nicht-Fisch-nicht-Fleisch-Tag«. Das Wetter war nicht schlecht genug, um das Geschäft anzukurbeln, und nicht gut genug, um beim Warten wenigstens ein bisschen die Sonne zu genießen.

Ich fuhr nach einer Einsteigertour direkt aus Gröpelingen ins Steintor zum Halte »Fehrfeld«. Das war nicht gut für den Kilometerschnitt, aber wenigstens gab es im Viertel immer was zu gucken. Ich musste mich so an zehnter, vielleicht zwölfter Stelle hinter all den anderen Droschken einreihen.

Nach mir drehte Kemal an, der von den Funkern ob seines Alters Opa getauft worden war. Mir ist es ein Rätsel, wie es gerade Kemal zu Weser verschlagen hatte. Er war so gar nicht wie dieses Unternehmen. Immer freundlich, immer ein Lächeln unter dem typisch türkischen Schnurrbart und von Grund auf ehrlich. Jede Wette: Wenn jemand in Kemals Taxi sein Portemonnaie verlöre, täte er alles, um den Besitzer ausfindig zu machen, um es zurückzugeben.

Mich hingegen hatte ein halbes Jahr bei »den Blauen« in der Seele bereits tiefschwarz eingefärbt. Wer in meinem Auto was verlor, war selber schuld. Sollte er auf seine Sachen doch besser aufpassen. Ich war nach dieser kurzen Zeit bereits so weit, dass ich dabei *mithalf*, dass Fahrgäste was verloren. So bereitete es mir zum Beispiel Vergnügen, Gröpelinger Trinker im Blouson-Trainingsanzug um ein paar Münzen zu erleichtern, in dem ich beim Anfahren einfach beherzt Gas gab. Meistens hatten diese Kasuffkes ihr Wechselgeld aus der Kneipe einfach in die weit geöffneten Hosentaschen ihrer Jogginghosen gesteckt. Durch ihre mehlsackartige Körperhaltung brauchte es lediglich einen kleinen Impuls, damit die Münzen aus der Tasche rollten. Die musste ich nach dem Aussteigen nur noch aufsammeln.

Kemal wäre so etwas nie in den Sinn gekommen. Ich vermute, er wäre sogar empört gewesen, hätte er von den üblichen Praktiken seiner Kollegen gewusst. Wie also war Kemal bei Weser gelandet?

Wahrscheinlich lag das an der Alternative. Der Taxiruf galt als überaus seriös. Und vermutlich gab es dort, obwohl sieben Mal so viele Autos unterwegs waren, nicht mal halb so viele Schlitzohren wie bei uns. Aber dafür gab es dort jede Menge Einzelhalter. Kleinstunternehmer mit einer einzigen Konzession, die ihren eigenen Wagen durch die Straßen lenkten und eine feste Vorstellung davon hatten, wie die Welt funktionierte. Wer am Bremer Hauptbahnhof in ein Taxi einstieg, sollte ruhig mal darauf achten. Wenn der Fahrer ungefragt sein braunes Gedankengut ausbreitete – so in der Art wie »Wir haben viel zu viele Ausländer« oder »Die nehmen uns die Arbeitsplätze weg« oder »Der Staat stopft denen viel zu viel Geld in den Arsch«, um nur die harmlosesten Äußerungen zu nennen –, brauchte man sich nur kurz umzudrehen, um garantiert den roten Punkt auf der Heckscheibe kleben zu sehen. Genau diese rechten Stammtischakrobaten waren auch ein guter Grund, weder den Flughafen noch den Bahnhof anzufahren. Da standen die nämlich gleich im Dutzend und tauschten ihre Weisheiten aus, immer streng darauf achtend, ob nicht irgendein Fahrer von Hansa oder Weser verbotenerweise über irgendeine gemalte Linie auf dem Boden fuhr.

Dazu kam eine ausgeprägte Unkollegialität. Das Wuppen von Touren war da selbstverständlich. Das hing damit zusammen, dass die meisten Fahrer sich gegenseitig nicht kannten. Der Ruf war ein Konsortium kleiner bis kleinster Unternehmen. Mehr als 400 Autos, aber selten hielt ein einzelner Halter mehr als zehn Konzessionen, und auch das war schon die Ausnahme. Die Abrechnungen wurden nicht wie bei Weser morgens und abends zusammen in einem Raum gemacht, sondern irgendwo in der Stadt hinter dem Lenkrad.

Das klingt nicht nach einer großen Sache, war aber in dem Moment, in dem ein Fahrer oder eine Fahrerin Hilfe brauchte, existenziell wichtig. Und dabei ging es nicht um einen Reifenwechsel. Zwar hatte ich in meinen drei Monaten beim Ruf nur eine einzige Situation dieser Art erlebt ... Aber das reichte mir, um zu wissen, dass das nicht mein Laden sein konnte. Ich war damals in Hemelingen unterwegs, als eine Fahrerin über Funk verzweifelt um Hilfe rief. Als Standort nannte sie die Wielandstraße. Das war direkt in der Nähe des immer gut besetzten Halte »Fehrfeld«. Nach mehr als zehn Minuten war ich der erste und einzige Kollege, der ihr zu Hilfe kam. Sie stand mit nacktem Oberkörper mit dem Rücken zu ihrem Auto, vor ihr ein Typ, der an ihrer Jeans zerrte, während sie wild und laut schrie ... und kein Schwein, weder ein Anwohner noch ein anderer Rufticker, kam ihr zu Hilfe. Als ich laut hupend auf die Szene zufuhr, machte der Kerl sofort einen langen Schuh. So einfach war das, und das wäre es für jeden gewesen. Die ganze Nummer kostete nicht mal Zeit, denn die Fahrerin legte großen Wert darauf, nicht die Polizei zu holen und die Sache auch nicht öffentlich zu machen, weil sie nicht zum Tagesgespräch am Bahnhof oder Flughafen werden wollte. Seriös hin, seriös her. Nach der Geschichte war mir klar, dass du beim Ruf vor allem eines bist: allein!

Auch wenn Kemal sich charakterlich deutlich vom Gros der Weserticker abhob, war er bei uns doch deutlich besser aufgehoben. Und er war an mauen Tagen eine willkommene Abwechslung. Als ich mich zu ihm ins Auto setzte, schallte mir ein freundliches »Merhaba!« entgegen.

»Merhaba, Opa Kemal. Wie geht's dir?«

Es ging ihm natürlich gut, wie immer, und wer ihn kannte, nahm ihm das auch ab. Bei Kemal gab es immer was zu essen. Werther's Echte standen bei ihm ganz hoch im Kurs, außerdem Kekse, selbstgebacken von seiner Frau, und dazu ein Tee. Heute gab es kalte Köfte mit orientalischen Gewürzen, die ganz ausgezeichnet schmeckten. Und dann erzählte er mir von seinen inzwischen erwachsenen Kindern, die, obwohl hier geboren, in die Türkei gegangen waren, weil das Klima für Ausländer in Deutschland gerade nicht das Beste sei. Eigentlich wollte er auch bald zurück in die Türkei. Aber seine Frau war sehr krank – das Herz –, und die medizinische Versorgung sei hier einfach besser.

»Noch einen Tee?«

»Nee, lass mal Kemal ... Ich muss mal vorziehen. Da vorne ist 'ne Lücke, und hinter uns stehen sie schon bis auf die Straße.«

Bremen konnte sehr langweilig sein an einem Wochenende, und wir hatten erst Dienstag. Und auch wenn es mir einige Freude bereitete, mich ab und zu umzudrehen, um zu sehen, dass ich wirklich im längsten Taxi Bremens saß, war dieser Abend nicht besonders spannend. Ich hangelte mich von einer Tour zum nächsten Halteplatz, zur nächsten Tour, zur nächsten Warteeinheit. Und dann setzte endlich die Dunkelheit ein.

Ich fand direkt vorm »Pegasus« einen Parkplatz. Keine Selbstverständlichkeit, denn das Viertel war grundsätzlich chronisch zugeparkt. Und irgendein vertrottelter Stadtplaner – manchmal fragte ich mich, ob ein gerütteltes Maß interesseloser Dummheit ein Einstellungskriterium für Beschäftigte im Amt für Straßen und Verkehr war – hatte es durchgesetzt, dass diverse Parkbuchten mit Metallpfosten abgepfählt wurden, nur damit man auf diesen eigens dafür vorgesehenen Plätzen nicht mehr parken konnte. Überall dort, wo man sein Auto problemlos hätte abstellen können, hatte vermutlich derselbe Vollpfosten – oder zumindest ein enger Verwandter, dessen Eltern wahrscheinlich Geschwister waren – runde blaue Schilder mit rotem Rand und einem roten Strich durch den Kreis aufstellen lassen. Immerhin bot die Stadt in diesem Zusammenhang einen bemerkenswerten Service an: Welcher Autofahrer konnte sich schon zwei Wochen später noch daran erinnern, wo er mal seinen Wagen geparkt hatte? Das Stadtamt verschickte zur Erinnerung Briefe, in denen minutiös genau festgehalten wurde, zu welcher Uhrzeit und wo das Auto an einem bestimmten Tag gestanden hatte. Leider war dieser Service kostenpflichtig und das nicht zu knapp. Pro Gedächtnisauffrischung waren zwischen 15 und 30 Mark fällig. Und manch einfältiger Bürger, der die großen Zusammenhänge verkehrsleitender Maßnahmen nicht so recht verstehen mochte, hielt das Ganze für Geldschneiderei. Entsprechende Einwürfe wiesen die zuständigen Politiker natürlich weit von sich. Die eigenen Bürger in dieser Art zu beuteln, war in Bremen deutlich leichter durchzusetzen als woanders, denn durch jahrzehntelange sozialdemokratische Alleinherrschaft waren die Grundsätze der Demokratie hier restlos ausgehebelt worden.

Obwohl ich mit einem legalen Parkplatz gesegnet war, hatte ich es eilig. Ich stürmte die Treppe hinauf, lief durch Frau Maggioras Flur und öffnete die Tür zu unserer Wohnung. Kim stand im Wohnzimmer. Sie hatte offenbar bei »Korsett Friedel« eingekauft. Das war ein kleiner, aber feiner Dessousladen ein paar Häuser weiter am »O-Weg«. Ich guckte verwundert.

»Du hast doch gesagt, ich soll mir was Hübsches zum Ausziehen anziehen«, erklärte sie.

Und das hatte sie wirklich. Es war diese Sorte Unterwäsche, die eher die Bezeichnung Reizwäsche verdient hätte. Ein spitzenbesetzter schwarzer Slip, geradezu ein Hauch von Nichts. Dazu passende Strumpfhalter mit Hüftgurt, ein gleichfarbiges Bustier und rote Strümpfe. Eigentlich ein bisschen nuttig, aber ehrlich gesagt war das genau das Richtige.

»Steht dir gar nicht«, log ich. »Zieh dir mal lieber einen Mantel drüber.«

»Wie? Steht mir nicht?«

»Nun frag nicht lange, zieh dir einen Mantel an und komm mit.«

»Ich soll in diesem Aufzug auf die Straße gehen?«

»Nein, du sollst einen Mantel drüberziehen und dann mit mir ins Taxi steigen.«

Jetzt war es Kim, die verwundert guckte, und ich nutzte die Zeit, um meinen schwarzen Wollmantel aus dem Kleiderschrank zu holen. Sie versank geradezu darin und wollte gerade zu einem Proteststurm ansetzen, als ich sanft, aber bestimmt, sagte: »Vertrau mir.«

Ich führte sie den Flur entlang und die Treppe hinunter. Als sie meinen Möchtegern-Pullmann sah, bedurfte es keiner weiteren Erklärung.

»Bitte einsteigen, gnädige Frau. Sie haben eine Verabredung am Rhododendron-Park.«

Ich öffnete die Fondtür und ließ Kim einsteigen. Dann ging ich, wie es sich für einen guten Chauffeur gehörte, hinten um den Wagen herum, vorne ging nicht, weil die Herrin nicht mit dem Anblick des Lakaien belästigt werden sollte, setzte mich hinters Lenkrad und startete den Motor.

»Sie werden bereits erwartet. Ich nehme an, Sie wissen, worum es geht.«

Natürlich ließ Kim es sich nicht nehmen, den Mantel einen Spalt breit zu öffnen, während ich in Richtung Oberneuland fuhr, den Rückspiegel mehr im Blick als den entgegenkommenden Verkehr. Direkt am Park gab es einen von dichtem Grün umgebenen Parkplatz, der um diese Zeit komplett ausgestorben war. Lediglich zwei kleine Laternen tauchten ihn in ein schummriges Licht, ein Ort wie geschaffen für eine kleine Frivolität zwischendurch. Der Innenraum des Mercedes hingegen leuchtete wie ein Weihnachtsbaum, ob seiner Speziallampe im Fond. Da die Scheiben aber innerhalb weniger Minuten komplett beschlagen waren, hätte auch ein nah vorbeigehender Fußgänger allenfalls an der gleichmäßigen Bewegung der Karosserie erahnen können, dass drinnen ein nicht jugendfreies Programm lief. Naja ... ganz leise lief die Sache auch nicht ab.

Es ist mir bis heute ein Rätsel, wie das bekannt werden konnte. Aber solange ich diesen Wagen fuhr und mir einer der eingeweihten Kollegen entgegenkam, hörte ich über Funk immer die gleiche Frage: »Na, Haftschale ... auf dem Weg zum Rhododendron-Park?«

12

Ich konnte mir meine Nachbarn nicht aussuchen. Kim wohnte nun mal da, wo sie wohnte, und ich wohnte jetzt auch da. Erschien mir anfangs der Umstand, mit einer 80-jährigen Italienerin praktisch in einer Wohnung zu wohnen, als etwas ungewöhnlich – übrigens völlig grundlos, Frau Maggiora war echt in Ordnung –, musste ich schnell feststellen, dass in direkter Nachbarschaft deutlich schrägere Vögel wohnten. Ohnehin war die Wohnung etwas gewöhnungsbedürftig, vor allem für einen eingefleischten Seitenstraßenbewohner wie mich. Alle fünf Minuten donnerte eine Straßenbahn an unserem Haus vorbei und versetzte es in gleichmäßige Schwingungen. Die Tatsache, dass wir am Tage schliefen, weil wir ja nachts arbeiteten, machte das Ganze nicht einfacher. Wohl auch deshalb hatte ich es mir angewöhnt, nach Schichtende meist noch im »Bistro Brasil« einen Joint zu rauchen und ein paar Bier zu trinken. Vom obligatorischen Après-Sex-Whisky ganz zu schweigen.

Direkt gegenüber am »O-Weg« wohnte ein besonders seltsames Exemplar von Nachbar, das offensichtlich ohne jegliches Schamgefühl auf die Welt gekommen war. Wir nannten ihn nur den »Buchwichser«. Und das beschrieb sein liebstes Hobby schon in voller Gänze. Der »Buchwichser« setzte sich abends regelmäßig mit einer Flasche Rotwein und einem Buch in einen Sessel – direkt in einem von drei Seiten einsehbaren Glaserker – und holte sich in aller Seelenruhe einen runter. Er hielt dabei keine schmierig bebilderten Heftchen, sondern dicke Wälzer in der Hand. Und wir spekulierten so manches Mal, welches literarische Werk ihn wohl so anregte. Fragen mochte man ja nicht.

Kims ehemaliger Liebhaber Johnny wohnte in einem Haus, das rechtwinklig zu unserem stand, in den oberen beiden Etagen direkt über einer Zahnarztpraxis. Zwar war mir bekannt, dass er gerne mit kleinen Mädchen vögelte, eine andere Angewohnheit hingegen entdeckte ich eher zufällig. Johnny war stolzer Besitzer einer »Graustirnamazone« – ein Papagei, der auch dann versorgt werden musste, wenn Johnny mal im Urlaub war. Und diesen Job übernahm dann Kim.

Johnny weilte gerade mit seinem Freund Larry auf Ibiza. Und mit Larry hätten wir dann auch schon Nummer drei der schrägen Nachbarn – für meine Begriffe den schrägsten von allen. Kim hatte sich als 18-Jährige bei Larry vorgestellt, weil sie in seinem Bistro, dem »Humphrey«, arbeiten wollte. Einer der wirklich angesagten Szeneschuppen, in denen die Popper rumhingen und bis mittags teure Sektfrühstücke zu sich nahmen. Das Bewerbungsgespräch endete zu später Stunde bei Larry zu Hause – Johnny hatte sie noch eindringlich gewarnt –, und die perverse Sau hatte ihr irgendwas in den Sekt gekippt. Das nächste, woran sich Kim erinnern konnte, war, dass sie morgens schamhaarrasiert neben dieser wirklich hässlichen Qualle aufwachte. Ich habe ihm später während eines Viertelfestes drei Kartoffeln in den Auspuff gedrückt, auch wenn ich selber mit der ganzen Geschichte nichts zu tun hatte. Damals war ich ja noch nicht mal mit Kim zusammen. Trotzdem war es mir ein Vergnügen zu sehen, wie die Karre für teures Geld abgeschleppt werden musste.

Aber ich schweife ab. Johnny weilte also gerade auf Ibiza, und Kim versorgte seinen Papagei. Mir waren diese Vögel echt suspekt. Unglaublich, wie viel und in welch weiten Bögen so ein Zimmergeier an einem einzigen Tag kacken kann. Der Käfig hing frei an einem metallenen Ständer, und rundherum waren die Holzdielen mit weißschwarzen Flecken bekleckert. Im Übrigen riechen die Viecher nicht besonders gut.

Johnnys Wohnung war insgesamt eher spärlich eingerichtet. Irgendwie altmodisch, aber noch weit davon entfernt, antik zu sein. Mir war die Bude deutlich zu dunkel. Beneidenswert hingegen war seine Plattensammlung, ein Traum in Vinyl, Zehntausende schwarzer Scheiben. Für mich relativ unerwartet befand sich auch viel Klassik darunter. Wahrscheinlich legte er die nicht zum Mädchen-Vögeln auf.

»Oben sind noch viel mehr Platten«, sagte Kim, den Papagei versorgend, als sie mich staunend vor den Regalen sah.

Ich nahm das als Einladung, mal ins obere Stockwerk zu blicken. Johnny war ja nicht da, konnte sich also nicht beschweren – hätte er aber bestimmt. Als ich die schmale Treppe in den ausgebauten Dachboden stieg, fielen mir nicht zuerst die Wände voller Schallplatten, sondern das Fensterbrett zur Vorderfront hinaus ins Auge. Auf einem kleinen dreibeinigen Stativ stand da ein Feldstecher, ausgerichtet auf unser Wohnzimmer und – wie ich mich sogleich vergewisserte – scharf gestellt auf unser Sofa. Dieser Perversling durfte Kim also nicht mehr vögeln – aber dabei zugucken und sich einen runterholen war wohl in Ordnung …

»Hey, Schatz, guck dir das mal an«, rief ich nach unten.

Kim stieg die Treppen hinauf – sehr geübt für diese schmalen Stufen –, aber ich wusste ja, dass sie hier ein- und ausgegangen war. Sie warf einen Blick in den Feldstecher und sagte wissend: »Das tut ihm bestimmt mehr weh, als dass es ihm Spaß macht.«

Wir hängten trotzdem einen Vorhang auf.

Gabriel

Der Taxenplatz Leibniz liegt in der Bremer Neustadt. Ein ganz normaler Stadtteil, in dem sich zunehmend Studenten niederlassen, weil die Mieten in den angesagten Vierteln Ostertor, Steintor und Peterswerder durch den massenhaften Zuzug von etablierten Alt-68ern in exorbitante Höhen getrieben werden. Die Neustadt ist für Bremer Verhältnisse ziemlich durchschnittlich. Gute Durchmischung verschiedener ethnischer Gruppen, alle Bildungsgrade, Arbeitslose und Steuerzahler – oder anders ausgedrückt: nicht langweilig, aber auch nicht wirklich spannend. Der Halte »Leibniz« erfreut sich deshalb einer gewissen Beliebtheit. Alles ist möglich, aber es ist nicht zwingend mit Abschaum zu rechnen. Und dann bietet der Platz noch in aller Regelmäßigkeit zwei Volltreffer.

Der eine wird »das Monster« genannt. Eine Frau um die 50 Jahre, die zweimal pro Woche im Anschluss an die Dialyse von der Roland-Klinik nach Sulingen gebracht werden muss – eine 120-Mark-Tour. »Das Monster« verdient sich seinen Namen damit, dass es unfreundlich ist und ungefragt das Radio betatscht, um die unerträgliche Hansawelle einzuschalten, die seit Jahren mit einem immer gleichen Gebräu aus Schlagern und altbackschen Moderatoren – von Christian Günther mal abgesehen – den potenziellen jungen Hörer auf Nimmerwiedersehen abschreckt. Aufgrund der Musikfarbe dieses Dinosauriers der Radiowelt endet eine Fahrt mit dem »Monster« grundsätzlich im Sekundenschlaf und damit in gefährlichen Situationen. Wirklich nervig sind aber die ersten fünf Minuten, wenn das Monster darüber diskutiert, ob es sich bei dem Taxi, in dem es gerade sitzt, tatsächlich um einen Nichtraucherwagen handelt. Die Frage ist in einem Wesertaxi vollkommen überflüssig, weil es bei Wesertaxi kein einziges Nichtrauchertaxi gibt. Dabei spielt es überhaupt keine Rolle, ob der Fahrer dem Tabak frönt oder nicht. Wer rauchen will, darf rauchen – wer einen Nichtraucherwagen ordert, darf damit rechnen, dass die letzten 100 Meter vor der Zieladresse kurz durchgelüftet wird. So hat es »der Fette« festgelegt. »Das Monster« – es wird von Fahrern aller drei Unternehmen so genannt – zeichnet sich durch eine offen zur Schau gestellte Unzufriedenheit, eine bellende Sprechweise in sauberstem »Zick-Dur« und einen Gesichtsausdruck, der kleine Kinder zum Weinen bringt, aus. Wahrscheinlich wäre es für alle Beteiligten – für die Ärzte, für das Umfeld, falls »das Monster« überhaupt sowas hat, und es selbst – ein Segen, wenn es in Bälde den Löffel abgäbe. Dafür sieht es aber einfach noch zu zäh aus.

Mit dem zweiten Volltreffer mache ich heute Bekanntschaft.

»Große Johannisstraße 24, bei ›Gabriel‹«, teilt Reimund mir die Tour zu.

»Gabriel« – ein Vorname steht nicht an der Klingel, und beim Nachnamen darf gezweifelt werden, ob es sein richtiger ist – ist eine der schillerndsten Figuren in der Fabelwelt des Taxigewerbes. Jeder Fahrer, der ihn einmal im Wagen hatte, kann eine Geschichte fürs Leben erzählen. Die meisten enden mit 500 Mark Trinkgeld … Als er in meine Droschke steigt, bin ich rein optisch erst mal enttäuscht. Er ist nicht besonders groß, sein Oberlippenbart umso mehr. Braune Haare, Kurzhaarschnitt und ein brauner Anzug, der nicht so recht zu seinem oft kolportierten und geradezu legendären Reichtum passen mag. Wenigstens trägt er eine klobig mit Brillanten besetzte Rolex am Handgelenk, mit dem silbern ornamentierten Zifferblatt auf der Unterseite des Arms. Aber so eine trägt der chronisch klamme Pfeife auch, aus Thailand mitgebracht – eine Fälschung für 15 Mark. Gabriels Rolex hingegen könnte tatsächlich echt sein. Und aus zahlreichen Erzählungen weiß ich, dass er mich jetzt zu seinem persönlichen Sklaven machen wird. Die ganze Nacht.

»Guten Abend«, sagt er, den Anschein von Manieren erweckend, um gleich im Kommandoton hinzuzufügen: »Fahr mich mal ins ›Jolly‹!«

»Aber gerne, Herr Gabriel.«

Bei Gabriel spielt es keine Rolle, ob die Tour kurz oder lang ist. Wenn Gabriel ein Taxi bestellt, behält er es bis zum Schichtende. Das »Jolly« ist nur der Auftakt, ein zwielichtiges Etablissement in der Innenstadt, direkt neben dem Marriott-Hotel. Ein Treffpunkt der Halbwelt. Luden, Dealer, Taxifahrer, Zocker und Kriminelle aller Art. Das »Jolly« ist ein in schummrigem Rot gehaltener Laden, in dem ein mehrfach verknackter Einbrecher auch nachts um drei nach getaner Arbeit noch eine ordentliche Portion Bratkartoffeln mit Speck bekommt. Der eigentliche Grund, ins »Jolly« zu gehen, ist aber »17 und 4«. Eine auf den ersten Blick harmlos wirkende Variante, viel Geld zu verlieren oder auch zu gewinnen.

»Warte hier!«, ordnet Gabriel an und verschwindet im »Jolly«.

Die Tür steht offen, und ich sehe ihn stracks am Tresen vorbei auf die Treppe zum Pokerzimmer zugehen. Hinter der Bar steht ein bulliger Typ mit langen grauen Haaren und fiesem Schnäuzer, der sich um die Mundwinkel in zwei Bahnen bis zum Kinn runterzieht. Die stickige Luft wird einzig und allein durch seine immer glühende Zigarette in tiefen Nebel getaucht. Ansonsten sitzt niemand im Schankraum. Alle oben ... zocken. Jede halbe Stunde kommt der Keeper mit einem Tablett voller Biergläser hinter dem Tresen hervor, die Zigarette lässig im Mundwinkel balancierend, um die Spielergemeinde mit Flüssignahrung zu versorgen.

Ich drehe den Sitz zurück, mache es mir bequem und blicke mit zufriedener Miene auf den Wecker, der in regelmäßigem Rhythmus das Entgelt um 20 Pfennig erhöht – 32 Mark die Stunde. Ein geradezu meditatives Motiv ...

Ein beherzter Ruck an der Tür reißt mich aus dem Schlaf. Ein Blick auf den Taxameter sagt mir, dass ich schon mehr als zwei Stunden hier warte. Gabriel lässt sich leicht angebläut und mit einem zufriedenen Grinsen auf den Sitz fallen.

»Glück gehabt?«, frage ich.

»Ging so«, antwortet er, aber sein Gesicht erzählt eine andere Geschichte. Er sieht so aus, als ob er eine erhebliche Menge Geld gewonnen hätte.

»Lass uns mal ins ›Gordons‹ fahren«, sagt er und zündet sich eine Davidoff-Zigarre an.

Das »Gordons« ist ein klassischer Taxifahrer-Treff, ein paar Meter von *Zürich* entfernt in der Langemarckstraße. Ab und zu trinke ich da mit Aladin und Franzi noch ein bis sieben Feierabendbiere. Hinterm Tresen steht meistens Elli, eine Kellnerin mit wunderschönen, aber ziemlich verlebten Gesichtszügen und den gewaltigsten Brüsten, die in Bremen rumlaufen, vermutlich Körbchengröße Z. Passender wäre wohl das Wort Korbgröße.

»Du kommst da mal mit rein«, befiehlt Gabriel.

Wissend, dass Widerworte einen Fahrerwechsel provozieren, folge ich gehorsam, schließe den Wagen ab und setzte mich mit an den Tresen.

»Zwei Bier«, ordert Gabriel, noch immer an seiner Zigarre saugend.

Na, klasse. Für uns Taxifahrer gilt die 0,0-Promillegrenze. Andererseits weiß ich, dass ich heute keinen anderen Fahrgast haben werde, der sich über eine Alkoholfahne beschweren oder mich gar bei den Bullen anschwärzen würde. Und an Polizeikontrollen werden wir sowieso immer vorbeigewinkt. Welcher Taxifahrer würde schon während der Schicht trinken?

»Bist du sicher, dass du jetzt schon Bier trinken willst, Marcus?«, fragt Elli mich.

»Bin ja nicht zum Vergnügen hier ...«

Sie stellt die Gläser auf den Tresen, halbe Liter, wie es sich gehört. Gabriel greift einen der Humpen und pustet mir den Schaum ins Gesicht, um dann in lautes Lachen auszubrechen. Voll witzig, der Mann ist ja ein echter Komiker.

»Sorry, Herr Gabriel. Aber ich nehme Bier gerne oral zu mir!«

»Jetzt stell dich mal nicht so an. Hab ich doch nicht ernst gemeint. Werd ja wohl mal 'n Scherz machen dürfen.«

Ein Scherz, den er diese Nacht noch etliche Mal wiederholen wird.

Nacheinander fahren wir ins »Erleneck«, die »Neustädter Tenne«, das »Bistro Brasil« und die »Sportklause«. Gabriel ist inzwischen so blau, dass er gar nicht merkt, dass ich auf alkoholfrei umgestiegen bin. Und immer wieder landet sein Schaum in meinem Gesicht. Er ist diese Art Mensch, die meint, mit Geld könne man sich alles kaufen, sogar andere Menschen. Und damit hat er zu allem Überfluss auch noch Recht. Zumindest, was Taxifahrer angeht. Ich kenne keinen, der sich seine Allüren nicht gefallen ließe. Wir sind käuflich, für Geld machen wir so ziemlich alles – auch dann noch, wenn wir erkennen, dass wir uns gerade ein gehöriges Stück prostituieren.

Nachts um drei und mit über 300 Mark auf dem Wecker kommt seine letzte Order.

»So ... und jetzt fahren wir zwei beiden Hübschen mal in den ›Muschelpalast‹.«

Das kann also noch eine lustige Nacht werden. Die »Muschel« ist einer der beiden edelsten Puffs der Stadt. Okay, nicht mehr ganz in der Stadt, Seckenhausen ist ja schon Niedersachsen. Am Kreuz Meyer links ab, direkt an der Hauptstraße. Von außen sieht die »Muschel« aus wie ein ganz normales Wohnhaus, mal abgesehen von der in rot gehaltenen Leuchtreklame an der Fassade. Drinnen arbeiten absolute Weltklassenutten. Kein Vergleich zu den Huren in der Helenenstraße, die schon ob ihres Alters jenseits der Anbietungsgrenze liegen. Kein Vergleich zu den Schabracken im Holzhafen und den angrenzenden Bars, von den Junkienutten ganz zu schweigen. Im »Muschelpalast« arbeiten langbeinige 90-60-90-er, mit Gesichtern wie vom Titelblatt der »Vogue«, aber mit noch mehr Schminke. Entsprechend gediegen ist das Publikum. Anzugträger im feinsten Zwirn, Prominente aus der Fernsehwelt, Politiker, Künstler und natürlich das übliche Halbweltpublikum, das hier nicht fehlen darf.

Der Laden ist bei Taxifahrern überaus beliebt. Nicht nur, weil die Tour außerhalb der Stadt lukrativ ist, sondern weil der Empfangschef Kopfgeld zahlt. Für jeden Gast, den wir anbringen, gibt es 30 Mark in bar.

»Du kommst da mal mit rein!«, lallt Gabriel und stolpert aus dem Taxi. Leicht schlingernd setzt er einen Fuß vor den anderen und kommt auf dem rutschigen Kiesboden des Parkplatzes zu Fall. Ich helfe ihm auf und klopfe ihm die Knie sauber.

»Alles in Ordnung?«

»Geht schon, wir lassen das jetzt mal richtig krachen.«

In die Vordertür der »Muschel« ist ein kleiner quadratischer Spiegel eingelassen. Ich kenne nur die Hintertür: Da wird das Kopfgeld bezahlt, damit die Gäste das nicht mitbekommen. Gabriel drückt die Klingel. Hinter dem Spiegel erscheint ein ovaler Schatten, der Empfangschef checkt erst mal, mit wem er es hier zu tun hat.

»Jürgen!«, begrüßt er Gabriel überschwänglich. Der Mann hat also doch einen Vornamen. »Immer hereinspaziert. Je später der Abend, desto schöner die Gäste.«

Mich bedenkt er mit einem geringschätzigen Blick. Sein Smoking will ihm nicht so recht passen. Die Ärmel zu kurz, im Bereich des mächtigen Bizeps spannt der Stoff. Fragend blickt er Gabriel an.

»Der gehört zu mir«, erklärt *Jürgen*.

»Na dann ... immer hereinspaziert.«

Der Empfangschef schiebt einen schweren, samtenen Vorhang zur Seite, und wir treten ein ins Paradies der käuflichen Liebe. So ähnlich hatte ich mir den Laden vorgestellt. Grundfarbe rot, dazu etliche bunte Spots über dem Tresen. Rechts eine plüschige Gruppe weißer Sofas und Sessel. Geradeaus eine kleine Bühne und darauf eine Badewanne in Muschelform, die obere Schale drei Viertel geöffnet, in der unteren räkelt sich eine exotische Schönheit im blubbernden Schaumbad. Der Geruch süßlich, geschwängert von verschiedenen und deutlich zu dick aufgetragenen Parfüms. An der Bar sitzt ein halbes Dutzend hochattraktiver Huren, zusammengesucht aus allen Kontinenten.

»Champagner für alle!«, brüllt Gabriel in die Bar.

Auch wenn wir wahrscheinlich die einzigen Gäste sind – womöglich sind einige gerade im Separee beschäftigt –, kein günstiges Vergnügen.

»Los, such dir eine aus!«, befiehlt Gabriel.

»Wie bitte?«

»Du sollst dir eine aussuchen. Ich nehm die beiden. Da, die mit dem Dings da ... die mit den Schlitzaugen da und die daneben. Du kannst dir von den andern eine aussuchen.«

Gabriel fuchtelt mit den Fingern in Richtung einer asiatisch aussehenden Frau und einer anderen, die aus Schweden stammen könnte. Die beiden nehmen sich je eine Flasche Champagner samt Kühler, erheben sich mit dem süßesten Lächeln, das gespielt werden kann, von ihren Barhockern, haken Gabriel unter und küssen ihm die stoppelig unrasierten Wangen.

»Los, mach schon. Wir ham ja nicht ewig Zeit. Die kosten 500 die Stunde. Oder willst du kein Trinkgeld?«

Von wegen, kein Trinkgeld. Ich hab den Kerl schon seit acht Stunden an den Hacken. Und zwar in dem Wissen, dass es hinterher ein exorbitantes Trinkgeld gibt – vorausgesetzt, man macht das, was er will.

»Öh, doch, doch ... ich nehm dann mal die da.«

Offensichtlich eine Afrikanerin, die Beine geschätzt einen Meter bis in den Schritt, kein Gramm Fett, die Brüste – sollten sie denn echt sein – in perfektem Rund, mit steil aufragenden Nippeln und groß wie Handbälle. Die Lippen so rot wie das roteste Rot, das ein Mensch sich nur vorstellen kann. Strahlend weiße Zähne lächeln mich an. Ihre türkis lackierten Fingernägel so lang, dass sie damit spielend ein halbes Pfund Butter in ganzer Länge zerteilen könnte. Lasziv steigt sie vom Barhocker, nichts weiter an als einen tief ausgeschnittenen Badeanzug in schwarzgelbem Leopardenmuster. Die Frau ist ein Hammer!

»Hallo, ich bin Nazareth«, haucht sie mir ins Ohr.

Gabriel wird von den Damen seiner Wahl den Flur neben der Muschelbühne entlanggeschoben und verschwindet hinter einer Tür.

»Hi, ich bin Mar ...«, will ich sagen, aber meine Antwort wird durch ihre vollen Lippen unterbrochen, die sie gekonnt auf die meinen presst.

»Dann wollen wir mal ein bisschen Spaß haben«, sagt sie, nimmt mich an der Hand und zieht mich zur Treppe ins obere Stockwerk.

Ihr Zimmer entspricht genau dem Klischee, das Männer von einem Puff haben. Rundes Bett, Plüsch, großflächige Spiegel an den Wänden und unter der Decke, Nachtschränkchen mit Kondomen, Fahrstuhlmusik. Nazareth räkelt sich aufs Bett und versucht, mich hinterherzuziehen.

»Ähm ... wir haben da ein Problem.«

Sie guckt mich verständnislos an.

»Nicht, dass ich dich nicht attraktiv fände. Ganz im Gegenteil. Aber ... wie soll ich sagen ... ich bin frisch verliebt. Und ich glaube, ich bin, was das angeht, etwas altmodisch.«

Ihre Augen verengen sich leicht.

»Das Geld gibt's aber nicht zurück. Das kannst du gleich vergessen.«

»Nee, nee. Kein Problem. Zahlt ja sowieso ›Gabriel‹. Mir wäre nur daran gelegen, wenn wir diese kleine Nichtdienstleistung einfach mal für uns behalten.«

Mein Blick fällt auf ein Backgammon-Board neben den Gummis auf dem Nachttisch.

»Spielst du Backgammon?«

»Ja, gerne.«

»Tja, dann ist das wohl heute dein Job. Eine Stunde Backgammon.«

Na, klasse. Die perfekte Frau, frei Haus geliefert, mit einer Flasche Veuve Clicquot als Draufgabe und ich liege hier auf dem Bett und schiebe für fünfhundert Mark die Stunde kleine Kunststoffsteinchen über ein Spielbrett.

Eines muss man Nazareth lassen. Man kann sich auf sie verlassen. Als wir nach gut einer Stunde in die Bar zurückkehren, sitzt Gabriel bereits am Tresen und lässt sich von der Schwedin Champagner aus einem gelben Pumps in den Mund flößen.

»Du warst echt super, Kleiner«, flötet Nazareth gut hörbar. »Du darfst gerne mal wiederkommen. Hey, Jürgen, den bringst du hoffentlich mal wieder mit.«

»Ist dir einer abgegangen, wa?«, freut sich Gabriel und klopft sich auf den Oberschenkel. »Mach mal noch 'n paar Flaschen auf.«

Es dämmert bereits, als wir zurück in die Stadt fahren. Gabriel zwingt mir noch ein Altherrengespräch auf, mit so schönen Formulierungen wie: »Die war ja wohl Granate, deine kleine Negerschlampe«, und: »Ich dachte immer, die Schlitzaugen hätten die Möse quer eingebaut. Stimmt aber gar nicht«, und das alles begleitet von lautem, übertriebenem Lachen.

Ich lächle höflich. Als wir in der Neustadt ankommen, sind knapp 500 Mark auf dem Wecker. Gabriel drückt mir einen braunen Schein mit den Konterfeis der Gebrüder Grimm in die Hand. 1.000 Mark.

»Stimmt so«, brummt er noch kurz, steigt aus und taumelt zu seiner Haustür.

13

So ein Jahr kann verdammt kurz sein. Vor allem, weil ich es arbeitslos und gefühlt im siebten Himmel verbrachte. Also offiziell arbeitslos. Tatsächlich hatte ich noch nie so viel gearbeitet wie in dieser Zeit. Sechs Nächte die Woche waren keine Seltenheit. Und die einzige Abwechslung, die Kim und ich uns in diesen zwölf Monaten gönnten, war ein dreiwöchiger Urlaub auf den Malediven. Ansonsten hatten wir so etwas wie Alltag. Oder besser gesagt »Allnacht«. Nach jeder Schicht holte ich sie im »Fives« ab, und danach ging es ins »Bistro Brasil«. Bier, Whisky, hie und da eine Dopepfeife, Backgammon und um uns herum jede Menge orientierungsloser Leute, die von sich behaupteten, genau zu wissen, wie die Welt funktionierte.

Im »Bistro Brasil« saß im Winter 87/88 Nacht für Nacht die größte Ansammlung von Schlaubergern, die sich in einer Stadt wie Bremen unter einem Dach versammeln konnte. Unbeteiligte Beobachter mochten sich fragen, wie eine solch ungeheure Akkumulation von Intelligenz mit massiven Alkohol- und Drogenproblemen (die hatte hier fast jeder) einhergehen konnte. Die Antwort war relativ einfach: Es war schlicht und einfach Selbstbetrug. Aber wir alle waren so schlau, dass wir das nicht einmal bemerkten. Dafür waren wir natürlich voll auf der Höhe des elitären Zeitgeistes, sperrten uns gegen die Regeln der gewöhnlichen Gesellschaft, hatten unheimlich viel Ahnung von Musik, was seinen Ausdruck vor allem darin fand, dass alles, was im Radio gespielt wurde, pauschal unter »Gedudel« abgeheftet wurde und wir Namen wie David Sylvian, Rickie Lee Jones oder Ryuischi Sakamoto herunterbeteten.

Außerdem konnten wir uns stundenlang über die Qualität einer Substanz namens Haschisch unterhalten. Die, so lernte ich schnell, wird am besten unter Ausschluss von Tabak zu sich genommen. Ich glaube, ich habe Thorsten, den Besitzer eines wirklich guten Restaurants mit einer feinen deutschen Küche, mindestens tausend Mal den Satz sagen hören: »Ich renn mir doch nicht die Hacken nach gutem Dope wund und schmier da dann so einen Dreck wie Tabak rein.« Dabei rannte er sich die Hacken grundsätzlich nicht wund, sondern ließ sich sein Dope von seinem Lieferanten nach Hause bringen.

Wolli brummte dann immer irgendwas Zustimmendes unter seinem Walrossschnäuzer hervor. Auch ein Experte für Musik und Haschisch. Besonders Letzteres musste für den seltenen Fall, dass er mal einen klitzekleinen Bobel dabei hatte, immer genauestens begutachtet, gelobt und als wirklich einzigartig famos bewertet werden. Ein weiterer Dauerbeisitzer war »Batz«, der Schlaueste von allen. Gespräche über Musik waren gerade innerhalb seiner Würde, der Rest natürlich weit darunter. Deshalb ignorierte er das Ganze meist und werkelte an seinen Karikaturen für die ehrwürdige »Zeit«.

Ich wäre nie auf die Idee gekommen, diesen Lebensstil aufzugeben. Der Druck kam von außen. Das Arbeitsamt machte mir nämlich in Form eines völlig humorlosen Sachbearbeiters klar, dass der Staat nicht die Absicht hatte, einen 22-Jährigen auf Dauer durchzufüttern. Sein Name war Tront, und in seinem Büro am Doventorsteinweg war er nicht weniger als Gott. Mit Tront machte man keinen Termin ab. Tront ordnete einen Termin an. Im Nachhinein betrachtet, lag er mit seiner Einschätzung meine Person betreffend gar nicht so daneben. Trotzdem fand ich es gar nicht witzig, als er mich morgens um acht bei sich antanzen ließ.

»Ah, Herr Meyer«, sagte er, ohne mir einen guten Tag oder ähnliches zu wünschen. »Der Höchstsatz. 2.511,42 Mark. Jeden Monat von Vater Staat. Wie ich sehe, mit dem schönen Vermerk, dass eine Vermittlung keine Priorität habe, weil Herr Meyer beabsichtige, so schnell wie möglich mit dem Studium zu beginnen. Ich gehe mal davon aus, dass Sie sich zum nächstmöglichen Termin eingeschrieben haben.«

»Ähm, ich bin dabei …«, log ich. »Hat wegen des Numerus Clausus bisher nicht geklappt …«

Tront beugte sich vor. »Soso, wegen des Numerus Clausus. Abi mit 1,9, zwei Jahre Wartezeit vom Zivildienst, dann wären Sie also runter auf 1,7. Was wollen Sie denn studieren? Zahnmedizin nehme ich an.«

Tja, da hat er mich erwischt.

»Woher kennen Sie denn meinen Abischnitt?«

»Wie Sie sich vielleicht erinnern, haben Sie sich vor ihrem Wehrersatzdienst ›Arbeit suchend‹ gemeldet. Und da haben Sie ebendies angegeben. Wollen Sie einen Blick in die Akte werfen?«

Unglaublich, was für ein triumphales Gesicht so eine Hackfresse vom Amt aufsetzen kann. Und dann auch noch so ein Pullunderträger mit randloser Brille und »Sardelle«, also das Haar von einer Seite zur anderen über den kahlen Kopf gekämmt und mit irgendwas Glänzendem fixiert. Das Schlimmste aber war, dass ich ihm jetzt nicht voller Selbstbewusstsein wohlfeile Formulierungen à la »Wissen Sie eigentlich, wer Sie bezahlt, und dass Sie hier im Dienste des Steuerzahlers sitzen?« entgegenschleudern konnte. Der Bund der Steuerzahler war mit an Sicherheit grenzender Wahrscheinlichkeit nicht auf meiner Seite. Ich *zahlte* ja keine Steuern. Ganz im Gegenteil, ich kassierte einen Haufen Geld fürs Nichtstun, ohne nichts zu tun.

»Herr Meyer. Ich erkläre Ihnen jetzt mal, wie das zukünftig läuft. Ihr Anspruch auf Arbeitslosengeld ist abgelaufen. Und wenn Sie glauben, dass ich Ihnen jetzt Monat für Monat Arbeitslosenhilfe auf Ihr Konto überweise, dann haben Sie sich gewaltig verspekuliert« – als ob er das Geld überweise, das kam schließlich aus der Staatskasse. »Es gibt eine Menge Jobs, in denen junge, kräftige Männer wie Sie gebraucht werden. Ich hätte hier gleich mal eine Liste von Arbeitgebern, die Sie mit Kusshand nehmen. Hier zum Beispiel. Lagerist bei Beck's – das müsste man doch mit einem Abi von 1,9 gut hinbekommen. Da Sie sich ja bereits vor ihrem Wehrersatzdienst …« Ich hasste es, wie er dieses Wort aussprach. »… ›Arbeit suchend‹ gemeldet haben, gehe ich davon aus, dass Sie als wertvolles Mitglied unserer Gesellschaft darauf brennen, ihr auch mal etwas zurückzugeben. Sie gehen sich jetzt mal hübsch vorstellen. Und in einer Woche sehen wir uns dann hier vor diesem Schreibtisch wieder, um acht. Dann können Sie mir berichten, wie es gelaufen ist. Ich schau mich in der Zwischenzeit dann schon mal nach ein paar anderen Stellen um. Sollte ja gelacht sein, wenn wir so einen pfiffigen Bremer Jung' nicht vermitteln könnten.«

Was für ein Arsch. Auf der anderen Seite hatte ich ja tatsächlich die Absicht gehabt, nach einem Jahr Arbeitslosigkeit ein Studium aufzunehmen. Ich hatte es nur ganz kurz mal eben aus den Augen verloren. Und ich wusste auch nicht so genau, *was* ich eigentlich studieren sollte. Drauf geschissen! Ich musste hier erst mal raus. Tront war nicht der Mensch, mit dem ich auch nur noch eine weitere Minute meines Lebens verbringen wollte. Wortlos und ohne zu grüßen verließ ich sein Reich. Das Praktische am Bremer Arbeitsamt war, dass am Ausgang voluminöse Mülleimer aufgestellt waren. Wie gemacht für kleine doofe Listen von kleinen hinterfotzigen Sachbearbeitern einer nicht besonders sympathischen Behörde.

Zehn Tage später kam ein Brief vom Arbeitsamt, dass mir sämtliche Leistungen ab sofort ersatzlos gestrichen würden, weil ich mich der Pflicht zur Bewerbung entzogen hätte. Gezeichnet: Tront.

14

Ich entschied mich für Betriebswirtschaft. Mit Abstand die größte Fehlentscheidung meines Lebens. Die Jagd nach dem Geld bei Wesertaxi hatte meinen Blickwinkel bereits komplett auf die pekuniären Aspekte des Lebens verengt. Ein Fahrgast, der in einer Werbeagentur arbeitete, hatte mir mal erzählt, dass es in der Werbung ganz wenig gut ausgebildete Leute gebe. Und dass gerade Kreative mit Wirtschaftsabschluss gute Chancen hätten, da später einen lukrativen Job zu bekommen. Wirtschaft, das hatte was mit Geld zu tun, mit Karriere, mit Reichtum, mit Luxus, mit Frauen, mit Autos, mit Hubschraubern ... und mit einem scheißdrögen Studium, mit Scheißkommilitonen. Wer mal einen richtig großen Haufen Arschlöcher in einem Raum zusammensitzen sehen will, sollte sich dafür einen Hörsaal der Wirtschaftswissenschaften aussuchen. Besonders empfehlenswert war da Ende der 80er die Uni Oldenburg. In Bremen konnte man das nur an der Hochschule studieren. Mehr als 600 Studenten waren eingeschrieben. In den größten Saal passten aber nur 450. Die Studenten hatten so gar nichts Studentisches an sich. Die trugen schon jetzt Anzüge und Aktentaschen. Und die meisten schienen wie von Mutti gekämmt.

In Oldenburg kam aber noch eine unerträgliche Anzahl ausgedienter Zeitsoldaten dazu. Die Leute beim Bund bekamen für jedes Jahr ausgeübtes Kriegshandwerk zwei Wartesemester gutgeschrieben. Weshalb sich auch die größten Dumpfbacken, die in ihrem Leben nichts anderes als Saufen, Gehorchen und Durchladen gelernt hatten, schwuppdiwupp am Numerus Clausus vorbei in die Uni mogeln durften. Na, klasse.

Die beschissenen Studienbedingungen erregten nicht etwa Widerstand in Form von Protesten und Forderungen nach mehr Professuren. Nein, weit gefehlt. Diese Sorte Student ließ eine Unterschriftensammlung herumgehen, in der eine Verschärfung des Numerus Clausus verlangt wurde.

Eine Fahrgemeinschaft mit diesen Vollpfosten war leider unumgänglich. Zwar sind es nur gut 50 Kilometer von Bremen nach Oldenburg, aber mein Strich-Achter schluckte hin und zurück 18 Liter bestes verbleites Super. Bei vorsichtiger Fahrweise. Ich ballerte mir den Stundenplan von Montag bis Donnerstag so voll, wie es nur ging. Vier Tage mussten reichen. Donnerstag- bis Samstagnacht gehörten dann Wesertaxi. Mein monatliches Einkommen sank innerhalb weniger Wochen von über 5.000 auf rund 1.500 Mark. Und das ließ sich mit meinem Lebensstil nur schwer vereinbaren. Aber egal, da musste ich durch. Ich kannte Studenten, die mussten mit der Hälfte auskommen. Und ich hatte ja immer noch Kim. Meine Traumfrau, meine Liebschaft, die mir vorherbestimmte Lebensgefährtin. Zusammen würden wir die vier Jahre Studium schon wegstecken. Und danach würden die Karten sowieso ganz neu gemischt.

Messer I

Zu den nicht veränderbaren Unwägbarkeiten eines Nachtfahrers gehört die potenzielle Opferrolle. Im Gegensatz zu anderen Menschen, die sich nachts auf der Straße bewegen, ist jedem klar, dass ein »Ticker« Geld bei sich hat. Jeder beliebige Mr. X *könnte* Geld bei sich haben, bei Taxifahrern ist das *gewiss*. Zwar ist nicht klar, wie viel. Aber schon das Wechselgeld reicht einem Junkie in aller Regel für den nächsten Schuss. Deshalb ist es ungeheuer wichtig, dem Fahrgast in die Augen zu sehen. Schon beim Einsteigen. Es geht dabei gar nicht immer um Raubüberfälle. Es gibt auch andere Unannehmlichkeiten, mit denen du als Taxifahrer rechnen solltest. Der aggressive Spinner, der einfach zu viel intus hat; der abgehalfterte Besoffene ohne Geld; die ideologisch verblendete Wildsau; sexuell frustrierte Männer *und* Frauen sowie die in jeder Beziehung des menschlichen Körpers Inkontinenten. Es ist verdammt wichtig, den kleinen Prozentsatz der Gefährlichen schon in der ersten Sekunde aus dem Gros der Friedlichen herauszufiltern. Nur ein vorbereiteter Taxifahrer ist ein unangetasteter Taxifahrer.

Die erste Warnlampe geht an, als der Typ sich umguckt, bevor er in der Nähe der Beck's-Brauerei in meinen Wagen steigt. Ein Einsteiger, keine Adresse, keine Telefonnummer – Warnlampe zwei. Die nächste Warnlampe, als er sich, kaum eingestiegen, ein zweites Mal umguckt. Die vierte, als ich seine Augen sehe, die Pupillen gerade mal stecknadelkopfgroß.

Ich fahre sofort los, bringe den Wagen in Bewegung. Ein bewegter Wagen ist Macht, gibt Möglichkeiten, lässt Entscheidungen zu. Mir ist in der ersten Sekunde klar, dass hier Ärger lauert. Größerer Ärger, als ich ihn bisher hatte. Und dass es sich um einen Anfänger handelt. Denn wer immer dir Ärger machen will – und weiß, was er tut –, steigt hinten ein. Seine Hände sind schweißnass, sein Blick ist wirr, seine Haut scheckig. Ich versuche, Selbstbewusstsein auszustrahlen, richte mich im Sitz auf, mache ihm damit deutlich, dass es sich hier nicht um einen schwachen Gegner handelt. Logo, ich hätte sagen können, er solle wieder aussteigen, bevor ich überhaupt losgefahren bin. Aber nicht bei solchen Augen. Die Sache ist von Anfang an klar. Das Messer wäre sonst im *stehenden* Auto an meiner Kehle gelandet, mit deutlich besseren Aussichten auf Erfolg für den Angreifer. So bleibt es beim Versuch.

»Wo wollen Sie denn hin?«, frage ich möglichst sachlich.

»Was heißt hier hin?«

Und schon zückt der etwa 1,70 Meter große Junkie sein Messer, hält es bedrohlich in meine Richtung.

So ein Idiot. Er hat sich nicht mal angegurtet. Der Tritt in die Bremse kommt für ihn völlig unerwartet. Meine Linke führt das Lenkrad, die Rechte greift ins Haar seines Hinterkopfes, und einhergehend mit der Massenträgheit seines durch die Bremswirkung nach vorne beschleunigten Körpers ramme ich mit der Kraft meines Armes seinen Kopf mit voller Wucht auf das Armaturenbrett und bringe den Wagen zum Stehen. Ich ziehe den Kopf an den Haaren wieder hoch und knalle ihn vorsichtshalber noch mal voll auf den Plastikschaum des Handschuhfaches. Man weiß ja nie.

Fahrt zu Ende. Mit Trinkgeld ist wohl nicht zu rechnen. Dies ist – manch einer möge erstaunt sein – *nicht* der Moment, die Polizei zu rufen. Dies ist der Moment, in dem ich um den Wagen herumgehe, den Wichser aus dem Taxi ziehe, ihm noch ein paar Schläge in die Fresse gebe und einfach liegen lasse.

Im Wesentlichen gibt es dafür drei Gründe: Erstens fasst er danach nie wieder einen Taxifahrer an. Zweitens verliere ich keine drei Stunden mit polizeilichen Formalitäten. Und drittens kann mich dieses Stück Scheiße hinterher nicht wegen Körperverletzung anzeigen.

15

Es gibt nur wenige Dinge auf der Welt, auf die man sich mehr verlassen kann, als irgendwann verlassen zu werden. Zwar scheißt der Teufel immer auf den dicksten Haufen, aber ich hatte keinen Haufen mehr, auf dem er sich entleeren konnte. Allenfalls hatte ich einen Haufen Stress an der Backe.

Dabei war ich bei näherer Betrachtung eigentlich zurück in der Spur. Mein Leben war zumindest an vier Tagen in der Woche wieder auf den Tagrhythmus umgestellt. Ich hatte den festen Vorsatz, mein Studium in Regelzeit durchzuziehen, möglichst schnell ein Diplom in der Tasche zu haben, und dementsprechend motiviert war ich bei der Sache.

Die Sache hatte aber einen Haken, eine unangenehme Nebenwirkung, die sich auf mein Privatleben fatal auswirkte. Kim hatte nämlich immer noch einen Nachtrhythmus. Wir lebten zwar noch in einer Wohnung, aber ich war am Tage weg, sie nachts. Und wenn ich in einer Wochenendschicht ins »Fives« kam, war ich so hundemüde, dass ich außer der üblichen Lust auf Bier und Whisky gewisse andere Lüste vergaß. Nun sollte man wissen, dass Kim und ich nicht besonders viel miteinander redeten. Unsere Kommunikation war schon immer einzig und allein der Sex gewesen. Na klar, wir fragten uns schon mal, wer was trinken wolle, ob wir jetzt bald nach Hause wollten und wer das Taxi dafür anrief. Aber Inhalte? Fehlanzeige! Solange das mit dem Ficken klappte, war das auch völlig okay und ausreichend. Mein Kommunikationsbedürfnis wurde zur Genüge in der Droschke, im Kreise der »Brasil«-Schlauberger und jetzt eben auch im Studium gestillt. Kims Bedürfnisse hingegen blieben auf der Strecke.

Die verdammte Scheiße an der Sache war, dass ich das überhaupt nicht mitbekam. Wir redeten ja nicht miteinander. Eine Ahnung von der drohenden Katastrophe bekam ich erst, als sie längst anrollte und mich dann sofort überrollte.

Nur zwei Monate (man muss sich das mal vorstellen), nachdem ich mein Studium aufgenommen hatte, tauchte Kim nach einer Samstagsschicht nicht zu Hause auf. Das »Fives« war bereits abgeschlossen, als ich sie abholen wollte. Im »Bistro Brasil« keine Spur von ihr, in unserer Wohnung (war das überhaupt *unsere* Wohnung, war *ich* etwa im Besitz eines Mietvertrages?) ebenfalls nichts. Es folgte der entwürdigendste Morgen meines gesamten bisherigen Lebens. Und damit meinte ich nicht den Verdacht, dass Kim mir gerade mit irgendeinem dahergelaufenen Potenzbolzen Hörner aufsetzte (genau das tat sie übrigens) ... Es war die Art und Weise, wie ich damit umging.

Von *unserer* Wohnung ging ich direkt ins »Brasil« und ließ mich dort nach allen Regeln der Kunst mit allem volllaufen, was die weltweite Brau- und Brennereibranche zu bieten hatte. Neben Bier auch jede Menge harter Sachen wie Whisky, Brandy und vor allem Tequila. Gerade letzterer hatte eine geradezu zerstörerische Wirkung auf mich: Dieses mexikanische Teufelszeug raubte mir komplett den Verstand. Aber das verstand ich nicht. Ich war ja im »Bistro Brasil«. Und wer im »Bistro Brasil« sitzt, vor allem, wenn er das schon so oft getan hatte wie ich, war ja unglaublich schlau. Ich wurde also mit jedem Tequila ein bisschen schlauer. Und je schlauer ich wurde, desto wütender wurde ich. Und meine Wut machte mich noch schlauer. Ich *wusste* nämlich auf einmal, wo Kim war. Da gab es ja gar keinen Zweifel. Sie war natürlich bei Johnny. Logisch!

Die unumstößliche Tatsache, dass sie mit diesem Schmierlappen gerade eine Nummer in seinem vom

Schweiß kleiner Mädchen gesättigten Bett schob, bedurfte natürlich einer sofortigen Überprüfung. Jetzt mal eben die 2,8 Promille beiseitegeschoben. Der Weg war ja nicht weit.

In gleißendem Sonnenlicht – es waren schon Dutzende Menschen auf dem »O-Weg« unterwegs – taumelte ich vorbei an »Korsett Friedel«, an unserem Jugendstilhaus, an »Wollis Schuhpraxis« und steuerte direkten Weges den Hintereingang der Zahnarztpraxis an, über der Johnny wohnte. Nun mochte ich natürlich nicht klingeln – das wäre ja nicht schlau gewesen. Und einen Schlüssel hatte ich auch nicht (hatte ich übrigens doch, der hing ja wegen der regelmäßig wiederkehrenden Papageienversorgung an *unserem* Schlüsselbrett in *unserer* Küche, nur kam mir das gerade nicht in den verbläuten Kopf). Also musste eine bodenständigere Lösung her.

Da traf es sich doch prima, dass direkt neben der Tür ein Mülleimer stand. Und noch besser war es, dass die Tür in der oberen Hälfte aus Glas bestand. Mit beherztem Schwung und in der Überzeugung, das einzig Richtige zu tun, schleuderte ich den grauen Kunststoffeimer mit voller Wucht durch die Scheibe. Ein besonders perfides Stück Scherbe schnitt mir beim nachfolgenden Einstieg in die gesetzlich geschützte Wohnung eines anderen Menschen ordentlich in die linke Gesäßbacke. In diesem Zusammenhang war die betäubende Wirkung des Alkohols eindeutig von Vorteil, schließlich konnte ich mich jetzt nicht mit solch unwichtigen Kleinigkeiten aufhalten.

So schnell es mir in diesem Zustand möglich war, polterte ich die schmale Holztreppe rauf zu Johnnys Wohnung, die passend zur Situation nicht abgeschlossen war. Keine 30 Sekunden später erklomm ich die noch schmalere Treppe zu Johnnys Schlafzimmer, stieß mir dabei den Kopf an einem besonders tief hängenden Balken, stolperte weiter und stand vor einem Bett, in dem sich ein komplett verwunderter Johnny bereits aufgerichtet hatte. Neben ihm saß eine nicht minder verwunderte und halbnackte Frau, die ich in meinem Leben noch nie gesehen hatte, welche aber in dem Moment, als sie meiner gewahr wurde, in entsetzliches Geschrei ausbrach.

Da stand ich nun: besoffen, blutender Arsch, Beule am Kopf, gedemütigt und verloren … Na, klasse.

Die kommenden Stunden sollten meine Würde nicht wiederherstellen: Polizei, Personalien, Krankenhaus, Vernehmung, Strafanzeige – Pipapo. Das Verfahren wurde später wegen Trunkenheit und keinerlei Vorstrafen gegen eine Geldbuße eingestellt.

Kim kam den gesamten Sonntag nicht nach Hause und ließ sich auch in der kommenden Nacht nicht blicken. Sonntags hatte das »Fives« Ruhetag. Einen solchen gönnte ich mir allerdings nicht. Schon früh am Abend – Schlaf hatte ich bis dahin nicht bekommen – schlich ich als Häuflein Elend, versenkt in ein riesiges Fass aus Selbstmitleid, ins »Brasil«, um ein bisschen Schläue zu tanken. Ich trank mein Bier im Stehen – das Sitzen machte wenig Spaß – und ließ den Morgen Revue passieren. Es sind wohl solche Momente, in denen der Mensch tiefe Dankbarkeit empfindet, dass Alkohol die besondere Gabe besitzt, große Teile der Erinnerung tief in den Orkus des Vergessens zu schleudern. Das, an was ich mich erinnern konnte, war schon schlimm genug. Der Restpegel machte einen billigen Abend aus der Geschichte. Ein paar Bier reichten, und ich hatte den Zustand erreicht, der es mir möglich machte, endlich nach Hause zu gehen und in tiefen Schlaf zu versinken. Das Schnarchen dürfte sogar Mama Maggiora gehört haben.

16

Kim kam erst am Montagnachmittag. Sie roch nach Sex. Ich kannte diesen Geruch. Es war ein Geruch, den ich liebte. Aber da war noch ein anderer, der eines anderen Mannes. Sie setzte sich einfach wortlos in die Küche und kochte sich einen Kaffee. Ihr Kopf war gesenkt, sie vermied jeglichen Blickkontakt, aber in ihrem Gesicht konnte ich deutlich ablesen, dass sie ein mehr als frivoles Wochenende hinter sich hatte. Ihre Augen spiegelten eine unerträgliche Art von Zufriedenheit, sie wirkte müde, ja geradezu ausgepowert. Auch meinte ich eine Nuance von Schuldgefühlen zu erkennen, aber nur einen klitzekleinen Hauch davon. Oder war da sogar eine Art von Mitleid in ihrer Physiognomie? Mitleid ... scheiße noch mal, mit wem? Mit mir etwa? War die ganze Sache schon so weit gediehen, dass ich Mitleid erregte? Warum saß sie so dermaßen proletisch breitbeinig auf dem Stuhl? Das war überhaupt nicht ihre Art ... Egal, wer es war, dieser Scheißkerl musste sie dermaßen durchgefickt haben, dass die Innenseiten ihrer Schenkel so wund waren, dass sie gar nicht mehr anders sitzen konnte. Oder bildete ich mir das jetzt alles nur ein?

Kein Wort der Erklärung, sie sprach mich nicht an, wartete darauf, dass ich was sagte. Gott, war das erbärmlich feige.

»Wo warst du?«, fragte ich knapp und bestimmt.

Sie blickte kurz auf und sagte gar nichts.

»Wo du warst, habe ich gefragt!«, meine Stimme wurde schneidender.

Sie stand auf und ging ins Bad. Noch immer kein Wort.

Als sie wiederkam, sagte sie leise und klar: »Er heißt Stefan. Hör zu, Marcus, das klappt nicht mehr mit uns beiden ...«

»Stefan«, fuhr es mir durch den Kopf. »Stefan, das sagt dir doch irgendwas. Na klar … der Koch aus dem ›Filz‹.«

Wir waren in letzter Zeit, wenn es die Zeit denn zuließ, öfter zum Essen ins »Filz« gegangen. Ein Allerweltsbistro in der Horner Straße, mit mäßig guter Küche. Der Koch war ein groß gewachsener Mittvierziger, grobporige Gesichtshaut, schlecht gefärbte blonde und für meine Begriffe viel zu lange speckige Haare. Einer, der Stonewashed Jeans, Stonewashed Jeanshemden und dazu braune, vergilbte Cowboystiefel trug. Und er hatte sich immer ganz rührend um Kim gekümmert, ihr das Essen persönlich an den Tisch gebracht – obwohl das scheiße noch mal gar nicht seine Aufgabe war.

»Was meinst du mit ›Das klappt nicht mehr mit uns‹? Und welcher Stefan? Jetzt erzähl mir bitte nichts von diesem Vollpfosten aus dem ›Filz‹.«

»Hör zu, Marcus. Das müssen wir jetzt wirklich nicht diskutieren. Es ist aus und damit gut.«

»Was soll das denn heißen? Wir müssen das *jetzt* nicht diskutieren? Wann, bitteschön, möchte Frau Kim das denn diskutieren, wenn nicht jetzt?«

Ich hatte wirklich »Frau Kim« gesagt. So wie Obelix immer »Herr Asterix« sagte, wenn er sich mit seinem besten Freund stritt. Nur ahnte ich, dass, anders als in einem Comic-Strip, hier nicht zwei Panels weiter die Versöhnung folgen würde.

»Hör zu, Marcus …«, setzte sie an.

»Hör zu?«, schnitt ich ihr das Wort ab. »Hör zu? Wobei in drei Gottesnamen soll ich denn zuhören, wenn Frau Kim«, ich hatte es schon wieder gesagt, »gar nicht mit mir reden möchte, hä?«

»Das hat doch alles keinen Sinn. Ich pack jetzt mal ein paar Sachen und verzieh mich für ein paar Tage. Du kannst ja noch so lange hier wohnen bleiben, bis du was gefunden hast. Tut mir leid.«

Das war's. Das war wirklich alles, was sie sagte, und dann ging sie wortlos ins Schlafzimmer, packte ein paar Sachen, kam noch mal kurz in die Küche, um einen Schluck aus ihrer übersüßten Kaffeetasse zu nehmen, und dann verschwand sie einfach aus meinem Leben. Und ich hatte gefälligst aus ihrem zu verschwinden. Denn wessen Wohnung das hier war, daran hatte sie nicht den geringsten Zweifel gelassen. Es war ihre. Ganz allein ihre. Ende, Aus, Schluss!

17

Es gibt Lebensweisheiten, die, zur falschen Zeit ausgesprochen, mit Fug und Recht körperliche Verweise nach sich ziehen. »In jedem Ende liegt auch ein Anfang«, ist eine dieser sozialpädagogisch verschwurbelten Ökoformulierungen. Ich bin nur froh, dass niemand in meinem Umfeld auf die Idee kam, mich mit solchen oder ähnlich dämlichen Äußerungen trösten zu wollen. Wäre ihm auch nicht bekommen, denn ich bin mir sicher, dass ich ihm in diesem Falle ansatzlos eins in die Fresse gehauen hätte. Ohne schlechtes Gewissen.

Ein Ende ist ein Ende. Und ungewollte Enden sind schlicht und einfach scheiße!

Nichtsdestotrotz war eine Neuorganisation meines Lebens unumgänglich. Da traf es sich gut, dass Wolli von einer leerstehenden Wohnung wusste, gleich um die Ecke, in der Schildstraße. Dachwohnung, günstig, 400 Mark warm. Der Vermieter war ein befreundeter Schlauberger, eine Besichtigung wäre sofort möglich. Vermutlich dürfte das »Appartement«, wie der Vermieter es nannte, den meisten Bremer Studenten ein freundliches Lächeln ins Gesicht gezaubert haben. Ein, aber eben auch nur *ein* großes Zimmer von 35 Quadratmetern, hell, weiße Raufaser, Kochnische mit Zweiplattenherd und ein kleines separates Bad. Nach vorne raus Dachschrägen, hinten gerade, mit einer gläsernen Schiebetür über die gesamte Rückwand und dahinter ein durchaus akzeptabler Balkon, den der Vormieter allerdings mit allerlei Gerümpel und einer tonnenschweren Last an Altglas zugestellt und ebenso hinterlassen hatte.

Einer dumpfbackigen Erstsemesterin der Sozialpädagogik wären bestimmt die Worte »ganz bezaubernd« herausgerutscht, und ihre Eltern hätten etwas vorsichtiger, aber durchaus liebevoll die Formulierung »Studentenbude« gewählt.

Gemessen daran, wie ich zuvor gewohnt hatte, verdiente dieses »Appartement« aber nur eine einzige Bezeichnung: Loch!

Für den Übergang musste es jedenfalls ausreichen. Große Sprünge waren momentan nicht drin. Das Geld auf meinem Konto – Rücklagen waren noch nie Teil meines monetären Gesamtkonzepts gewesen; das, was da war, wurde auch verballert – reichte gerade noch für eine spärliche Möblierung. Ein Tisch, ein Sofa, eine Matratze. Aus Kims Wohnung nahm ich nur meinen Kater, die Anlage und die Schallplatten mit. Meine Billy-Regale und die Bücher blieben im Kimschen Keller, womöglich sind sie heute noch da. Ich weiß es nicht.

Und wer jetzt glaubt, der Abstieg wäre damit vollendet, der irrt. Der nächste Schicksalsschlag ließ nicht lange auf sich warten und hörte auf den interessanten Namen »Nockenwelle« oder besser gesagt »Nockenwellenbruch«.

Gemessen am Klang dieses widerwärtigen Wortes kommt ein Nockenwellenbruch in der Realität relativ unspektakulär daher. Ich war auf dem Weg nach Oldenburg, begleitet von drei schwachmatigen Kommilitonen, und hatte trotz der in Reihe bezogenen Niederlagen zumindest in meinem Auto immer noch ein gutes Gefühl. Eben noch glitt der gewaltige Strich-Achter erhaben über den Asphalt der A 28. Dann machte es kurz »plong«, und mit einem seltsamen Klackern und dem leichten Jaulen eines überdrehten Motors kam mein geliebtes Auto zum Stehen. Es erübrigt sich zu erwähnen, dass die drei Mitinsassen im Gegensatz zu mir allesamt Mitglieder des ADAC waren. Ein Helfer, der sich später nicht als solcher erweisen sollte, war schnell zur Stelle.

»Nockenwellenbruch«, sagte der »Gelbe Engel« nach gründlicher Analyse des Motorraums. »Da kann man wohl nicht mehr viel machen. Das lohnt nicht mehr bei so einer alten Kiste.«

Ich hatte Mühe, die Fassung zu bewahren. Wir standen auf dem Standstreifen einer der uninteressantesten Bundesautobahnen, die ein Verkehrsminister (wahrscheinlich hatte Hitler persönlich den Auftrag gegeben) jemals in Deutschland hat betonieren lassen. An uns fuhren reihenweise seelenlose, unförmige, von irgendwelchen Japanern zusammengenagelte Scheißkarren vorbei, und diese mitgliedsbeitragfinanzierte Drecksau in ihrer albernen gelben Jacke nannte meine Sportlimousine »alte Kiste«. Herr, lass es Hirn regnen!

»Könnte es sein, dass Sie meinen Wagen gerade ›alte Kiste‹ genannt haben?«, fragte ich offensichtlich eine Spur zu aggressiv, denn der Mechaniker wich vorsichtshalber sofort einen Meter zurück.

»Naja, Baujahr 72, also neu … ähm, ich meine das ist ja kein Neuwagen mehr …«, stammelte er.

»Lassen Sie mich raten«, erwiderte ich. »Es ist also Ihre Aufgabe, hier Besitzern neuer Reisschüsseln zu helfen. Und sollte Ihnen zufällig mal ein richtiges Auto unter die Finger kommen, dann sind Sie so rumsdibums einfach mal mit Ihrem Latein am Ende, beleidigen deutsche Wertarbeit und kommen mit der fachmännischen Einschätzung, dass man da nicht mehr viel machen könne?«

»Also vom wirtschaftlichen Gesichtspunkt her …«

»Ich weiß nicht, in welcher Wirtschaft Sie sich gestern befunden haben«, unterbrach ich ihn. »Aber mein lieber ›Herr ADAC‹, man kann sich ja nur freuen«, ich hatte ›Herr ADAC‹ gesagt, diesen Mist musste ich mir ganz schnell abgewöhnen, »dass Sie es lediglich zum Straßenschrauber beim faschistoidesten deutschen Automobilclub gebracht haben und nicht etwa zum Notarzt. Da würde es mich nicht wundern, wenn Sie mal kurz beim Blick in den Pass eines Schwerverletzten so mir nichts, dir nichts feststellten, dass der Gute leider bereits 1972 geboren wurde und mit seinen 17 Jahren nicht mehr ganz neu und deshalb schon eine ziemlich alte Kiste ist, die man am besten durch einen frisch in Japan produzierten Menschen ...«

»Marcus«, versuchte einer meiner sichtlich peinlich berührten Kommilitonen dazwischenzukommen, »der Mann kann doch auch nichts dafür, dass ...«

»Du hältst hier mal gepflegt deine Fresse, wenn erwachsene Menschen sich unterhalten!« Und zu diesem »ADAC-Spacken« gewandt: »Wenn mich Ihre Meinung betreffs der Erhaltenswürdigkeit meines Autos interessieren sollte, werde ich Sie gerne zu gegebener Zeit informieren. In diesem Moment interessiert mich Ihre völlig inkompetente Beurteilung des Wertes von Autos aber nicht, sondern nur eines: Was, bitteschön, gedenken Sie jetzt zu tun?« Am Ende des Satzes schlug die Stimme über.

»Jetzt beruhigen Sie sich erst mal ...«

»Ich will mich aber nicht beruhigen! Ich will wissen, was Sie jetzt verdammt noch mal machen!«

Der ADAC-Mann gewann einen Teil seiner Souveränität zurück.

»Also, ich wollte Ihrem Auto wirklich nicht zu nahe treten ...«

»Möchte ich auch nicht geraten haben.«

»... aber in diesem Falle habe ich nur die Möglichkeit, Ihre ›Sportlimousine‹ zur nächsten Werkstatt abschleppen zu lassen. Die ist in Delmenhorst.«

18

Was soll man sagen? Der ADAC-Mechaniker hatte natürlich Recht. In der nächstgelegenen Werkstatt, der Besitzer hieß Ralf Marewski, wurde die Diagnose bestätigt und noch um etliche Hoffnungslosigkeiten maßgeblich erweitert. Immerhin hatte Ralf (er schien alle seine Kunden wie selbstverständlich zu duzen) Verständnis für meine Situation. Als mein bedauernswerter Strich-Achter auf den Hof geschleppt wurde, kam er mit Blaumann und verölten Händen aus seiner Werkstatt. Hier schien der Chef offensichtlich noch selbst zu schrauben, ein gutes Zeichen. Nach kurzer Rücksprache mit dem ADAC-Mann – ich saß derweil verzweifelt auf einem kleinen Betonsockel am Rand der angeschlossenen Shell-Tankstelle und lamentierte vor mich hin – kam er zu mir.

»Das tut weh«, waren Ralfs erste und angebracht mitfühlende Worte. »Einer der geilsten, die Mercedes jemals gebaut hat. Ich guck mir das jetzt mal an. Und dann gucken wir mal, was wir machen können.«

Ein Fünkchen Hoffnung keimte in mir auf. Dieses »Was wir machen können« war Balsam für meine geschundene Seele, das anschließende Gespräch umso erschütternder.

»Die Nockenwelle ist hin und hat sämtliche Ventile gekillt. Allein da wärst du mit 1.600 dabei«, begann Ralf seinen schier endlos erscheinenden Monolog. »Der Kühler ist spätestens im kommenden Winter durch. Das suppt jetzt schon. Hab mir auch noch mal den Rest angeguckt. Radlager müssen gemacht werden, die Schweller und Holme an der Seite sind durch, die Scheiben sind runter. Und das nur bei kurzem Durchsehen. Schätze mal, das war längst nicht alles. Und bei den Strich-Achtern musst du auch ständig damit rechnen, dass bald wieder was passiert. TÜV wäre in drei Monaten fällig. Unter sechs Riesen geht da gar nichts. Schwere Entscheidung. Der Restwert liegt nicht über 1.500. Da kommt's halt drauf an, wie sehr du dein Auto liebst.«

Die Frage war nicht, wie sehr ich mein Auto liebte. Ich liebte mein Auto im Moment mehr als alles andere im Leben. Die Frage war, ob ich mir so eine Liebe im Moment leisten konnte. Und ich konnte sie mir verdammt noch mal nicht leisten. Vor drei Monaten wäre mir das alles völlig egal gewesen. »Scheiß drauf«, hätte ich gesagt, »wat mut, dat mut.«

Aber jetzt 6.000 Mark in meinen Mercedes stecken … völlig undenkbar. Und was hieß hier überhaupt »jetzt«? Auf absehbare Zeit hätte ich einfach nicht genug Kohle, um mir diesen weißen Elefanten leisten zu können. Okay, ich könnte ihn einfach fünf Jahre in irgendeine Garage stellen. Aber das wäre das endgültige Ende für meinen Strich-Achter gewesen. Der Gammel hätte ihn langsam, aber sicher zernagt, ihn zu einer Rolle Draht mutieren lassen, ihn gemächlich mit Rost gefoltert, gefleddert, geschreddert, vernichtet …

»Scheiße«, sagte ich zu Ralf. »Ich brauch doch ein Auto. Und zwar eines, das fährt.«

»Ich könnte dir da ein Angebot machen.«

Ein Angebot … Alarmglocken klingelten in meinem Kopf. Ein Angebot von einem selbstständigen Autoschrauber und Gebrauchtwagenhändler. Einer, der seine Oma verkaufen würde, wenn er es nicht schon längst getan hatte. Einer, der dir eine nagelneue Benzinpumpe vor die Nase hält und längst die alte, die er später einbauen würde, hinter dem Rücken verborgen hielt.

»Ich hab da 'n blauen Opel Kadett Kombi auf dem Hof. Für den will ich eigentlich 1.800 haben. Aber in diesem Falle würde ich ihn dir im Tausch gegen den Strich-Achter geben, und ich versprech dir, dass ich ihn wieder auf Vordermann bringe. Er wird nicht leiden.«

Dieses Schlitzohr hatte mich komplett durchschaut. Er *wusste*, dass ich mein Auto liebte. Er kannte mein Seelenleben. Und er drückte genau die richtigen Knöpfe, damit ich ihm vertraute.

Um es kurz zu machen: Eine Stunde später war ich Besitzer eines Stückes Kotze in blau. An den Türen konnte man sehen, dass es früher in Diensten des Siemens-Konzerns stand, denn da, wo einstmals die aufgeklebten Buchstaben prangten, war der Lack ein bisschen weniger durch die Sonne verblasst. Ein selten hässliches Auto mit eckigen Formen, rein funktional mit Frontantrieb für Warmduscher und Plastiksitzen in Lederoptik.

Na, klasse. Das war das Ende. Tiefer konnte ich einfach nicht mehr sinken. Darf das Schicksal einen Menschen so zugrunde richten? Scheißstudium, Frau weg, Wohnung weg, Opel … Der einzige Halt, den ich jetzt noch hatte, war Wesertaxi. Mein letzter Lebensinhalt. Die einzige Konstante.

Trinkgeld

Wenn dir ein Mensch ins Taxi steigt und fragt, was eine Fahrt nach Hamburg kostet, dann heißt das noch lange nicht, dass er nach Hamburg will. Menschen machen Witze, sie behaupten gerne etwas. Manchmal lehnen sie sich auch nur ein bisschen zu weit aus dem Fenster, verlieren den Halt, fangen sich gerade noch mal und versuchen dann, wieder hineinzuklettern. Nichts von dem, was Menschen in einem Taxi erzählen, sollte man auf die Goldwaage legen, daran glauben schon gar nicht. Und doch muss ein Ohr stetig am Wind bleiben, um herauszufinden, was sich dahinter verbirgt.

Das erste, was mir an Herrn Lindemann auffällt – zu diesem Zeitpunkt weiß ich noch nicht, dass er Herr Lindemann ist, geschweige denn, dass es überhaupt einen Herrn Lindemann gibt –, ist seine mit schweren Brillanten besetzte Uhr. Eigentlich passt er mit seinem teuren gestreiften Hemd, seiner Porsche-Design-Brille und dem kurz geschorenen Mösenbart – dieser Sorte Bart, die sich im Oval um Mund und Kinn zieht – nicht so recht ins Ambiente des Vereinsheims vom TuS Grolland. Und doch sitzt er hier und das reichlich angepichelt. Hans, der Wirt – ich kenne ihn noch aus meiner Jugend beim TSV 1860 – winkt mir freundlich zu.

»Hey, Marcus, bring den Rolf mal nach Haus. Der hat genug!«

In der Tat. Rolf ist hacke, aber, wie es scheint, einigermaßen pflegeleicht. Willig trottet er hinter mir her, setzt sich, ohne groß Schwierigkeiten zu machen und unter Inanspruchnahme eines bisschen Hilfe beim Angurten, ins Taxi.

»In die Neuenlander Straße ... zum Autohaus Lindemann. Hier hast du 20 Mark, brauchst den Wecker nicht einzuschalten. Du kennst doch das Autohaus Lindemann? Das bin nämlich *ich*«, kommt es aufdringlich und leicht lallend aus seinem Mund.

Na, klasse. Ich habe einen‛Menschen im Auto, der glaubt, ein Autohaus zu sein, auch mal was Neues. Die Tour ist eigentlich keine zehn wert, der Mann ist also korrekt, und deshalb bekommt er auch mein nettestes Lächeln und eine freundliche Antwort.

»Sorry, kenne ich nicht, aber das können Sie mir ja zeigen. Die Neuenlander Straße finde ich jedenfalls.«

»Was? Du kennsas Autohaus Lindemann nicht?«, fusselt er weiter. »Opel Lindemann. Das bin ich!«

Das O und das E im Wort Opel zieht er dabei besonders lang.

»Wir verkaufen auch Rover. Aber vor allem Opel. Ich bin der Größte in Bremen. Jeden Tag zwei Opels, manchmal auch drei.«

Ein Schluckauf setzt ein.

Danach folgt die unvermeidliche Lebensgeschichte eines selbst ernannten Selfmademans. Es scheint einen angeborenen Reflex zu geben, einem Taxifahrer die eigene Biografie zu eröffnen, wenn ein gewisser Promillegehalt erreicht ist. Das muss nicht immer eine positive Geschichte sein. Auch Versager legen gerne ihr komplettes Leben offen, unterziehen sich in der vermeintlich vertraulichen Atmosphäre der Fahrgastzelle einem schonungslosen Seelenstriptease und geben Dinge preis, die sie entweder, wenn sie wieder nüchtern sind, bereuen oder, im besseren Fall, einfach vergessen.

Rolf Lindemann hatte sich vom einfachen Kfz-Mechaniker zu einem stolzen Autohausbesitzer gemausert, in weniger als 20 Jahren. Seine Lieblingsworte sind »ich«, »meins« und »geschafft«. Wir stehen längst vor der Tür seines Ladens, ich lächle immer noch freundlich, der Mann hat schließlich mehr als das Doppelte bezahlt, und er hört einfach nicht auf zu reden. Stolz zeigt er auf seine Verkaufsräume, gut sichtbar durch die vier Meter hohe Ganzglasfassade. Autohaus Lindemann – wer hätte das gedacht – steht in dicken schwarzen Lettern auf gelbem Neonreklamegrund.

»Jepp, wirklich schick. Scheint, Sie haben's wirklich geschafft«, sage ich, und er öffnet die Beifahrertür. Einen Moment lang hege ich die Hoffnung, er möge jetzt endlich aussteigen, doch er klopft nur auf den Betonsockel seines Autohauses.

»Meins! Ich hab's geschafft.«

Nur, um die Tür danach wieder zu schließen und mit dem gleichen monotonen Singsang seines erfolgreichen Lebens fortzufahren.

»Ich hab's geschafft!«

Und dann endlich, nach schier unendlichen Wiederholungen und kleinen Variationen der immer gleichen Behauptung, dass dies alles »seins« sei und dass er es »geschafft« habe …

»Bringsu mich noch nach oben?«

Ich werfe einen Blick auf das *Oben*, das er meinen könnte. An der Fassade führt eine steile, schmale Eisentreppe aus verzinkten Rosten aufs Dach.

»Da oben wohnen Sie?«

»Jawoll. Ich hab's geschafft. Aber da komm ich alleine nicht mehr rauf. Binsu betrunken.«

Ich mustere Rolf Lindemann und die Eisentreppe und komme zu dem Schluss, dass seine Selbstwahrnehmung ihn in diesem Punkt nicht trügt. In seinem Zustand sollte er da wirklich nicht alleine raufgehen.

»Kein Problem. Ich bring Sie hin.«

»Was willsu dafür haben?«, lallt er zurück. Und genau das ist der Moment, in dem ich hellhörig werde. So, wie er aussieht, wäre er durchaus in der Lage, für diese kleine Zusatzdienstleistung zu zahlen.

Andererseits ist er ein *Autohändler*, kennt sich aus mit der Psychologie des Menschen, kennt die Gesetze von Angebot und Nachfrage ... Wann man etwas anbietet, wann man zurückzieht, wie man etwas umwirbt, es anpreist. Wie man es madig macht, um nur ja keinen Zweifel zu hinterlassen, man könne es nicht ehrlich meinen, dass man an diesem Angebot aber auf keinen Fall vorbeikomme. Eine so günstige Gelegenheit – genau solch eine war *er* – käme nie wieder. Mit anderen Worten: ein Verhandlungsprofi. Und – was er nicht weiß – er würde heute seinen Meister finden.

Mit solch einem Menschen muss ich taktisch klug umgehen. Ich muss ihm seinen Raum lassen, ihm das Gefühl geben, die Situation in der Hand zu haben, und ihn bei seiner Achillesferse packen. In seinem Fall, zumindest unter Alkoholeinfluss, bei seiner Eitelkeit. Auf die Frage, was ich dafür haben möchte, kann es deshalb nur eine Antwort geben.

»Gar nichts. Sie haben schon mehr bezahlt als nötig, das ist im Preis mit drin.«

»Was? Taxifahrer wolln immer was ham!«, stößt es aus ihm heraus. »Du kanns haben, was du willst. Ob 100 Mark, 500, 1.000, is mir scheißegal.« Er öffnet wieder die Tür und klopft auf seinen Sockel.

Ich bleibe bei meiner Taktik. Egal, was er erzählt, ob er mir irgendwelche Summen unter die Nase hält oder nicht, er ist noch nicht so weit. Er hat sich bereits aus dem Fenster gelehnt, ist aber auf jeden Fall noch in der Lage, wieder hineinzuklettern. Wenn ich jetzt »Okay, 500« sagte, zeigte er mir mit Sicherheit einen Vogel und erzählte mir, dass er es nicht deshalb »geschafft« habe, weil grüne Taxifahrer in der Lage wären, ihn über den Tisch zu ziehen.

»Ich will da gar nichts für haben. Mir wäre nur daran gelegen, dass ich Sie bald nach oben bringen könnte, damit ich noch ein bisschen Geld verdienen kann.«

»Du kanns haben wassu wills.«

»Ja, hab ich schon. Ich bring Sie jetzt da rauf. Das sieht wirklich sehr steil aus. Und ich mache mir Sorgen, dass Sie da runterfallen könnten.«

Abgesehen davon, dass ich mir tatsächlich Sorgen mache, Lindemann könnte sich auf der eisernen Treppe zu Tode stürzen, ist das genau der richtige Ansatz. Vertrauen schaffen, das Gefühl erwecken, ich sorgte mich um ihn. Genau so würde er versuchen, mir ein Auto zu verkaufen.

»Was willsu dafür ham?«

»Wie ich schon sagte: Die Bezahlung war ausreichend. Nur schnell sollte es jetzt gehen.«

Der Dialog wiederholt sich in ähnlichen Variationen ein gutes Dutzend Mal, bis ich das Gefühl habe, dass er jetzt weichgekocht ist. In seiner jetzigen Verfassung ist ihm nicht begreiflich, dass jemand *sein* Geld ablehnt. Er fühlt sich nicht ernst genommen, und es kränkt ihn in seiner Ehre, dass ich ihm womöglich nicht glaube. Die Möglichkeit, ich könnte denken, dass er nicht in der Lage und nicht willens wäre, mir für so eine Kleinigkeit viel Geld zu geben, raubt ihm den letzten Verstand. Davon – man muss ihm das ob seiner mehrfachen Herrengedecke verzeihen – war nicht mehr viel vorhanden. Dabei verstehe ich ihn in diesem Moment ganz genau. Ich weiß, dass er es jeden Moment tun wird. Es braucht nur einen kleinen Schubser.

»Na, dann geben Sie schon her, sonst wird das hier ja nie was.«

Es funktioniert. Er greift in seine Hemdtasche, zieht ein Bündel Geldscheine heraus und legt es in die Mitte zwischen uns auf das Armaturenbrett. Er guckt mich prüfend an. Kein leichter Fall. Jetzt nur nicht zugreifen. »Marcus«, denke ich, »warte, bis seine Hand sich zurückzieht, und verhalte dich defensiv.«

Beiläufig fummele ich in der Seitenverkleidung der Fahrertür und tue so, als ob ich da irgendwas zu erledigen hätte. Ich brauche Zeit. Das Geld darf mich nicht beeindrucken. Ich drehe mich zu ihm um und frage in gespielter Gelassenheit – kein Taxifahrer der Welt wäre ob dieses Bündels gelassen geblieben – eine kleine, simple und dem Spiel, das wir hier offensichtlich spielen, entsprechende Frage.

»Das ist wirklich Ihr Ernst?«

»Trinkgeld, wenn du mich da raufbringst«, lallt er zurück und nickt bestätigend mit dem Kopf.

Ruhig führe ich meine Hand zum Geldbündel. Ich nehme es, halte es zu ihm hin und zähle ihm das Geld vor. Ein letzter taktischer Schachzug. Die vermeintlich letzte Möglichkeit seinerseits, das bereits verlorene Spiel noch einmal an sich zu reißen. Ich halte ihm das Geld hin, das er mir offeriert. Er hat keine Chance, die Situation verlustlos zu überstehen. Entweder er verliert das Geld oder sein ihm in dieser Situation viel wichtigeres Gesicht; ein Gesicht, das ohnehin nur für ihn existiert. Was interessiert mich sein Gesicht? Ich will ja nur sein Geld. Ich muss die Sache in trockene Tücher bringen, ihm den finalen Schlag versetzen, ihn mit einem guten Gefühl aus der Sache rauslassen und mich dabei bereichern.

»Das sind 460 Mark. Sind Sie sicher, dass Sie sich das gut überlegt haben? Da muss eine alte Frau lange für stricken.«

Das ist der entscheidende Satz, der dem Spiel ein Ende setzt. Er ist keine alte Frau, und er muss auch nicht stricken. Schließlich hat er es ja geschafft.

»Geld spielt keine Rolle!«, sagt er stolz, und ich bringe ihn die steile Treppe hinauf.

19

Ich hätte mein 280er-Coupé schlicht und einfach behalten können. Die kurz hintereinander folgenden Tiefschläge hatten mir jegliche Zielstrebigkeit genommen. Die ersten drei Tage nach Erwerb des blauen Stücks Kotze hatte ich in tiefem Rausch verbracht, »Bistro Brasil«, Bett, »Bistro Brasil«, Bett, »Bistro Brasil«, Bett ... Wobei das Wort Bett eine die Umstände schönend umschreibende Wahl für Matratze war. Am Abend des *Tages 3 nSA* (nach Strich-Acht) rief ich bei Sven, einem meiner Kommilitonen, an.

»Hallo, Marcus hier. War drei Tage unpässlich und wollte mal fragen, wer morgen fährt.«

Die Antwort kam knapp, klar und unmissverständlich.

»Die Frage ist nicht, wer morgen fährt, sondern, wer morgen nicht *mitfährt*. Du glaubst doch nicht wirklich, dass wir nach der Nummer auf der Autobahn mit *so einem wie dir* noch zur Uni fahren.«

Mit so einem wie mir. Na, klasse.

»Ja, was bitteschön ist denn nicht in Ordnung mit *so einem wie mir*?«

»Die Frage stellt sich ja wohl nicht«, bellte es aus dem Hörer.

»Soso. Die Frage stellt sich also nicht. Fragen stellen sich übrigens generell nicht, Herr Sven.« Aargh, schon wieder! »Fragen werden gestellt. Und zwar von Menschen, die des Fragens mächtig sind. Aber wenn ich das recht interpretiere, legen die Herren Yuppies keinen Wert darauf, mich weiter an der Fahrgemeinschaft teilhaben zu lassen.«

»Wie ich schon sagte. Die Frage stellt sich für uns nicht.«

»Ach, und du meinst, mit so einem kleinen eingescho-
benen ›für uns‹ ergibt dieser schwachmatische Satz mehr
Sinn, oder was? Ist ja nicht meine Schuld, dass ihr emo-
tionslosen Wichser es in eurem mehr als zwanzig Lenze
während Lebens nicht geschafft habt, eure Mensch-
werdung zu finalisieren, aber …«

Aber? Nichts mit aber. Der Sausack legte einfach auf,
und damit war für ihn die Sache erledigt. Die Nummer
hatte aber auch einen Vorteil. Ich musste meinen Allerwertesten jetzt nicht mehr in einem ehemals weißen
Peugeot 204, einem cremefarbenen Golf 1 und schon gar
nicht mehr in einem froschfotzengrünen Escort der ersten Baureihe in die Uni kutschieren lassen. Und wenn ich
selber führe, dann in blauer Kotze – zugegebenermaßen
auch nicht besser.

Konsequenterweise zog ich das Programm der Vor-
nächte weiter durch. »Brasil«, Matratze, »Brasil«, Matratze, »Brasil«, Matratze, »Brasil«, Matratze … *Tag 8 nSA* ließ
kurz die Erkenntnis in mir aufkeimen, dass mein Plan, das
Studium in Regelzeit durchzuziehen, unter Umständen
nicht *ganz* planmäßig durchgezogen würde. Am *Tag 13
nSA* verriet mir der sonst sehr zuverlässige Geldautomat
der Sparkasse Steintor, Ecke Fehrfeld, dass er nicht bereit sei, mir weiterhin buntes Papier mit Zahlen und Frau
Droste-Hülshoff drauf auszuspucken. Am *Tag 14 nSA*
stand ich um vier Uhr nachmittags beim »Fetten« vorm
Schreibtisch und musste eine seltsame Bitte stellen.

»Hallo, Herr Heinken. Ich würde gerne 'ne Schicht
fahren und brauche Wechselgeld.«

»Warst ja lange nicht mehr hier … Probleme?«

Klang da so etwas wie Interesse oder gar Mitgefühl in
seiner Stimme mit?

»Also es ging mir in letzter Zeit nicht so …«

»Ist mir scheißegal! Wer sich hier zwei Wochen nicht
blicken lässt, ist normalerweise raus. Ich kann hier nur

zuverlässige Fahrer brauchen. Aber bei dir mach ich mal 'ne Ausnahme. Du nimmst die 97!«

Mitgefühl … Ich hatte tatsächlich für einen kurzen Moment geglaubt, »der Fette« könnte sowas wie Mitgefühl haben. Ohne mich weiter zu beachten, schob er zwei Briefumschläge über den Schreibtisch. Kleingeld. Zwei mal 40 Mark. Die Münzen pulte er stets aus den Abrechnungen und steckte sie in die Umschläge, damit die Fahrer immer genug Dünnes dabei hatten. Außerdem machte es ihm sicherlich mehr Spaß, Noten zur Bank zu tragen, insofern er sie überhaupt da hinbrachte. Wenn, dann wohl eher nach Liechtenstein.

»Ähm, ich bräuchte auch ein paar Scheine …«

»Der Fette« blickte mich aus seinen zu Schlitzen verengten Schweinsaugen an. »Scheine? Bin ich hier ein Wohltätigkeitsball, oder was?«

Es folgte sein tiefe Zufriedenheit ausdrückendes, eruptiv-sattes Lachen. Nun musste man konstatieren, dass »der Fette« schon gewisse Ähnlichkeit mit einem Ball hatte. Vor allem der Teil zwischen den Beinen und dem Hals. Wohltätigkeit hingegen unterstellte ich ihm nicht. Die größte Wohltat, die dieser Mann zu begehen imstande war, wäre es, einen zufällig vorbeilaufenden Hund ausnahmsweise *nicht* zu treten. Weitere Diskussionen waren also vollkommen überflüssig.

Ich nahm mir den Schlüssel der 97 vom Board neben dem Bierautomaten, leerte die Umschläge in mein großes ledernes Taxiportemonnaie, drückte die Klinke der Riffelglastür und ging über den Betriebshof. An der Einfahrt kam mir Träne entgegen.

»Hey, Marcus, altes Haus.« Er sagte wirklich »altes Haus«. »Lange nicht gesehen, wie geht's dir?«

Ausnahmsweise gelang es mir, meinen aufkommenden Drang, »Halt die Fresse!« zu sagen, zu unterdrücken.

»Wie es mir geht? Gelinde gesagt geht's mir scheiße!«

»Jaja, hab's schon von Kim gehört. Ihr seid nicht mehr zusammen ...«

Er hatte es schon von Kim gehört. Er wusste Bescheid und fragte mich, wie es mir gehe.

»Ah ja. Du hast das also schon gehört und fragst mich, wie es mir geht?«

»Ähm ... naja ... Sie sagt, du hast das ganz gut weggesteckt.«

»Weißt du was, Träne?«

»Nee, was denn?«

»Halt einfach die Fresse!«

»Ja, nee. Hab mir auch schon gedacht, dass es dir vielleicht nicht so gut geht ...«

»Na, da vermute ich mal, dass die Mechanik hinter deiner Denkerstirn so richtig ins Rattern gekommen ist. Vielleicht geht es dem Marcus ja nicht so gut, wenn er seine Frau, seine Wohnung, sein Auto, sein gesamtes Scheißleben verliert. Brillant, Träne! Biste da selber drauf gekommen, oder musstest du dafür bei der Telefonseelsorge anrufen?«

»Hey, jetzt bleib mal locker!«

»Locker? Ich soll locker bleiben? Hör mal zu, Träne. Dies ist original nicht die Sorte Gespräch, die ich gerade brauche. Ich muss jetzt erst mal zurück in die Spur. Du bist echt 'n feiner Kerl.« Hatte ich »feiner Kerl« gesagt? »Aber ich brauche jetzt erst mal ein bisschen Ruhe, und ich muss verdammt noch mal Geld verdienen. Und zwar nicht zu knapp. Mir steht das Wasser nämlich bis hier.« Ich bewegte die Handkante horizontal in Halshöhe. »Wenn du mir einen Gefallen tun willst, dann leihst du mir jetzt einen halben Schein in Zehnern – geb ich dir wieder –, und dann versuch ich mal ein wenig Ordnung in mein persönliches Chaos zu kriegen.«

Träne war nicht der Typ, der nein sagte. Mit seinen Wurstfingern fummelte er fünf Zehner aus dem Portemonnaie.

»Klar, kein Problem. Reicht auch, wenn du mir das nächste Woche wiedergibst.«

Na, klasse. Jetzt musste ich Träne mal wieder dankbar sein und hatte ihn definitiv die nächsten zwei Monate an der Backe. Aber damit konnte ich mich jetzt nicht aufhalten. Irgendwie musste ich mein Leben zurückgewinnen. Und gewinnen konnte ich momentan nur auf dem Bock. Nacht für Nacht. 30 Nächte den Monat. Drei Monate in Folge. Taxi, »Brasil«, Matratze, Taxi, »Brasil«, Matratze, Taxi, »Brasil«, Matratze …

Und binnen kurzer Zeit hatte ich wieder so viel Kohle in der Tasche, dass ich den Strich-Achter spielend hätte reparieren lassen können. Hätte. Aber der war ja jetzt weg.

20

Das Synonym für Einsamkeit schlechthin war »Kismet«. Okay, wer Taxi fährt, war zwar in gewisser Weise Einzelkämpfer, aber nicht unbedingt einsam. Es mangelte nicht an verbalem Austausch. Die meisten Fahrgäste wollten unterhalten werden oder erzählten einfach selbst das, was ihnen gerade in den Kopf kam. An den Halteplätzen gab es genug Kollegen, mit denen man einen kleinen Plausch halten konnte. Und selbst wenn man irgendwo im Randbezirk der Stadt an irgendeinem gottverlassenen Halte stand, war im Funk immer was los. Der Funk von Wesertaxi war, anders als beim Ruf, nicht rein funktional. Die Fahrer erkannten sich gegenseitig an der Stimme, es wurde geflachst, und manchmal verabredeten wir uns auch zum Scheißebauen – vor allem, wenn es gegen Koslowski ging. Doch dazu später mehr.

Das echte Gefühl von Einsamkeit kam für mich immer dann auf, wenn ich spät nachts noch etwas essen wollte. Wenn mich der Hunger so quälte, dass ich einfach etwas essen *musste*. Nachts zwischen drei und vier gab es auch im Viertel nicht mehr viele Alternativen. Und die Gyros-Pita-Buden lehnte ich kategorisch ab. Wahrscheinlich war das ganze Gerede von ins Fleisch geschnittenen Katzen und Hunden hanebüchener Unsinn. Aber nach einem Jahr mit Hummer und Kaviar waren Brötchen mit trockenem Spießfleisch, eingesuppt in einen halben Liter Flüssigkeit, die die Budenbesitzer ohne jegliche Scham tatsächlich Tsatsiki zu nennen wagten, keine Alternative. Dafür gab es türkische Restaurants. Und die meisten hießen »Kismet«. Keine Ahnung, wie viele es davon gab. Aber es dürften Ende der 80er so um die zehn gewesen sein. Zur besseren Unterscheidung waren sie durchnummeriert. Und »Kismet 1« war am Steintor, ein paar Häuser neben der Helenenstraße, der offiziellen städtischen Puffmeile.

Im »Kismet« – übersetzt heißt das treffenderweise »Schicksal« – konnte ich auch nachts noch eine warme Mahlzeit im Sitzen zu mir nehmen. In aller Regel bestellte ich bei Tamer, dem Koch, eine halbe Portion Köfte. Die schwammen dann zwar schon seit Mittag des Vortages in einer Pfanne und in fettiger Soße, aber das Zeug war allemal genießbarer als der Dreck vom Spieß.

Das Problem war der Moment der Nahrungszufuhr. Wenn ich alleine im gekachelten Speiseraum saß, auf meine braun verkochten, in der Mikrowelle erwärmten und leicht angetrockneten Köfte starrte, empfand ich ein Gefühl melancholischer Einsamkeit, wie ich es weder zuvor noch jemals danach erlebt hatte. Menschen sind nicht dazu gemacht, alleine zu essen. Schon gar nicht nachts um drei. Ich hatte nicht die geringste Ahnung, wie Menschen mit Depressionen sich fühlen mochten. Aber ungefähr so mochte das wohl sein.

Begünstigt wurde dieses Gefühl durch die konsequent ungemütliche Gestaltung dieser Restaurants. Wieso in aller Welt renovierten die Türken ihre Läden wochenlang mit riesigem Pipapo, nur damit sie hinterher einen nackten, weiß gekachelten Speiseraum mit dem Charme einer Aufbahrungshalle in der Gerichtsmedizin präsentieren konnten? War die Türkei nicht ein Land, in dem Orientteppiche gewebt werden? Das Land von Nippes, Bildchen, Tüchern und sonstigem Schnickschnack, der wenigstens einen Hauch von Heimeligkeit in vier Wände zaubern konnte? Gab es womöglich ein Gesetz, das verlangte, dass türkische Restaurants grundsätzlich nackt und kalt wirken mussten? Ich weiß es nicht. Und fragen mochte man ja nicht.

Mit Essen hatte die ganze Nummer jedenfalls wenig zu tun. Ich schlang die Köfte nur so herunter, um möglichst schnell ein Gefühl der Sättigung zu erreichen. Rein, essen, raus. Und doch kippte mir dieser kurze Moment immer eine gehörige Portion Melancholie in die Seele. Na, klasse. Das war dann ja wohl Selbstmitleid.

21

Es ist wohl überflüssig zu erwähnen, dass ich das »Fives« nach der Trennung von Kim schlicht mied. Fairerweise tauchte sie auch nicht mehr im »Brasil« auf. Jemand steckte mir, dass sie sich jetzt nach der Schicht im »Airport« rumtrieb. Das Gleiche in grün, oder besser gesagt in schwarz-silbern, allerdings im Keller und mit noch mehr Koksern als im »Brasil«. Es gab keinerlei Berührungspunkte. Das war auch gut so und hätte meinethalben gerne so bleiben können, denn bei ihrem Anblick wären mir womöglich die Tränen in die Augen geschossen. Ausschließen konnte ich das jedenfalls nicht.

Kim war es, die diesen nicht ausgesprochenen Pakt brach, und das aus einem Grund, der mich mehr als empörte. Es musste so ungefähr *Tag 100 nSA* gewesen sein, als sie morgens mit entschlossenem Blick ins »Brasil« rasselte, direkt auf mich zusteuerte und irgendeinen Scheiß von einem aufgestochenen Reifen faselte.

»Voll die Scheiße!«, keifte sie mich an. »Nur weil ich dich nicht mehr ficke, hier einfach Stefans Reifen aufzustechen. Sowas hätte ich wirklich nicht von dir gedacht.«

Ich war beträchtlich angeschickert, so wie eigentlich jeden Morgen nach der Schicht.

»Was willst du? Heute schlechten Stuhlgang gehabt oder was?«

»Weißt du was, Marcus? Ich bin wirklich fertig mit dir. So einen Dreck hätte ich dir wirklich nicht zugetraut.«

»Soso ... du bist *jetzt also wirklich* fertig mit mir? Was genau ist da der Unterschied zu fünf Minuten vorher? Wie genau warst du da anders fertig mit mir? Tut mir echt leid. Aber begreif ich nicht.«

»Du kannst mich mal!«, schrie sie mich an, zeigte mir den Mittelfinger, stampfte mit ihren dünnen Beinchen auf den Boden und verschwand wieder.

Was war das denn jetzt für eine Nummer?

»Was is'n mit der los?«, fragte ich Wolli.

Der guckte mich vorwurfsvoll an. »Die war vorhin schon mal hier. Jemand hat Stefan einen Reifen von seinem Auto aufgestochen. Naja. Und so wie du in den letzten Wochen über sie hergezogen hast«, das hatte ich wirklich – und zwar nicht zu knapp, »liegt es ja wohl nahe, dass du dich da nicht unter Kontrolle hattest.«

»Nicht unter Kontrolle? Ja, hakt's jetzt bei euch allen, oder was? Ich hab mich selbst unter Kontrolle, wenn ich mich *nicht* unter Kontrolle habe. Einen Reifen aufgestochen? Sehe ich wirklich so aus, als ob ich *einen* Reifen aufstechen würde? Schon mal was von Reserverad gehört? Wo bitteschön soll denn da der Sinn sein, wenn ich nur *einen* Reifen aufstechen würde, hä?«

Wolli konnte der Argumentation offensichtlich nicht folgen, bedachte mich aber weiter mit bösen Blicken. Wenn ich mich mal so umguckte, bedachten mich eigentlich alle mit bösen Blicken. Robert, ebenfalls Taxifahrer, aber beim Ruf, guckte mich verächtlich aus seinen dicken Glubschaugen, versteckt hinter einer Brille mit gefühlt drei Zentimeter dicken Gläsern, an. Erstaunlich, dass ausgerechnet er sich anmaß, hier irgendeinen Durchblick zu haben. Den hatte er eigentlich nie und schon gar nicht um diese Uhrzeit. Das war eigentlich die Zeit, wo er vom Hocker stürzte. Hansi und Thorsten guckten nur kurz zur Seite und würdigten mich dann demonstrativ Nase rümpfend keines Blickes mehr. Selbst Sunil, der Barkeeper, glotzte mich wütend an und tat dann so, als ob er dringend ein paar Gläser polieren müsste.

Schweinebande! Es war mir relativ egal, dass mir jemand zutraute, ich könnte mich aus Rache, Eifersucht oder welchem Grund auch immer an profiliertem Gummi vergehen. Schon gar nicht bei der Scheißkarre, die Stefan fuhr. Ein rotes (igitt!) 3er-BMW-Cabriolet. Ein Hausfrauenauto schlimmster Kajüte aus bajuwarischer Fertigung mit einem verkackten Aluminiummotor.

Was mich wirklich ärgerte, war, dass sie mir eine solche Einfallslosigkeit zutrauten. *Ein* Reifen? Einen Reifen machen nur Schwachsinnige platt.

Da gab's nur eins. Zur Ehrenrettung musste ich ein Exempel statuieren. Reifen aufstechen, aber so, wie man's richtig macht. Dazu wählte ich mir gleich die nächste Samstagnacht. Wichtig war ein ausgeklügelter Plan. Bei Lotze, einem kleinen Metallwarenhändler Ecke Hamburger Straße, besorgte ich mir eine U-Schiene aus Aluminium. Mit einer Eisensäge ließen sich da ratzfatz zwei spitz zulaufende Krampen absägen. Dann brauchte ich nur noch mein Opinel – ein saufscharfes französisches Messer mit Stahlklinge –, und schon konnte die Nummer laufen.

Als ich morgens um fünf von der Schicht nach Hause fuhr, stand Stefans Hausfrauenkutsche ein paar Meter stadtauswärts hinterm Brasil. Kein Mensch war auf der Straße. Und selbst wenn da jemand gewesen wäre: Um diese Uhrzeit waren die Reste, die noch durchs Viertel taumelten, eindeutig nicht mehr in der Lage, irgendwas zu beobachten und hinterher bei der Polizei auch noch eine verwertbare Aussage zu machen. Perfekt. Ich parkte meine blaue Kotze in der Weberstraße, also gleich um die Ecke, und ging die paar Meter zurück. Wichtig bei so einer Aktion: Bloß keinen auf unauffällig machen. Es konnte ja mal jemand zufällig aus dem Fenster gucken, oder schlimmer noch – aus dem Brasil – da war ich ja bekannt. Das musste alles ganz selbstverständlich aussehen, dann interessierte es nämlich keine Sau. Die beiden Krampen drückte ich vorsichtig ganz leicht in das Profil oben auf die Vorderreifen. Dann nahm ich das Opinel und stach den Stahl seitlich an der Kaskade tief ins Gummi der beiden Hinterräder. Denn, Regel Nummer eins: immer zwei Reifen. Mindestens. Sonst kann der Sack doch einfach sein Reserverad dranschrauben und wäre nach 20 Minuten durch mit der Nummer. Und das war's auch schon. Den Rest des Schauspiels würde Stefan jetzt ganz allein erledigen. Und wie ich Kim so kannte, würden die beiden bestimmt nicht vor drei Uhr nachmittags aufstehen. Ich hatte also noch genügend Zeit, um ein paar Bier im »Brasil« zu zischen und ein bisschen an der Matratze zu horchen. Vorsichtshalber stellte ich mir den Wecker auf halb zwei. *Diese* Vorstellung wollte ich auf keinen Fall verpassen.

Um kurz nach zwei saß ich schon schräg gegenüber der präparierten Open-Air-Bühne im »Litfasz«, einer Kneipe mit PVC-Boden, abgerocktem Tresen und dazu passenden Gästen. Hier wurde Schultheißbier ausgeschenkt. Das Bemerkenswerteste am Litfasz war die Decke des Ladens. Irgendwer war vor Urzeiten auf die Idee gekommen, mit einem Strohhalm Zigarettenhülsen unter die Decke zu pusten. Der Filter wurde dafür kurz in Nagellackentferner getaucht, damit er oben auch backen blieb. Das hatte sich als Verhaltensmuster irgendwie durchgesetzt, und deshalb sah die gesamte Decke des Litfasz aus wie ein riesiger platt getretener Zigarettenigel. Zur Feier des Tages gab es Sekt – beziehungsweise, was die im Litfasz so Sekt nannten. Fachleute würden Asti Spumante wohl eher in die Kategorie billiger Schaumwein einordnen. So ein Fensterplatz ist eine feine Sache. Allerdings stellten die Hauptdarsteller meine Geduld auf eine harte Probe. Ich musste geschlagene drei Stunden warten, bis ich sehen konnte, wie Stefan in gut 100 Metern Entfernung endlich auf die Straße trat. Und hinter ihm, Bingo, auch noch Kim.

Vorhang auf zu Akt Nummer eins:
Blöderweise lief der nicht von Anfang an so, wie der Regisseur es geplant hatte. Zwar liefen die beiden sofort zum

Auto und damit direkt vor meine Nase, aber sie bemerkten gar nicht, dass die Reifen hinten platt waren. So ein Mist. Jetzt durfte er nur keinen Scheiß machen und das Auto mit platten Reifen in Bewegung setzen. Das würde den letzten Akt gründlich versauen. Erst als Stefan den Motor anließ und versuchte auszuparken, wurde er einer gewissen Seifigkeit des Fahrverhaltens gewahr. Die Räder machten zum Glück nicht mehr als eine Viertelumdrehung. Er öffnete die Fahrertür und blickte nach hinten. Klasse. Wunderbares Gesicht. Das hätte Gustav Gründgens auch nicht besser hingekriegt. Diese Mimik, dieses Changieren zwischen Erstaunen und Wut ... Einfach brillant! Die Kritiker würden begeistert sein.

Akt Nummer zwei:
Die beiden stiegen fluchend aus dem Auto. Abstriche beim Ton. Die blöde Fensterscheibe war dazwischen. Stefan ballte die Fäuste, ging um den BMW herum, schrie irgendwas. Wild gestikulierend stand er vor seiner Hausfrauenkarre, das Gesicht tiefrot, Kim daneben und sichtlich genervt. Ganz Mann krempelte Stefan die Ärmel seiner albernen Jeansjacke hoch. Er öffnete den Kofferraum, holte den Wagenheber heraus und bockte das rote Stück Dreck an einer Seite auf. Kim lief zurück nach Hause und kam fünf Minuten später mit einem Nachbarn wieder. Stefan – doch nicht ganz so kompetent, wie ein Mann eigentlich sein sollte – kurbelte den Wagen nach kurzem Gespräch mit dem Nachbarn wieder herunter. Richtig! Erst mal Schrauben lösen. An einem aufgebockten Wagen sollte man nicht so kräftig herumruckeln. Das konnte sonst in die Hose gehen. Der Nachbar verschwand und kam nach kurzer Zeit mit einem zweiten Wagenheber wieder. Dann pumpten sie den BMW hinten auf beiden Seiten gleichzeitig hoch und hoben die Räder vorsichtig aus den Aufhängungen.

Akt Nummer drei:
Ein Taxi fuhr vor, Stefan schmiss die von schlaffem Gummi umgebenen Felgen in den Kofferraum und fuhr davon. Kim musste am von Wagenhebern in die Luft gebockten Auto ausharren. So ein wackliges Gebilde durfte ja nicht unbeobachtet bleiben. Ein Bild für die Götter.

Pausengong.
Ich bestellte mir eine mäßig gekühlte Flasche Asti.

Schon eineinhalb Stunden später war Stefan zurück. Mit zwei nagelneu bereiften Felgen. Gut sahen die aus. Und das war bestimmt nicht billig an einem Sonntag.

Akt Nummer vier, das Finale:
Nachdem Stefan die Reifen angeschraubt hatte und der Wagen wieder ebenerdig stand, war es Zeit für den finalen Stoß. Das Schönste daran: Er würde ihn sich ganz alleine setzen. Der Theatergott tat das Seinige dazu und ließ den Opel (auf dem Nummernschild stand: »Wieder einer von Lindemann«), der vor den beiden parkte, gerade rechtzeitig wegfahren. Dramaturgisch konnte es nicht besser laufen. Reichlich Platz nach vorne, genau richtig für einen Kavalierstart. Und genau den legte der mit Adrenalin mehr als ausreichend versorgte Idiot hin.

Nach einer halben Umdrehung drückten die Krampen sich tief in den Stahlgürtel der Vorderräder. Nach nur zehn Metern waren die Reifen vorne komplett platt, ein Stück Aluminium brach aus der Felge des linken Vorderrades. Der Gesichtsausdruck der beiden: unbeschreiblich. Eine Straßenbahn kam von hinten und bimmelte.

Die beste Vorstellung, die ich seit langem gesehen hatte. So wird das gemacht!

Rothschild

Des deutschen liebstes Kind ist und bleibt das Auto. Wer ein besonders kostspieliges Exemplar sein Eigen nennt, hat es nicht gerne, wenn es irgendwo herrenlos in der Gegend rumsteht. Nun verbietet es die deutsche Gesetzgebung aber, einen Wagen zu lenken, wenn der Fahrer sich dem Alkohol anheimgegeben hat. Für diesen speziellen Fall bieten Taxifahrer einen ganz besonderen Service an: Der ebenso stolze wie alkoholisierte Fahrgast bestellt einfach zwei Droschken auf einmal. Ein Fahrer fährt den Wagen des Fahrgastes dahin, wo er ihn am nächsten Morgen gerne hätte, und der Kollege bringt ihn danach zu seinem eigenen Taxi zurück. »Engel« wird das genannt.

Ich sitze gerade an Platz zwei völlig entspannt in meinem Wagen, als der Funker gleich zweimal die Halte »Fehrfeld« ausruft. Eckbert – genannt »Steintor-Ecki«, weil er hier regelmäßig ausgiebige Sauftouren durch die Kneipenlandschaft veranstaltet – und ich bekommen eine Engeltour vom »Küppers«. Nun ist das »Küppers« nicht die Sorte Gaststätte, in der betuchtes Publikum mit teuren Autos verkehrt. Es ist eher aus der Kategorie »Kastanieneck«. Okay, nicht ganz so abgewrackt, aber durchaus mit einer ewig vorhandenen, soliden Schmutzschicht auf Boden, Tresen und Mobiliar. Ich würde meinen Freunden – abgesehen davon, dass ich ihnen das »Küppers« als Ganzes nicht empfehlen würde – abraten, hier ein gezapftes Bier zu trinken. Die Flasche verspräche den keimfreieren Genuss.

Das Stammpublikum besteht aus einer alkoholgeprüften Gruppe alternder Männer, die einzig und allein weiß, wie man dieses Land regieren sollte. Die vorherrschende

Meinung wird dabei von den Gedanken »Zu viele Ausländer«, »Die müssen erst mal arbeiten gehen« und »Was uns fehlt, ist mal wieder ein richtiger Krieg« geprägt. Mit anderen Worten: Es handelt sich dabei um ganz normale Bürger aus der Mitte der Gesellschaft, die zwar eindeutig zu viel trinken, aber, wie sie sagen, nur das offen aussprechen, was ohnehin jeder denkt. Es steht zu befürchten, dass sie damit mehr Recht haben, als bewusst denkenden Menschen lieb sein kann.

Unser Fahrgast ist ein Musterbeispiel dieser besserwisserisch-arroganten Spezies: das Hirn nur mäßig entwickelt und allenfalls durch ein rudimentäres Halbwissen belastet. Ein unsympathisches, überhebliches, sommersprossendurchzogenes und zu allem Überfluss auch noch unrasiertes Gesicht. Auf dem Kopf hingegen sprießen die Haare nicht mehr in erwünschter Fülle. Ein Umstand, den er durch seitlich über die kahle Stelle gekämmte Strähnen zu verbergen erhofft. Sardellen sind mir auf der Pizza lieber. Irgendwie scheint er es zu etwas Geld gebracht zu haben. Denn vor ihm auf dem Tresen glänzt ein massiver Klumpen gasgefüllten Goldes. Als ich ihn freundlich darauf hinweise, dass seine Taxen da sind, hat er nichts Besseres zu tun, als sich eine Davidoff-Zigarette aus der Schachtel zu nehmen, um sie sich gleich danach mit seinem Angeberfeuerzeug anzuzünden. Offensichtlich hat er nicht die Absicht, den Ort seiner politischen Agitationen sofort zu verlassen, denn er ist noch immer in ein Gespräch über den durch Gastarbeiter verhinderten Aufschwung unter der Regierung Kohl vertieft. Außerdem bestellt er noch ein Bier, und die Reaktion auf meine freundliche Ansprache ist gleich null.

Ich steige zu Eckbert ins Taxi und berichte ihm, dass die Wahrscheinlichkeit, hier in Bälde eine Dienstleistung verrichten zu können, nicht eben hoch ist. Vorsichtshalber melden wir schon mal über Funk Ansprüche an.

»Hey, Reimund. Das wird hier wohl nix beim ›Küppers‹. Hat sich noch ein Bier bestellt, raucht noch 'ne Zigarette und arbeitet sein Regierungsprogramm aus. Sorg schon mal für Ersatz.«

»Wartet da. Ich guck, was kommt.« Die Standardantwort.

Der Funk ist still wie eine Kirche bei der Mittagsandacht. Das kann dauern. Eckbert guckt genervt. Er unterbricht seine Kneipentouren nur, wenn das Geld alle ist, und wenn er schon Taxi fahren muss, dann soll es sich wenigstens lohnen. Er spielt das 3-4-3-System. Drei Tage saufen, vier Tage auf dem Bock, drei Tage saufen. Sein Gesicht ist grobporig, und vermutlich wegen seiner in der Pubertät erworbenen – das muss ungefähr 50 Jahre her sein – und inzwischen auf das Dreifache angeschwollenen Aknenarben rasiert er sich nur auf Dreitagebart-Länge. Seine schütteren grauen Haare kämmt er immer in einer dünnen Welle tief nach hinten. Als Festiger dient ihm dem Geruch nach zu urteilen Kölnisch Wasser. Die blauen Adern in seiner roten Kartoffelnase lassen Rückschlüsse auf den Prozentgehalt seiner Lieblingsgetränke zu. Und bei alledem ist er ein überaus sympathischer, fairer und umgänglicher Kollege, der von allen geschätzt wird.

Er schwärmt mir gerade etwas von Leber mit Kartoffelpüree in der Gaststätte »Zum Krug« vor, als doch tatsächlich die Tür des »Küppers« von innen geöffnet wird und unser Hobbypolitologe die drei Stufen zur Straße hinuntertaumelt. Wir steigen aus, ich gehe zu meinem Taxi, und Eckbert begutachtet, um welche Art Pflegefall es sich bei dem Herrn wohl handeln könnte, als dieser auch schon losbölkt.

»Was? *Du* willst meinen Wagen fahren? Ich geb' doch meinen BMW nicht in die Hände von *dir* abgehalftertem Penner. Das ist ein 60.000-Mark-Auto. Da kann ich ja wohl einen Fahrer verlangen, der hier nicht mit einem Herzinfarkt hinter dem Lenkrad zusammensackt. Das kannste gleich vergessen!«

Eckbert wäre nicht Eckbert, wenn ihn diese Nummer auch nur im Geringsten berühren würde. Er sitzt länger auf dem Bock, als sein Hirn sich erinnern kann. Und die Jahrzehnte geben ihm eine bewundernswert stoische Gelassenheit. Der Typ brüllt weiter.

»Das kannste gleich vergessen. Da kannste gleich jemand anders holen. *Du* fährst meinen Wagen nicht, *du* bestimmt nicht.«

»Ihr Wunsch ist mir Befehl«, sagt Eckbert ohne die Spur von Erregung, »wie wäre es mit dem Kollegen da drüben? Entspricht der ihrer Vorstellung?«

Der Mann dreht seinen Kopf, offenbar leicht erstaunt, dass seinem Wunsch so schnell entsprochen wird, sieht mich, lächelt zufrieden und kommt auf mich zu. »Ja, *du* bist genau der Richtige.«

Kumpelhaft umarmt er mich, na, klasse. Er drückt die Innenseite seiner Ellenbeuge um meinen Hals und haucht mir mit einer unausstehlichen Fahne ins Ohr: »Genau der Richtige.«

Umständlich fummelt er in den weiten Taschen seiner karottenförmig geschnittenen schwarzen Stoffhose. Aber statt des Zündschlüssels fördert er nur ein Bündel Salzstangen zu Tage, das er einen Moment lang verwirrt betrachtet.

»Halt das mal«, sagt er und drückt mir die Salzstangen in die Hand, um weiter in den Tiefen seiner zum Universum mutierenden Hosentaschen zu wühlen. Auch ich gucke mir die Salzstangen an. Mitten im Bündel steckt ein Zwanzigmarkschein, der diskret in meiner Gesäßtasche landet.

Als Nächstes hält er sein massiv goldenes Feuerzeug in der Hand.

»Halt das mal«, sagt er und reicht mir den Goldklumpen. »Ja, irgendwo hier muss doch ...«

Ich frage mich, wo wohl das Problem liegen kann, in einer Hose, die vorne nur zwei Taschen hat, einen Schlüssel zu finden. Einen Schlüssel, der, da es sich um einen BMW handelt, mit einem Plastikanhänger der Größe eines Einfamilienhauses bewehrt sein dürfte. Vorsichtshalber bringe ich das Feuerzeug außer Sichtweite, nehme es in die Innenfläche meiner linken Hand und halte das Portemonnaie darüber. Endlich findet er den Schlüssel und gibt ihn mir. Ich lasse mir Zeit, jetzt nur keine Hektik. Jede Sekunde ist kostbar. Jede einzelne Sekunde, die ich jetzt gewinne, wird ihn vergessen machen, dass ich sein unwahrscheinlich teures Kleinod noch in den Händen halte. Ich gehe um den 3er-BMW herum, schließe auf und setze mich langsam in den Wagen. Er hat Probleme, die Tür zu öffnen, nestelt am Griff, und als es ihm endlich gelingt, sinkt er selig in den Sitz. Hat er das Ding jetzt vergessen oder nicht?

»Kommt auf einen Versuch an«, sage ich mir und zu ihm selbstbewusst: »Sie haben da was vergessen.«

»Was denn?«, fragt er.

»Ihre Salzstangen«, sage ich und gebe sie ihm großzügig zurück.

Die anschließende Tour ist eigentlich eine Farce. Er wohnt nur eine Straße weiter. Und doch dürfte es – unter Berücksichtigung gewisser nicht eingeplanter Verluste – die teuerste Fahrt seines Lebens sein. Nur dem Umstand, dass Eckbert bereits während der Schlüsselsuch-Arie den Wecker eingeschaltet hat und es im Steintorviertel ein zur Verkehrsvermeidung schier unbeherrschbares Gewimmel von Einbahnstraßen gibt, ist es zu verdanken, dass schließlich 9,80 Mark auf der Uhr sind. Zu Fuß hätte das zwei Minuten gedauert.

Ich lenke seinen schwarzen BMW auf den Garagenhof hinter einem mit Säulen und Figuren verzierten Altbremer Haus in der Herderstraße. Ich schalte den Motor und das Licht aus.

»Prima!«, schießt es aus ihm heraus. »Alles ausgemacht, damit meine Alte nichts merkt. Ich wusste ja gleich, dass du der Richtige bist.«

Eckbert fährt ebenfalls auf den Garagenhof, und als wir aussteigen, macht er das Fernlicht an, damit wir mehr sehen können. Böser Fehler! Der Typ geht wieder ab wie eine Rakete, rennt auf Eckbert zu, reißt die Fahrertür auf und brüllt ihn an.

»Du Idiot, du Penner. Hast du überhaupt einen Führerschein? Das gibt kein Trinkgeld. Das kannste vergessen.«

Spätestens jetzt dürfte seine Alte wach sein.

Eckbert weicht keinen Millimeter von seiner Linie ab. Soll der sich doch aufregen, er würde es nicht tun. Um die Spannung aus der Situation zu nehmen, organisiere ich den Zahlungsvorgang. Der üble Auftritt des Mannes hat den angenehmen Nebeneffekt, dass mein schlechtes Gewissen mehr als beruhigt ist.

Demonstrativ drückt er mir 30 Mark in die Hand. »Hier, das ist für dich, und das ist für den da«, sagt er, mir einen weiteren Zehner gebend.

Auf der Rückfahrt reiche ich Eckbert einen Zwanziger. »Hier, das ist der, den er mir gerade gegeben hat, und den hier«, ich hebe den zweiten in die Luft, »habe ich vorhin in den Salzstangen gefunden. Und das Rothschild-Feuerzeug hier haben wir beide noch nie in unserem Leben gesehen.«

»Welches Feuerzeug?«, fragt Eckbert, und wir beide lächeln zufrieden.

Am nächsten Tag kommt eine Anfrage über Funk.

»Wesertaxi 93!«

»Ich höre ...«

»Du hast da doch gestern diese Engeltour im Küppers gehabt.«

»Ja, genau, mit ›Steintor-Ecki‹.«

»Kannst du mal in deinem Wagen gucken, ob da noch ein Feuerzeug liegt?«

»Wieso in meinem Wagen? Ich hab doch den Engel gemacht.«

»Hier steht doch, dass Ecki den Engel gemacht hat.«

»Nee, der wollte, dass *ich* sein Auto fahre. Der hat in gar keinem Taxi gesessen. Der ist in seinem eigenen Wagen mitgefahren.«

»Na, da kann man wohl nichts machen ...«

22

Zu meinem Erstaunen erntete ich im »Bistro Brasil« für die Reifenaktion keine weiteren bösen Blicke. Keiner sprach mich auf die Nummer an. Ich war mir nicht mal sicher, ob irgendjemand davon erfahren hatte. Aber mir war so, als könnte ich in Wollis Gesicht eine Art von bewundernder Anerkennung entdecken. Ich weiß es nicht. Vielleicht bildete ich mir das auch nur ein. Wohl auch, um mein schlechtes Gewissen – trotz knapp zwei Jahren Wesertaxi noch rudimentär vorhanden – zu beruhigen.

Das Thema Kim war damit endgültig abgeschlossen, allerdings noch einen kleinen Nachtrag wert. Die Fickaffäre mit Stefan hielt nur drei Wochen. Danach kam ein gewisser Sven, dünne Beinchen, dünne Ärmchen, dünnes Gesicht, mittelblonde Locken, insgesamt aber nicht unattraktiv. Und für Sven kündigte die blöde Schlampe im »Fives« und heuerte im »Piano« an. Oder anders ausgedrückt: Für *ihn* wechselte sie von der Nacht- in die Tagschicht. Na, klasse!

23

Mein Leben bahnte sich seinen Weg zurück in so etwas wie Alltag. Mit Uni hatte der allerdings nichts zu tun. Der Absturz in Rekordzeit hatte mir sämtliche Lebensenergie geraubt. Die Therapie war das Taxi. Die ewige Wiederholung, das ewig gleiche Muster ein- und aussteigender Menschen, das vertraute Brummen des Diesels. Taxifahren machte mir immer noch Spaß: das unvermeidliche ständige Warten auf die nächste Tour, auf den nächsten Fahrgast, das Ein-, das Aussteigen, Bezahlvorgänge, fahren, Smalltalk, einsteigen, fahren, aussteigen, das Warten, bezahlen, kassieren, rausgeben, smalltalken, fahren, warten, einsteigen, smalltalken, kassieren, aussteigen …

Zwischendurch fiel in Berlin eine Mauer. Wie sich das anbahnte, hatte ich gar nicht mitbekommen. Mein Leben war weitgehend abgeschnitten von den wichtigen Informationen dieser Welt. Ich las keine Zeitung, guckte kein Fernsehen, und im Taxi redeten die Leute meist über irgendeinen Scheiß, den Leute eben so redeten, wenn sie in ein Taxi stiegen. Die Wende kam völlig unvorbereitet auf mich zu, in Form einer Radio-Reporterin von ffn. Die stieg mir eines Nachmittags im Oktober '89 ins Taxi, grinste über beide Ohren wie ein Honigkuchenpferd, optisch an der Schwelle zur Debilität – ich vermutete, dass sie gerade ziemlich aufregenden Sex gehabt haben musste, aber von wegen –, und sie jauchzte mir mit sich überschlagender Stimme in die eustachische Röhre.

»Die Mauer ist weg! Ist das nicht klasse? Die Mauer ist weg!«

Ich dachte unwillkürlich an Fußball: Mauer weg, Regeländerung. Hä? Was meinte die jetzt?

Sie schien meinem fragenden Gesichtsausdruck zu entnehmen, dass ich nicht die geringste Ahnung hatte, wovon sie da gerade sprach.

»Mann, die Mauer ist weg. *Die Mauer*!«

Das war natürlich, wie ich später aus dem Fernsehen erfuhr, völliger Blödsinn. Die Mauer stand noch immer in all ihrer Hässlichkeit an genau der Stelle, wo sie vorher auch schon stand. Nur hatten irgendwelche Grenzer im Arbeiter- und Bauernstaat die Anweisung bekommen, DDR-Bürger zukünftig durch die Löcher in der Mauer durchzulassen, anstatt sie zu erschießen, wenn sie es versuchten. In der Konsequenz allerdings eine Marginalie, die keine weitere Beachtung verdiente. Wir waren so gut wie wiedervereint. Und ich erfuhr von diesem historischen Ereignis – und das war es ja nun wirklich – im Taxi.

Die Mauer ... Ich fing an zu begreifen, was die verzückte Reporterin mir zu verklickern versuchte.

»Und was bitteschön ist so toll daran, wenn der evolutionär überlegene, weil deutlich aggressivere Kapitalismus den real existierenden Sozialismus zur Strecke bringt?«

»Wie bist du denn drauf?«

»Was ist das denn jetzt für 'ne Scheißfrage? Wie *ich drauf bin*? Ich geh mal davon aus, dass du dir einfach ein anderes Taxi suchen möchtest. Am besten eines mit einem roten Punkt an der Scheibe, wo du mit einem Revanchistenschwein, wie du es verdient hast, den Sieg der Nato über den Warschauer Pakt zelebrieren kannst.«

»Was willst du? Pass auf ey ...« Sie sagte tatsächlich »ey«. »Ich bin Reporterin bei ffn, und ich lass mich von einem Schnösel wie dir nicht so behandeln ...«

»Und ich lass mir nicht von so einer dahergelaufenen Radiotrulla erzählen, dass ich den Niedergang der DDR klasse finden muss. Wenn es dich gelüstet, anderen mit triumphaler Hackfresse dein Weltbild aufzudrücken, solltest du dich nicht wundern, dass es wenigstens ab und an noch Individuen gibt, die eben dieses Bild nicht teilen. Oder ist die Existenz anderer Meinungen vielleicht doch ein bisschen zu hoch für dein überlegen-aggressives Westblockdenken?«

Schwups, da war es weg, dieses unerträgliche Honigkuchenpferdgrinsen.

»Du kannst mich mal, du Arschloch!«

»Sorry, aber ich habe meine anale Phase, wie jeder normal entwickelte Mensch meines Alters, bereits seit meiner frühen Kindheit hinter mir gelassen. Ich hege auch nicht die Absicht, diese wegen einer grenzdebilen Nato-Verehrerin wieder aufleben zu lassen. Ich wünsche dann noch einen angenehmen Tag im Siegestaumel. Deutschel einfach noch mal ein bisschen woanders rum, ich würde gerne wieder meiner geregelten Arbeit nachgehen!«

Ihr Gesicht hatte sich zu einer verfalteten Grimasse verfinstert. Die Nation im Vereinigungstaumel, und dieser blöde, ignorante Taxifahrerarsch wollte einfach nicht mitfeiern. Offensichtlich überforderte das ihren Intellekt bei weitem.

»Hammse dir ins Hirn geschissen, oder was?«

»Eine Frage, die ich mir auch schon länger stelle, denn zufällig studiere ich im real existierenden Kapitalismus Betriebswirtschaftslehre. Und ja … Ich denke, dass einem da kräftigst in den Kopf geschissen wird. Und zwar jeden Tag. Und zwar genau deshalb, damit man solche Leute wie dich normal findet und sein Gewissen beim Betreten seines zukünftigen Büros an der Garderobe abgeben kann.«

»Leck mich!« Sie streckte mir den Mittelfinger entgegen.

»Ich dachte, wir hätten geklärt, dass ich sexuelle Handlungen mit …«

Weiter kam ich nicht. Wutschnaubend stieg sie aus dem Taxi und knallte die Tür zu, dass es nur so schepperte. Wow, das hatte Spaß gemacht. Der hatte ich den Tag gründlich versaut. Oder zumindest die nächsten fünf Minuten, denn vermutlich fand sie innerhalb kürzester Zeit jede Menge anderer Revanchisten, die gemeinsam mit ihr das Wunder der Maueröffnung feiern würden.

Der Spaß mit der Reporterin hatte natürlich einen kleinen Haken. Hatte ich bisher nur meiner fehlenden Lebensenergie nachgegeben, um langsam, aber sicher in die Taxifalle zu geraten – und das Taxi war eine Falle, für beide, für Beförderer wie die Beförderten –, hatte ich mir jetzt auch noch eine verdammt gute Begründung (die zumindest mir einigermaßen intelligent vorkam) dafür zusammenschwadroniert, mein Wirtschaftsstudium auf unbegrenzte Zeit auszusetzen. Nur musste ich eingeschrieben bleiben. Billige Krankenversicherung. Und dem Schweinesystem möglichst viele Steuern vorenthalten.

24

Die – von mir konsequent ignorierte – Wahrheit war allerdings, dass ich mich langsam, aber sicher selbst zu einem Schwein entwickelte. Wahrscheinlich tat ich den Schweinen damit sogar Unrecht – soll es sich bei dieser Spezies ja um durchaus intelligente Tiere mit ausgeprägtem Sozialverhalten handeln. Mein Sozialverhalten tendierte dagegen gen null. Die Fahrgäste, die in meine Droschke stiegen, unterteilte ich in genau zwei Gruppen: »Kann man nicht viel holen«, oder: »Lassen sich nach Strich und Faden bescheißen!« Das war auch vollkommen ausreichend. Denn mein Leben wurde zusehends kostenintensiver. Es gab keine, nicht mal eine Nacht, in der ich nach der Schicht *nicht* saufen ging. Kims Abtritt aus dem Nachtleben hatte mir zusätzlich zum »Bistro Brasil« das »Airport« geschenkt. Das war schon fast rituell. Erst ins »Bistro«, drei bis sieben Bier, dazu zwei bis drei Purpfeifen. Danach in das »Airport«, Cocktails und gucken, ob irgendwas mit irgendwelchen Frauen ging.

Viel ging da nicht, so viel sei schon mal konstatiert. Menschen, die nur nachts von Schweinefraß aus dem »Kismet« und ansonsten Alkohol und Drogen leben, basteln nicht gerade erfolgreich an ihrer Attraktivität. Bei mir kam erschwerend hinzu, dass ich nur bei absoluter Dunkelheit schlafen konnte. Also während des Tages, meiner Schlafenszeit, Rollläden runter. Sonne war mir so fremd wie Heinz Heinken Mitgefühl. Nach mehr als zwei Jahren auf dem Bock war mein Gesicht so aschfahl wie gebleichtes Klopapier. Das einzig Dunkle in meiner Physiognomie waren tief eingegrabene Ringe unter den Augen. Und das mit gerade mal 23.

Was tummelten sich morgens um sechs nur für unglaubliche Menschen im »Airport«. Szenefuzzis – Leute, die wirklich dazugehörten, die in den angesagten Läden arbeiteten, im »Römer« oder im »Maxx«. Allen voran Birte. Die trieb sich auch mindestens vier von sieben Nächten in allen möglichen Discos und Bars rum, war aber im Gegensatz zu mir immer angenehm gebräunt und hatte superniedliche Sommersprossen. Barkeeperin im »Römer«, danach ab in das »Airport«, immer einen Haufen Typen dabei, die wie die Fliegen um sie und ihren unübertrefflich megageilen Arsch herumschwirrten. Den hatte sie meist in Levi's gezwängt – nicht, dass da viel zum Zwängen war, sie wählte die Jeans nur konsequent eine Nummer zu eng –, und die hatten direkt unter den Backen aufreizende Risse, die gerade genug freigaben, um mir alle nur erdenklichen Hormone in den Hypothalamus zu pumpen. Birtes Arsch war für mich absolut unerreichbar. Da durfte ich eigentlich nicht mal dran denken – tat ich aber doch, zumindest nach dem Aufwachen, wenn mir meine linke Hand Erleichterung verschaffte.

Birte war eine Göttin in blond. Strahlend blaue Augen, mit einer von Alkohol und Tabak angerauten Stimme und einem geradezu unverschämt lauten und männlichen Lachen, das sie erstaunlicherweise nicht für fünf Pfennig weniger sexy machte. Wir wechselten so gut wie nie ein Wort. Dabei war das »Airport« gerade mal 30 Quadratmeter groß. Da konnte man sich gar nicht aus dem Weg gehen. Und es war auch vollkommen klar, dass sie mich vom Sehen kannte. Aber trotzdem war ich ihr kaum einen Blick wert. Stattdessen flirtete sie aufreizend mit diesen Szene-Sonnyboys à la Jorge oder Henner. Das mit Henner tat besonders weh, wusste doch jeder, dass er stockschwul war. Aber egal. Lieber machte sie mit Schwulen rum als mit einem bleichen Taxifahrer wie mir.

Irgendwie gehörte ich zur Bremer Szene. Also hing ich genauso wie all die anderen in den angesagten Schuppen herum. Aber ich war einfach kein Teil des Ganzen. Eher so eine Art geduldeter Fremdkörper, der zumindest den Vorteil hatte, dass er viel Geld daließ. Okay, im »Bistro« hatte ich mir ein gewisses Standing erarbeitet. Die Leute akzeptierten mich so, wie ich war, schätzten mich als eloquenten Gesprächspartner. Aber das »Brasil« war männlich dominiert. Nicht, dass dort keine Frauen gewesen wären. Aber wenn Frauen ins »Brasil« gingen, dann hatten sie meist ihre Kerle dabei, oder sie sahen so aus, als ob sie vor dem Ausgehen mindestens drei Stunden in einer Parfümerie geduscht hätten. Frauengesichter sollten meiner Meinung nach ohne Schminke auskommen. Eine, die das nötig hatte, war in Wahrheit hässlich, hatte was zu verbergen, wollte einen Eindruck erwecken, dem der nächste Morgen nicht standhielt.

Das »Airport« hingegen zog mich magisch an. Da waren die echten Megabräute, die Zaubermäuse des Nachtlebens, kleine frivole Fötzchen, die cooler nicht hätten sein können. Und die Typen waren über alle Maßen souverän. Energetische Wunder mit strammen Körpern, die es sich leisten konnten, am Tresen einfach mal das T-Shirt auszuziehen, ohne dass es peinlich oder gar prollig aussah. nicht mal dann, wenn der Oberkörper mit großflächigen Tattoos übersät war.

Natürlich arbeiteten die auch alle als Barkeeper. Oder besser noch: als Roadie für Konzertveranstalter. Es gab ja kaum niveaulosere Jobs, als Bühnen zusammenzubauen. Das kam, allein von dem, was da gemacht wurde, eigentlich gleich nach Gerüstbauer. No brain, no pain! Dafür brauchten die nicht mal einen Führerschein. Aber nein. Roadie war der absolut anerkannteste Job im ganzen Universum. Nackte Oberkörper, die an irgendwelchen Eisenstangen entlangturnten, hier und da eine Muffe anschraubten. Das war's dann auch schon. Die kamen dann vor allem im Sommer in das »Airport«, ihre T-Shirts lässig in eine Schlaufe ihrer Arbeitershorts gehängt, gleich neben dem Multifunktionswerkzeug von Leatherman und der Maglite-Taschenlampe. Gubbelige Turnschuhe, die immer nur eines ausdrückten: »Baby, ich bin mit diesen Schuhen heute bis in die tiefe Nacht unter Lebensgefahr in 30 Meter hohen Metallkonstruktionen herumgeklettert, damit Bruce Springsteen morgen das Weser-Stadion rocken kann. Meine Hoden sind dicker als mein Hirn! Und wenn du willst, kannst du dich gerne mal davon überzeugen.«

Blöde Wichser!

Messer II

Einer der nahezu chronisch überfüllten Halteplätze ist das »Edelweiß« unter der Hochstraße am Breitenweg, direkt vis-à-vis vom Bremer Hauptbahnhof. Offiziell heißt der Platz »Herdentor«, aber vor Jahren gab es direkt daneben einen altbackschen Tanzschuppen namens »Edelweiß«, und unsere Funker halten sich nicht immer an die offiziellen Bezeichnungen. Im »Edelweiß« wird noch immer getanzt, aber der Laden ist längst in »Blinkturm« umgetauft, mit einem Leuchtturm in der Neonreklame. Ein völlig bescheuerter Name. Kein Bremer würde Blinkturm zu einem Leuchtturm sagen. Aber der Fantasie von Kneipenbesitzern sind keine Grenzen gesetzt. Wie sonst ließen sich andere Namen wie »Rote Nase«, »Stubu« (für Studentenbude) oder gar »Donnerbalken« erklären?

Die Rufticker stehen am »Edelweiß« hochkant, weil dieser Platz für sie eine der wenigen Möglichkeiten ist, am Nachtgeschäft teilzuhaben. Die gesamte Kneipenlandschaft in der Innenstadt ist fest in der Hand von Wesertaxi. Aber hier am Bahnhof ist eine Ballung von Discotheken und Kneipen: das »Woody's«, das »Maxx«, der »Tower«, das »Bells«, das »Pilsener Urstübchen«, die »Bierakademie« – alles in allem bestimmt 20 Läden, die am Wochenende so richtig brummen. Und weil der Taxiplatz genau in der Mitte liegt, bestellen sich die meisten Leute keinen Wagen, sondern gehen einfach die paar Schritte. Jedenfalls gehen *einige* von ihnen. Das Gros eiert im ondulierten Gang, taumelt oder kriecht gleich auf allen Vieren.

»Einsteiger« werden solche Fahrgäste genannt, und sie sind überaus beliebt, weil sie in der Zentrale nicht als Funktour auflaufen. »Einsteiger« sind ideal zum Plattmachen. Und da hier zu späterer Stunde fast alle angetrunken sind, fällt es meist nicht schwer, einen Festpreis abzumachen. In einer späten Wochenendnacht lohnt es, sich noch hinten anzustellen, selbst wenn schon 20 Wagen auf dem Platz stehen. Keine zehn Minuten später ist man schon das erste Auto. Die Fluktuation ist beachtlich.

Keine Ahnung, warum ausgerechnet mir das passiert, aber in genau so einer Nacht stehe ich bereits seit geraumer Zeit ganz vorne, als ich ein seltsames Schauspiel beobachten darf. Das ist deshalb erwähnenswert, weil es sich über etwa 15 Minuten hinzieht. Das sich auf mich zu bewegende Unheil dürfte mich eigentlich gar nicht mehr erreichen. Aber die Vorsehung wählt mich als denjenigen aus, der diese Begebenheit ausbaden soll.

Das Unheil kommt in Form zweier Personen auf mich zu, die unterschiedlicher nicht sein können. Ein geschätzt 1,60 Meter großer Mann mit indisch wirkendem Gesicht versucht, mit einem etwa zwei Meter großen Mann, vermutlich deutscher Herkunft, die wenig bemerkenswerte Strecke vom »Woody's« zum Taxenplatz zu bewältigen. Das mögen etwa 200 Meter sein.

Der Größere der beiden ist nicht nur bis Oberkante Unterlippe abgefüllt, sondern zum Leidwesen des Kleineren auch noch genauso dick wie groß. Es ist geradezu rührend, wie der Inder darum bemüht ist, seinen übergewichtigen Freund sicher und wohlbehalten nach Hause zu bringen. Seine Versuche, den Riesen aufzurichten und ihn gestützt gehend fortzubewegen, sind von vornherein zum Scheitern verurteilt. Der 120-Kilo-Hüne ist einfach nicht mehr in der Lage, sich auf den Beinen zu halten. Obwohl der kleine deutlich weniger getrunken zu haben scheint, reicht sein Verstand offenbar nicht mehr aus, diese Tatsache als gegeben hinzunehmen. Seine Versuche, den Handlungsunfähigen aufzurichten, enden mehrfach damit, dass der Riese am Ende auf dem Schmächtigen zu liegen kommt, was letzterer mit lautem Fluchen und wildem Gestikulieren quittiert. Außerdem dürften ihm diese Aktionen etliche blaue Flecken einbringen.

Jeder normale Mensch würde jetzt einen Krankenwagen rufen oder den 120-Kilo-Hünen einfach an Ort und Stelle seinen Rausch ausschlafen lassen. Nicht so der pflichtbewusste kleine Inder. Seine Zähigkeit, das Ziel zu erreichen, seinen Freund jetzt nicht im Stich zu lassen, ist mehr als bewundernswert. Als er endlich einsieht, dass er auf jegliche Unterstützung seines Schützlings vergeblich hofft, wechselt er seine Technik und versucht es mit Ziehen. Es dürfte einem kräftigen und nüchternen Mann schon schwerfallen, einen solchen Fleischberg über das Pflaster zu ziehen. Der Inder ist aber sehr schmächtig, geradezu ein Hänfling. Er ist der Aufgabe, einen mehr als doppelt so schweren Mann hinter sich herzuschleifen, einfach nicht gewachsen.

Nun wachsen Menschen ja manchmal mit ihren Aufgaben. Es dauert eine ganze Weile, bis der Inder erkennt, dass sein Unterfangen aussichtslos ist. Jedenfalls in der bisher versuchten Weise. Und dann kommt ihm die Idee: Er dreht den Riesen zur Seite und versucht, ihn wie ein Fass den Bürgersteig entlangzu*rollen*.

Zugute kommt ihm dabei, dass das Objekt seiner Anstrengungen von der Natur mit einer annähernd fassförmigen Statur gesegnet ist. Aber eben nur annähernd. Ist es vergleichsweise einfach, ihn über den Bauch zu rollen, platscht er nach jeweils einer Drehung unsanft auf den viel geraderen Rücken, um dann in dieser Stellung regungslos zu verharren. Dass er dabei immer mit dem Hinterkopf auf den steinigen Boden aufschlägt, ist seinem Zustand gewiss nicht zuträglich. Mit äußerster Kraftanstrengung muss der Kleine den Großen dann für die nächste Drehung auf die Seite wuchten, nur damit sich das Schauspiel einer relativ schnellen Rotation über den Bauch bis zum Rücken wiederholen kann. Man möchte gar nicht wissen, welch unangenehme Mischung aus Scherben, Kaugummis, Kippen und vermutlich Urin sich dabei in die Kleidung des so Fortbewegten frisst.

Und noch eine Kleinigkeit unterscheidet den 120-Kilo-Hünen von einem Fass: seine Beine. Zwar ist sein Oberkörper rund und voluminös, seine Beine hingegen sind eher dünn und verleihen der zu transportierenden Gesamtmasse damit insgesamt eine konische Form. Dadurch liegt er spätestens nach der fünften Drehung wieder quer zur Rollrichtung und muss neu ausgerichtet werden. Der Kleine ist wirklich nicht zu beneiden.

Die schwerste Aufgabe steht unserem tapferen Helden aber noch bevor. Zwischen dem Taxenplatz, der unter einer Hochstraße liegt, und dem Bürgersteig befindet sich noch eine zu überwindende, zweispurig asphaltierte Straße. Der Übergang wird durch eine Fußgängerampel gesichert. Und wie der Name schon sagt, ist sie für *Gänger* konstruiert und zeitlich auf deren Bedürfnisse abgestimmt. Eine Ampel für gerollte Trunkenbolde hingegen hatten die Verkehrsplaner nicht installiert.

Nun ist der Inder aber schon mal so weit gekommen und kann sich nicht mit solchen Kleinigkeiten wie fahrenden Autos aufhalten. Kurz entschlossen erhöht er die Schlagzahl und rollt sein menschliches Fass beherzt auf die Fahrbahn. Die sanfte Neigung der Rollstuhlfahrerabsenkung im Bordstein bringt erleichternde Geschwindigkeit in die Sache. Der Hüne rollt in einer nahezu schwerelos wirkenden Doppeldrehung mitten auf den Asphalt. Der Kleine, nicht ahnend, dass sein Freund es ihm ausgerechnet an dieser Stelle etwas einfacher machen würde, verliert wegen der plötzlich viel schnelleren Fortbewegung das Gleichgewicht und stolpert quer über den übergewichtigen Leib. Der um die Ecke kommende VW-Transporter kann gerade noch bremsen. Wenigstens keine Toten.

Der Inder braucht noch vier Drehungen, bis er seinen Freund vor mein Taxi gewuchtet hat. Na, klasse. Immer noch kein anderer Einsteiger gekommen. Das kann ja heiter werden. Überglücklich, diese Aufgabe endlich hinter sich gebracht zu haben, öffnet der Kleine triumphierend die Autotür.

»Der muss nach Hause.«

Meine Antwort gefällt ihm nicht: »Sorry, aber den fahre ich nicht. Der braucht einen Krankenwagen. Den krieg ich nicht aus dem Taxi, der kotzt mir da rein oder sonst was. Kannste gleich vergessen.«

Wenn jemals im Leben in einem Gesicht Enttäuschung geschrieben stand, dann in dem des kleinen Inders. Es mag auch ein gehöriges Stück Fassungslosigkeit dabei sein. Beides schlägt jedenfalls in Sekundenbruchteilen in Aggression um. Ein einziges Zetern und Lamentieren, Verwünschen und Beschimpfen. Wütend läuft er ums Taxi herum und tritt gegen meine Fahrertür.

Das ist der Moment, in dem ich wohl oder übel aussteigen muss. Mir ist die Tür so ziemlich scheißegal, aber mein »Fetter«, sprich Heinken, hat nicht so gerne Beulen in seinen Autos. Mit Wucht drücke ich die Tür auf und schiebe den Winzling damit zur Seite. Er macht einige Schritte nach hinten, und jetzt weicht die Wut in seinen Augen einer gewissen Furcht. Und dann zieht er blitzschnell ein Klappmesser aus der hinteren Hosentasche. Unbeholfen fuchtelt er damit herum. Ein absoluter Anfänger. Nicht mal mit einem Messer ist er auch nur ein bisschen Respekt einflößend. Eine einzige kleine Ohrfeige reicht aus, und das Messer fällt ihm aus den Händen. Ich bücke mich danach, klappe es zusammen und drücke es ihm in die Hand.

»Hier ... pass mal besser auf dein Messer auf. Nicht, dass damit noch was passiert.«

Der Inder entschuldigt sich irritiert, steckt das Ding ein und sieht hilflos auf seinen Freund hinab. Und damit könnte die ganze Nummer, zumindest für mich, auch schon vorbei sein. Aber nein. Ein übereifriger Rufticker hat die Polizei gerufen. Die Wanne rast auf den Halteplatz, zwei Beamte springen heraus und nehmen den bedauernswerten Mann fest. Dann ordern sie einen Krankenwagen für den Dicken, nehmen meine Personalien auf und fahren den Inder zur Wache. Aufgrund meiner Aussage, die ich zwei Wochen später bei den Schergen mache, wird das Verfahren eingestellt.

25

Nun war das Leben nun einmal so, wie es war. Alkoholgesättigte Wiederholungen, multipliziert mit Dope, dividiert durch Diesel und gepaart mit ständiger emotionaler Unterzuckerung. Eigentlich genau der Moment, um auszusteigen. Um einfach noch mal alles zu überdenken, von vorne anzufangen. Das ganze Leben lag ja noch vor mir. Aber auf der anderen Seite brachte es das Leben auch fertig, mir genau in den Momenten, in denen ich wenigstens anfing, an meinem Lebenswandel zu zweifeln, ein paar famose Brocken hinzuwerfen.

Finanziell war ich im *Jahr 1 nSA* wieder ziemlich auf der Höhe. Drei Riesen pro Monat, ich war inzwischen ein absolut abgewichster Hund auf der Droschke, und was noch dazukam: Meine Eltern zahlten mir sage und schreibe 700 Ocken dazu, weil sie glaubten, dass ich tatsächlich ernsthaft studierte. Zusammen also 3.700 Mark. Dafür mussten mindestens *drei* alte Frauen ganz schön lange stricken. Und ich musste nichts weiter tun, als ein Auto zu steuern, den Kilometerschnitt auf Linie und damit »den Fetten« bei Laune zu halten. Der Rest war saufen, kiffen und frustriert auf Frauenärsche gucken, die mir niemals in die Hände kamen. Aber eben nur fast niemals. Manchmal nämlich, und eigentlich immer nur dann, wenn ich überhaupt nichts dafür tat, passierten Dinge, die ich selbst in meinen Träumen für unmöglich gehalten hätte.

Es war eine gewöhnliche Nacht in einer gewöhnlichen Woche zu einer völlig gewöhnlichen Jahreszeit. Ich weiß es nicht mehr genau. Spielt aber auch gar keine Rolle. Das »Bistro« war merkwürdig leer, und ich schlug – für meine Begriffe – schon ziemlich früh im »Airport« auf. Muss so um vier gewesen sein. Auch im »Airport« war nicht viel los. Vier Typen, Klassiker der Nacht, angetrunken, notgeil und cool. Aber nur eine Frau.

Und wenn ich Frau sage, dann meine ich Frau. Sie war Frau durch und durch. 1,82 Meter groß (damit maß sie fünf Zentimeter mehr als ich, ein Umstand, der durch ihre hochhackigen Schuhe nicht verbessert wurde), braune, wallende Locken, braune Augen und Beine, die bis in den Schritt geschätzte 1,20 Meter, ach was, 1,50 Meter maßen. Ihr Gesicht hatte einen Hauch Südländisches, ihr Lächeln war entwaffnend, ihre Ausstrahlung umwerfend. Spontan kam mir eine Definition meines ehemaligen Physiklehrers Robrecht in den Kopf: »Unendlich ist ein anderes Wort für ›Da komm ich nicht hin‹.« Diese Frau sprühte nur so vor Lebensfreude, Dampf, Spannung, Erotik, Lust, Sex und was weiß ich noch allem. Oder um's klar zu sagen: Diese Frau war ein anderes Wort für »Da komm ich nicht ran«.

War mir aber auch völlig egal. Mir war eigentlich nur nach Feierabend. Schnell den nötigen Pegel einfahren, um hinterher schnell und ohne Grübeln einschlafen zu können. Die vier Typen sahen das ganz anders. Einer nach dem anderen rückte näher, ging mal kurz aufs Klo, nur um beim Wiederkommen einen Hocker in direkter Blickaustauschrichtung oder am besten gleich neben ihr zu ergattern. »Das übliche Geschmeiß«, dachte ich. »Die wird austrinken und gehen. Alles andere wäre ein Wunder.«

Aber sie hatte gar nicht die Absicht zu gehen. Sie war selbstbewusst genug, einen nach dem anderen abblitzen zu lassen, diese ganze besoffene Mischpoke an ihrer strahlenden Eleganz abprallen zu lassen, sie zu entwaffnen, zu entwürdigen und sie mit wunderschönen Körben zu versorgen. Ein mäßig befriedigendes Vergnügen, war mir doch klar, dass ich genauso scheitern würde, sollte ich auch nur versuchen, sie anzusprechen.

Aber was war die Alternative? Was *diese* Frau anging, hatte ich keine. Ansprechen zwecklos. Da waren ja schon vier, die wie die Geier warteten, ob sie sich in Kürze auf ihr Fleisch stürzen könnten. Ich wählte die Defensive, denn »Engelchen« (Besitzer und Barkeeper des »Airport«) hatte das Kunststück fertig gebracht, im begrenzten Raum seines Mini-Clubs einen Flipper unterzubringen. Bally, Harlem Globetrotters, ein Klassiker. So ein Flipper gibt einem die Möglichkeit, in Würde so zu tun, als ob man Spaß am Leben hätte, obwohl sich niemand mit einem unterhält. Ein vergleichsweise billiges Vergnügen. Für fünf Mark zwölf Spiele. Dafür gibt es mindestens eine halbe Stunde lang prima Unterhaltung, vor allem wenn man's kann. Und Flippern konnte ich.

Das Geschmeiß rückte ihr richtig auf die Pelle. Blubber hier, laber da, dummes Grinsen, Angebote auf ein Getränk, Lallen, Schmacken, Schwallen – das ganze Programm. Unüberhörbar, aufdringlich. Die Kerle benahmen sich wie Hähne, die 40 Jahre in Alcatraz abgesessen hatten und Hühner nur noch vom Hörensagen kannten. Und was machte die wallende Göttin? Sie stieg in einer eleganten Bewegung vom Barhocker und ließ die vier Spackos einfach mal blöde am Tresen sitzen, nur um – und jetzt kam das Unglaubliche – in höchst erotischer Weise zu *meinem* Flipper zu schreiten.

»Ich halt die nicht mehr aus. Darf ich mitspielen?«

Es waren ja genau diese Momente im Dasein eines Mannes, in denen er genau wusste, dass man ihm ein gesundes Herz eingebaut hatte. Normalerweise hätte es nämlich jetzt aufhören müssen zu schlagen.

»Warum nicht? Sind noch 'n paar drauf.«

Geil, war das cool. Das war die hundertprozentige Antwort. Jetzt ganz locker bleiben. Nur nicht aufs Gas drücken. Ruhig bleiben. Verknappung ist Marketing.

»Mann, Mann, Mann, ich wollte nur kurz ein Feier-abendbier trinken. Und ich kenn das ›Airport‹ eigentlich als ganz nett. Aber die nerven ja wie die Fliegen.«

Während sie das sagte, lächelte sie mich an und gab damit ihren einzigen Makel preis: Die Frontzähne ihres Oberkiefers waren schief in wulstiges Zahnfleisch gebet-tet. Als ob der Maurer das Loten vergessen hätte. Egal. Eine mehr als verzeihliche Kleinigkeit, die ihr nichts, aber auch gar nichts von ihrer Schönheit nahm. Sie hieß Steffi. Und weil sie in der Neustadt, also auf der anderen Seite der Weser wohnte, landeten wir schließlich bei mir.

Da war er wieder, einer dieser hingeworfenen Brocken des Lebens. Wir vögelten die nächsten Wochen noch ein paarmal, bis sie mir eröffnete, dass ich ihr zu klein sei.

26

Es war die Zeit, als ich den »Haltepunkt« für mich entdeckte. Der »Haltepunkt« war ein untrügliches Zeichen dafür, dass man ganz unten angekommen war. Wer hier Stammgast war, hatte mit einem geregelten Leben endgültig abgeschlossen. 24 Stunden geöffnet, sieben Tage die Woche, 365 Tage im Jahr. Das Interieur war eine Kakophonie in braun. Brauner, massivhölzerner Tresen, braune Barhocker, braune Wände, und hinter der Bar hing ein in Brauntönen gehaltenes Ölgemälde mit einer Runde Zechern in einem mittelalterlichen Weinkeller darauf. Konnte sein, dass es vom Künstler ursprünglich farblich ganz anders gestaltet worden war, aber eine dicke Nikotinschicht vermatschte die Kolorierung zu einem pappigen Braun. Die Kundschaft im Haltepunkt hatte noch nicht mal die unterste Stufe der sozialen Leiter erklommen. Um da raufzukommen, müssten die Extremsäufer hier einen Klimmzug machen. Aussichtslos!

Und doch gab es im »Haltepunkt« so etwas wie eine soziale Struktur. Das war vor allem der Wirtin, Isolde Plötzwich, zu verdanken. Ihre ganz speziellen Gäste – die verbrachten hier 16 Stunden am Tag und gingen nur zum Schlafen nach Hause – versorgte sie sogar mit selbstgekochtem Essen, das sie in Tupperdosen von zu Hause mitbrachte.

Ludger gehörte praktisch zur Einrichtung – ein groß gewachsener Typ, mit langen grauen Haaren und einem nicht enden wollenden Rauschebart, der mehr als die Hälfte seines kantigen Gesichts verbarg. In der Mitte prangte eine überdimensionierte und seltsam deformierte Nase. Sein Kopf war ständig auf eine Hand gestützt, der Ellenbogen fest mit dem Tresen verwachsen. Wenn er nicht ab und zu aufs Klo gemusst hätte, wären sein Körper und das Holz mit der Zeit zu einer festen Einheit verschmolzen. So viel war mal klar. Dann gab es da noch Manni, ein Zwerg mit seltsam nach innen gefaltetem Gesicht und einer Nase, die mehr als einmal gebrochen war. Und natürlich seinen Hund, neben dem »Haltepunkt« sein einziger Lebensinhalt. Auf der Hand hatte er Knasttränen eintätowiert und auf den Fingern tatsächlich die Buchstaben l, o, v und e. Die Gesamtzahl der abgesessenen Jahre der Gäste dürfte höher gewesen sein als der IQ des Intelligentesten unter ihnen.

Ich habe keine Ahnung, wie ich auf die Idee kam, den »Haltepunkt« zu betreten, wie ich es auch nur in Betracht ziehen konnte, die Tür zu dieser Spelunke zu öffnen … Aber ich tat es. Und zu meinem Erstaunen wurde ich von Isolde, genannt Isa, mit meinem Namen begrüßt.

»Hallo, Marcus! Dich habe ich ja lange nicht gesehen.«

Woher in aller Welt wusste sie, wie ich heiße?

»Äh, kennen wir uns?«

»Klar kennen wir uns. Du bist doch der Sohn vom Klempner. Du warst doch mal mit deinem Papa hier.«

In meinem Kopf ratterte es. Wann bitteschön war ich denn mit meinem Vater im »Haltepunkt« gewesen? Ganz hinten im Oberstübchen drängte ein kleiner Fetzen Erinnerung nach vorne. Stimmt. Ich war mal mit meinem Vater im »Haltepunkt«. Aber da musste ich etwa fünf oder sechs Jahre alt gewesen sein.

»Da können Sie sich noch dran erinnern?«

»Wir bleiben hier mal schön beim Du. Ich bin die Isa. Und klar kann ich mich daran erinnern. Ich vergess kein Gesicht. Aber damals warst du blonder. Und dann warst du noch mal mit Volkert hier. Da musst du so um die 16 gewesen sein.«

Volkert. Den hatte ich Jahre nicht mehr gesehen. Und wenn ich mit dem unterwegs war, soffen wir immer dermaßen viel, dass ich mich da schon am nächsten Tag nicht mehr dran erinnern konnte.

»Na ja, dann … Hallo, Isa. Ich nehm dann mal ein Beck's.«

»Ah, die Luxusausführung«, brummte Ludger. »Der Mann hat Geld.«

Beck's firmierte im »Haltepunkt« unter Luxus. Die Flasche 2,30 Mark. Die Stammkundschaft trank Haake-Beck Edel-Hell, zwei Mark der halbe Liter. In Fachkreisen »Maurerglocke« genannt.

Ich setzte mich zu Ludger, der sich als überaus gutmütig und gar nicht mal dumm erwies. Nur hatte er es irgendwie versäumt, aus seinem Leben was zu machen. Na, klasse. Das passte ja wie Arsch auf Eimer. Namentlich bekannt im »Haltepunkt«. Das war also das, was das Schicksal für mich bereitgehalten hatte. Irgendwo in meiner Lebenslinie hatte jemand schon vor meiner Geburt das Wort »Haltepunkt« eintätowiert. Ich war also am Ziel. Hier gehörte ich hin. Unausweichlich.

Aber wie in aller Welt war es dazu gekommen? Wieso bekam ich außer Taxifahren, Saufen und Kiffen nichts, aber auch gar nichts mehr auf die Reihe? Andere brachten es doch auch zu etwas. Wieso ich nicht? Ich kannte Leute, die hatten deutlich weniger Geld als ich und brachten damit vierköpfige Familien durch. Mit geregeltem Tagesablauf, einer anständigen Arbeit und so … Ich hatte 3.700 Mark im Monat und doch Tag für Tag nicht mehr als mein Wechselgeld auf der Naht. Wie machten die anderen das? Die hatten weniger, ernährten ihre Familien und sparten sogar noch was. Die fuhren in Urlaub. Und kauften sich auch noch Möbel und so'n Zeugs.

Möbel. Das war eine gute Idee. Ich musste mir unbedingt mal ein Sofa zulegen. So als Anfang. Mir mal was Bleibendes anschaffen, ein Symbol für den Start in eine neue Zeit. Aber nee, geht ja nicht. Am Tage, wenn die

Geschäfte aufhatten, musste ich ja schlafen. Und nach der Schicht musste ich ja Bier trinken. Da war keine Zeit für Sofakaufen. Wenn alle Menschen so wie ich gewesen wären, dann gäbe es keine Supermärkte, keine Möbelgeschäfte, kein nichts, kein gar nichts. Nur Lebensmittelgroßhändler, die türkische Restaurants mit billigem Fleisch und Gemüse versorgten. Und natürlich Brauereien.

Wie war das eigentlich mit dem Alkoholismus? Ab wann war man eigentlich Alkoholiker? Also anerkannter, dem man das Wort »Staatlich geprüfter Alkoholiker« in den Behindertenausweis stempeln konnte? Ich war mir ganz sicher, dass es soweit noch nicht war. Wenn ich wollte, dann konnte ich problemlos ein paar Tage ohne Alkohol auskommen. Aber woher wusste ich das eigentlich? Wann bitteschön hatte ich denn im vergangenen Jahr mal einen Tag ohne Alkohol hinter mich gebracht? Darauf gab es nur eine Antwort: »Isa, gib mir mal 'ne ›Maurerglocke‹!«

Hundeklo

Eine der goldenen Regeln des Autofahrens ist: »Fahre niemals schneller als ein Taxi!«

Die Regel ist schnell erklärt und einfach zu begreifen. Zunächst einmal beherrschen Taxifahrer ihr Auto – mal abgesehen von Träne – meist besser als ein Durchschnittsfahrer. Wer Nacht für Nacht an die 200 Kilometer durch die Stadt brettert, meist mit überhöhter Geschwindigkeit, weiß im Allgemeinen, wann die physikalischen Grenzen des Fahrzeugs erreicht sind. Wenn vor einer Kurve das Schild »empfohlen 40« aufgestellt ist, kann man diese für gewöhnlich mit 120 Sachen nehmen – wenn man's kann.

Außerdem kennen Ticker jeden Blitzer in der Stadt. Nicht nur die fest installierten, die dürften auch jedem anderen ortskundigen Autofahrer bekannt sein, der ein bisschen die Augen offen hält. Taxifahrer wissen auch immer, wo die Bullen ihre Dreibeine aufstellen. Über Funk wird das dann als »Ölspur« oder als »Taxi 600« durchgegeben. Ortsunkundige Fahrer, die es eilig haben, tun also gut daran, sich hinter ein Taxi zu hängen und strickt die gleiche Geschwindigkeit zu halten. Aber bitteschön niemals überholen.

Eine solche Dummheit bringt ein geschätzt 18-jähriger Jungspund zustande, als ich gerade mit 130 Sachen auf der Hochstraße am Breitenweg unterwegs bin. 130 Stundenkilometer in der Innenstadt ist eine mehr als ausreichende Geschwindigkeit, auch auf einer doppelspurig asphaltierten Hochstraße, die auf beiden Seiten mit Leitplanken gesichert ist. Er ist in einem silbernen BMW 323i unterwegs, meinem Diesel leistungsmäßig weit überlegen. Ich sehe ihn im Rückspiegel. Offenbar fährt er noch schneller als ich, denn er kommt stetig näher. Ich gebe zu, es ist

eine unvernünftige und nur durch Testosteron zu erklä-
rende Unsitte, sich nicht gerne überholen zu lassen. Aber
ich lasse mich nun mal nicht gerne überholen! Also drücke ich das Gaspedal durch und bringe den Diesel stetig
beschleunigend auf 150 Stundenkilometer.

Auf Höhe des Bahnhofs sind wir gleichauf. Das Bübchen blickt kurz triumphierend zur Seite, um dann wieder
voll konzentriert auf die Straße zu gucken. Er zieht vorbei,
beschleunigt weiter, auf geschätzt 160 bis 170 Sachen. Auf
Höhe des »Woody's« fällt die Hochstraße in einer Rampe
ab auf Normalniveau. Zum Glück ist es vier Uhr nachts.
Kein Auto fädelt sich an dieser Stelle in die Hauptspur
ein. Bis in den Rembertikreisel sind es jetzt noch gut 200
Meter. Die Ampeln sind längst abgeschaltet. Und wer sein
Auto und den Kreisel kennt, weiß, jetzt sind es nur noch
ein paar Meter zum »point of no return«. Ich bleibe stur
auf dem Gas, das Bübchen bremst nicht, sondern nimmt
nur den Fuß vom Pedal, will sich aber keine Blöße geben.
Bei Tempo 150 sind wir wieder gleichauf. Da wird Papi
hinterher schimpfen, denn ich kann mir nicht vorstellen,
dass es das Auto des Grünschnabels ist.

Im allerletzten Moment steige ich voll in die Eisen,
der BMW schießt an mir vorbei, nahezu ungebremst in
den Kreisel und dann ohne Chance, noch einzulenken,
an meiner Motorhaube vorbei durch einiges Gestrüpp, ein
paar kleine Bäume mitnehmend, geradeaus ins Hundeklo,
direkt vor dem Haus, auf dem Oma und Opa von einem
Wandgemälde blicken.

Ich lenke mein Taxi mit laut quietschenden Reifen
durch den Kreisel. Das Heck bricht aus, durch Gegenlen-
ken stabilisiere ich den Wagen und bremse am Ende des
Kreisels auf null ab. Ein blitzsauberes Manöver. Rückwärtsgang rein, durch die kleine Anliegerstraße neben
dem Kreisel setze ich zurück. Die Motorhaube des BMW
hat sich tief in die massiven Holzbalken rund um das

Hundeklo gefressen, Dampf steigt auf. Das riecht nach Totalschaden.

Der Jungspund war zum Glück angeschnallt. Offenbar unverletzt steigt er kreidebleich aus dem Wagen.

»Alles in Ordnung?«. frage ich ein wenig scheinheilig.

»Scheiße!«, bricht es aus ihm hervor. »Scheiße, Scheiße, Scheiße! Das gibt Ärger. Scheiße. Ich hab Papas BMW geschrottet ... Scheiße ...«

Man soll ja auch nicht schneller als ein Taxi fahren.

27

Ich schwamm im zähen Talg der Zeit. Ein Tag wie der andere, unendliche Wiederholungen, immer und immer wieder. Irgendwer hatte mal gesagt, die Wiederholung sei eine machtvolle Magie. Das mag wohl auf die Melodie oder die Textzeile eines Nummer-eins-Hits zutreffen. Im echten Leben waren Wiederholungen nichts anderes als zäher, langweiliger Dreck, der den Menschen langsam, aber sicher abstumpfte.

Den Amis ging die Challenger flöten, Deutschland wurde Weltmeister, die Mauer wurde wirklich abgerissen. Meyer soff und saß in der Taxe.

Bush Senior machte den Irak platt, irgendwelche Wanderer fanden eine mumifizierte Leiche im Ötztal. Meyer soff und saß in der Taxe.

Clinton wurde Präsident. Meyer soff und saß in der Taxe.

Die Post führte fünfstellige Postleitzahlen ein, Zappa trat seinen Weg über den Jordan an. Meyer soff und saß immer noch in der Taxe.

In den Jahren *2 bis 5 nSA* gab es in meinem Leben nur zwei kleine Veränderungen. Nummer eins war Kokain. Ich hatte immer strickt die Finger von diesem Scheißzeugs gelassen. Kokser sind die größten Arschlöcher im Universum. Arrogant, laut, dummschwallend. Wer harte Kokser mal live erlebt hatte, wusste genau, dass der Gebrauchswert dieser Droge gegen null tendierte. Außerdem war Koks scheißenteuer, Anfang der 1990er-Jahre nicht unter 200 Mark das Gramm zu haben.

Mein Widerstand wurde durch eine neue Nachbarin gebrochen. Sie hieß Diana, war 26 Jahre alt und eine der ersten Gothic-Bräute der Stadt. Schwarze Haare, schwarze Augenbrauen, schwarze Wimpern, schwarzer Lippenstift. Aber trotzdem sah sie echt gut aus, auch wenn eigentlich von allem zu viel an ihr dran war. Ihre üppigen Brüste steckten unter einem Schwarz-Lila-Top, das den Blick auf ein Drittel der Haut freigab. Und dieses Drittel war immer noch mehr als bei anderen Frauen, wenn sie komplett oben ohne gingen. Dabei perfekt in Form, schneeweiß mit sich deutlich abzeichnenden Adern. Da stand ich voll drauf. Ihr Arsch war eine einzige riesengroße Verheißung, eingepackt in stramme schwarze Jeans. Kleines Manko: gelbe Zähne. Aber egal.

Diana sprach mich auf der Straße vor meiner Wohnung an.

»Hey, ich bin neu hier in der Stadt. Hab dich schon ein paarmal gesehen. Du wohnst auch hier, oder?«

»Jepp, oben unterm Dach.«

»Ich heiße Diana und wohne dann direkt unter dir.«

»Ich bin Marcus. Ist mir ein Vergnügen.«

»Ich will da mal gar nicht lange um den Brei reden. Ich kenn kein Schwein in Bremen, würde heute Abend aber gerne 'ne Sause machen. Hättest du Lust, mir mal was zu zeigen? Kenn mich hier ja nicht aus.«

Geiles Tempo. Die ließ sich bestimmt nicht lange bitten. Eigentlich war ich auf dem Sprung zur Schicht, aber die vergangene Nacht – Freitag – war ganz hervorragend gelaufen, und ich hatte genug Geld, um mal einen Abend auszusetzen.

»Warum nicht? Ich kenn mich hier ganz gut aus.«

Sollte ich ihr verraten, dass ich Taxifahrer war? Besser nicht.

»Ich hab noch 'ne Flasche Wein oben. Lust auf ein Starterschlückchen?«

»Aber gerne doch …«

Ihre Wohnung war, vorsichtig ausgedrückt, gewöhnungsbedürftig eingerichtet. Ebenfalls nur ein Zimmer, der Vermieter hatte das ganze Haus in kleine, gewinn-bringende Rattenlöcher aufgeteilt. Dafür hatte sie wenigstens eine separate Küche. Zentral an der Wand stand ihr Bett. Auf das legte sie offensichtlich großen Wert. Zirka drei mal zwei Meter groß, aus schwarzem Eisen, mit vier eisernen Säulen an den Ecken und Gitterstäben an den Seiten. Oben drauf eine Art Baldachin, von dem lilafarbener Tüll rund um das gesamte Bett herunterhing. An den Wänden hingen Bilder mit bizarren Gestalten, die aus irgendwelchen Fantasiewelten hervorgekrochen sein mussten. Sofa: schwarz, Sessel: schwarz, Tisch aus Eisen, Platte aus schwarzem Glas.

Sie öffnete den Wein und schenkte uns zwei Gläser ein. Das Rot passte nicht so recht in ihre Wohnung, bildete aber zusammen mit ihren gelben Zähnen den einzigen Farbtupfer. Und dann zog sie ein kleines Briefchen aus der Tasche, streute ein Häuflein weißes Pulver auf die Tischplatte und fragte, als ob es das Selbstverständlichste der Welt wäre:

»Auch eine?«

Was für 'ne Frage. Von der Braut hätte ich auch Arsen angenommen.

»Ja, klar, mach mal.«

Sie zog mit geübten Fingern zwei Lines auf die Platte und reichte mir ein silbernes Röhrchen. Ohne mit der Wimper zu zucken ballerte ich mir das Koks in die Nase. Die Wirkung war aber eher enttäuschend. Irgendwie hatte ich mir da mehr von erwartet. Eigentlich merkte ich, mal abgesehen vom beißenden Geschmack, so gut wie gar nichts. Das war nämlich das Blöde am Kokain: Äußerlich mutierte man zum Arschloch, innerlich passierte aber nicht viel. Keine Hallus, kein Mellowgefühl, allenfalls ein bisschen wacher wurde ich. Und spitz wie sau.

Sie rutschte auf dem Sofa etwas näher an mich ran und legte mir wie zufällig eine Hand aufs Bein. Abstützen, um sich zum Glas nach vorne zu beugen. Und wo die Hand schon mal da war, blieb sie auch gleich da. Ganz zufällig eben. Na, dann konnte es ja losgehen. Ich griff mit meiner Hand in ihre Nackenhaare und kraulte ihre seidenweiche Haut. Kein Widerstand, keine Spur von Protest. Ganz im Gegenteil. Sie drehte sich zu mir, umarmte mich und küsste mich mit ihren vollen Lippen. Ihre Brüste waren so unglaublich fest, dass sie mit Zement gefertigt worden sein könnten. Ich musste da unbedingt mal anfassen.

»Zieh doch mal dein Top aus. Das könnte sonst kaputt gehen.«

Sie zog ihr Shirt über die gewaltigen Wölbungen. Darunter kam ein, wie sollte es anders sein, schwarzer Spitzen-BH zum Vorschein. Nix Wonderbra oder so. Darin war alles echt. Diese Adern, dieses wunderbare Blau auf der weißen Haut. Die Nippel so hart wie Murmeln. Ich öffnete ihren BH, die Dinger bewegten sich nur minimal nach unten. Den Bleistifttest hätte sie mit Sicherheit bestanden. Noch jedenfalls. Irgendwann verlor ja jede Frau zwei zu null gegen die Schwerkraft. Sie zog mich in ihr tüllverhangenes Bett und schälte sich aus ihrer Jeans. Kein einziges Haar zwischen ihren Beinen. Ich versank in ihrem voluminösen Körper, drang in sie ein. Das Kokain schien irgendwie doch zu wirken, mein kleiner Freund war hart wie nie zuvor. Ich besorgte es ihr mit harten, gierigen Stößen. Sie wollte es richtig haben. Dann schrie sie:

»Schlag mich! Los, schlag mir ins Gesicht!«

Hups. Das war neu für mich. Einfach mal ausprobieren. Ich gab ihr eine saftige Ohrfeige. Sie stöhnte.

»Ja, geil, schlag mich.«

Das schien ihr also wirklich zu gefallen. Okay. Kein Problem. Das Finale war eine Mischung aus Schlägen, Bissen, Schreien und einem unglaublichen Orgasmus. Sie guckte mich mit verdrehten Augen an.

»Mann, war das geil. Endlich mal einer, der richtig zuhaut.«

Eigentlich war das ja nicht so meine Baustelle. Aber Spaß gemacht hatte es trotzdem.

Nach einer After-Sex-Zigarette fragte sie mich, wo wir denn heute Abend hingingen.

»Hm, Samstag. Da ist Tanznacht im ›Modernes‹. Ist eigentlich ein ziemlich geiler Laden. Und wenn es zu warm ist, können die sogar oben das Dach aufmachen.«

»Okay, dann gehen wir mal ins ›Modernes‹. Ich mach mich noch mal eben zurecht.«

Sie verschwand im Badezimmer. Wenige Sekunden später ein spitzer Schrei. Sie stürzte zurück ins Zimmer und blökte mich an:

»Bist du bescheuert oder was? Du hast mir da 'n Riesenknutschfleck gemacht ... Ey, Mann, du Vollpfosten! Scheiße, wenn das mein Freund sieht. Der will mich morgen besuchen kommen. Mann, wie blöd bist du denn?«

»Modernes« fiel dann aus, das nachbarschaftliche Verhältnis war auch beendet. Und ich hatte ein kostenintensives neues Hobby entdeckt.

Veränderung Nummer zwei war der Fußball. Wesertaxi hatte eine Betriebssportgruppe, die alljährlich um die Stadtmeisterschaft mitspielte. Der Trainer war unser Funker Reimund. Der hatte mich auch gefragt, ob ich da mitmachen wollte. Naja ... was hieß schon »Trainer«? Wir trainierten nicht, sondern wir spielten einfach. Und Reimund stand halt manchmal, wenn wir spielten, am Spielfeldrand und organisierte die Fahrten nach Dänemark. In Esbjerg fand jedes Jahr die Fußball-Europameisterschaft der Taximannschaften statt.

In meiner Jugend war ich eigentlich immer Verteidiger gewesen. Bei Wesertaxi steckten sie mich aber beim ersten Spiel in den Sturm. Wahrscheinlich, weil ich da am wenigsten Schaden anrichten konnte. Der Schaden,

den ich anrichtete, war aber beträchtlich. Und zwar der für den Gegner. Wir semmelten Mercedes-Benz mit drei zu null weg, und ich schoss alle drei Tore. Ich hatte nicht die geringste Ahnung, wie mir das gelang. Ich hatte in acht Jahren Jugendmannschaft nicht ein einziges Tor geschossen. Ich war der Chancentod schlechthin. Aber bei Wesertaxi war jeder Schuss ein Treffer.

Praktischer Nebeneffekt beim Fußball war eine Neuerwerbung. Ich hatte nämlich keine Lust, mit Brille zu spielen, und legte mir deshalb Kontaktlinsen zu. Eigentlich wollte ich die nur zum Spielen tragen. Aber als ich die Dinger im Bremer Nachtleben trug, fassten mir plötzlich Frauen an den Arsch, die mich mit ihrem eigenen vorher nicht mal angeguckt hatten. Man glaubt ja gar nicht, wie entscheidend das war. Es hieß ja immer, Männer seien oberflächlich und achteten nur auf Äußerlichkeiten. Aber Frauen waren da keinen Deut besser.

Mein erster Ausflug nach Dänemark gipfelte im Titelgewinn. Zwei zu eins im Endspiel. Ich schoss das entscheidende Tor. Alles richtig gemacht. Falsch hatten wir vorher allerdings was anderes gemacht. Der Taxiruf hatte nämlich auch eine Fußballtruppe. Und Reimund kam auf die blödsinnige Idee, dass wir ja auch alle zusammen *einen* Bus nehmen könnten. Aus Kostengründen. Prinzipiell nicht dumm gedacht. Wenn der Mannschaftsführer vom Ruf nicht so ein dermaßen spackiger Idiot gewesen wäre. Er hieß Charly, hatte eine Armprothese und war zum Scheißen noch zu doof.

Man musste sich das mal vorstellen: Charly hatte den Bus organisiert und stand schon um zehn am ZOB. Zwei Stunden vor der Abfahrt. Und das Portemonnaie mit der Mannschaftskasse legte er direkt neben die Tür auf das Armaturenbrett. Einstiegsseite. Am Bahnhof. Hauptjunkiegebiet. Dass es weg war, merkte er erst, als wir alle im Bus saßen und losfahren wollten. Und natürlich schloss

Charly mit seiner unendlichen Intelligenz messerscharf und in Sekundenschnelle, dass das natürlich einer von Wesertaxi geklaut haben musste. Also Türen zu, keiner durfte aussteigen, und Charly holte die Polizei. Die war auch schon nach zwei Stunden da. Bus zu, knallige Sonne, wir hatten natürlich jede Menge Bier an Bord, knallten uns die Köppe dicht und durften nicht mal zum Pinkeln aussteigen, sondern mussten uns in diese kleine, widerliche Kabinentoilette entleeren. Nun war uns natürlich klar, dass keiner von uns so dumm gewesen wäre, Charlys Mannschaftskasse von 6.000 Mark zu klauen und mit in den Bus zu nehmen.

Was wir sehr wohl mitgenommen hatten, waren hingegen Drogen. Und zwar so ziemlich alles, was es gab – Gras, Haschisch, Koks, Opium, das ganze Programm. Die drohenden Leibesvisitationen konnten uns also in ernsthafte Schwierigkeiten bringen. Im hinteren Teil des Busses wurden deshalb alle möglichen Löcher, Ritzen und was es sonst noch so für Orte zum Verstecken gab mit Drogen gefüllt. Und wir hatten alle was dabei. Alle! Außer Reimund vielleicht.

Zum Glück suchten die Bullen aber nach einem großen Bündel Geld. Die kleinen Ritzen filzten sie nicht, aber jeden einzelnen von uns und natürlich auch die Rufticker. Darauf hatten wir bestanden. Das Geld wurde, wie zu erwarten, nicht gefunden. Aber die Rufticker hatten echt Scheißlaune. Das war schon 'ne bizarre Situation: Vorne lange Gesichter, hinten lauter Besoffene in Partylaune. Und alle zusammen auf dem Weg nach Dänemark.

Der Ruf schied übrigens in der Vorrunde aus. Recht so!

Ratte

Nachts Taxi fahren ersetzt ohne weiteres das Soziologiestudium. Wahrscheinlich bringt dich kein Job der Welt näher an die Menschen einer Stadt als der des Taxifahrers. Sie schütten dir ihr Herz aus, sie lassen Dinge raus, die sie ihren besten Freunden nicht erzählen würden, sie unterhalten sich auf der Rückbank über Dinge, die als geheim einzustufen sind – sowas passiert tatsächlich. Ich erfuhr einmal von der Entlassung des Hansawellen-Chefs von Radio Bremen, weil sich Intendant und Programmdirektor darüber unterhielten – sie lassen dich in ihre Wohnung.

»Haftschale ... Hohentorsheerstraße 22, zweiter Stock, und du sollst da raufkommen«, weist Reimund mich an.

»Ich soll da raufkommen?«

»Ja, *raufkommen* steht hier auf dem Zettel. Wahrscheinlich Koffer runtertragen oder sowas. Steht hier nicht bei.«

Das Haus sieht runtergekommen aus, mit Mietwohnungen zu beiden Seiten der Haustür. Im Flur sind Scheiben zu Bruch gegangen, es riecht muffig, das Licht im Treppenhaus funktioniert nicht, im Dunkeln ertasten die Füße gleichmäßig verteilten Unrat. Hier gibt es keine Koffer, hier verreist niemand, hier zieht höchstens jemand aus. Aber bestimmt nicht um ein Uhr nachts.

Im zweiten Stock gibt es drei Wohnungstüren. Eine links, eine rechts und eine geradeaus in der Mitte. Na, klasse. Ein Name wäre jetzt nicht schlecht. Würde aber auch nichts nützen, denn mit einem Feuerzeug finde ich heraus, dass sowieso an keiner der Klingeln ein Namensschild angebracht ist. Also einfach mal von links nach rechts durchklingeln. An Tür Nummer eins öffnet eine

Frau um die 40 in schmutziger Jogginghose und schlabbrigem Pullover. Dichter Rauch dringt aus der Wohnung, auf dem Boden ein melierter schwarzweißer PVC-Belag, Plastiktüten säumen die Wände. Sie selbst ist von Attraktivität so weit entfernt wie der Nord- vom Südpol, und sie guckt mich verständnislos aus trüben Augen an.

»Haben Sie ein Taxi bestellt?«

»Hä? Was willsu? Was soll ich denn mit'm Taxi? Ich bin doch zu Hause.«

Das klingt logisch.

»'tschuldigung, da hab ich mich wohl in der Tür geirrt. Schönen Abend noch.«

Hinter der Tür in der Mitte tobt gerade ein lautstarker Streit. Sollte mein Fahrgast sich dahinter befinden, dürfte das eindeutig nicht meine Tour sein. Hier würde ich bestimmt nicht klingeln. Bleibt also noch eine Möglichkeit. Ich klingle rechts. Drinnen bellen Hunde, sonst passiert nichts. Ich warte einen Moment und drücke noch mal auf den speckigen Klingelknopf. Wenig später öffnet sich die Tür einen Spalt, und ein hutzliger Typ Mitte 50 blickt mir mit zugeschwollenen Augen entgegen.

»Haben Sie ein Taxi bestellt?«

»Taxi was?«

Scheint also auch nicht der Richtige zu sein. Aber dann hellt sich sein Blick ein wenig auf.

»Ach so, ja, das Taxi. Komm mal rein.«

Der Geruch einer wenig gepflegten Zoohandlung weht mir entgegen. Ich überlege einen Moment, ob es wirklich so eine gute Idee ist, diese Wohnung zu betreten. Die Hunde bellen immer noch. Und ich bin kein ausgesprochener Hundefreund. Als Kind wurde ich mal von einem Schäferhund gebissen, und seitdem mache ich eigentlich einen großen Bogen um diese Spezies.

»Komm mal mit in die Küche«, sagt der Typ und öffnet die Tür zur Gänze. Er trägt ein klassisches Feinripp-

Unterhemd und eine Jogginghose, die er womöglich im Doppelpack mit seiner Nachbarin gekauft hat. Unbeholfen schlurft er den PVC-belegten Flur entlang und biegt dann rechts in die türlose Küche ein. Die Hunde – ein altersschwacher, zerzauster Mischling und ein noch nicht ganz ausgewachsener Schäferhund – sind mit kurzen Leinen am Herd festgebunden. Die Küche hat nur noch entfernt mit dem zu tun, was normale Menschen unter einer Küche verstehen. Ich würde niemandem empfehlen, hier noch Nahrung zuzubereiten oder sie gar zu sich zu nehmen.

Das, was an der Wand steht und hängt, könnte mal eine Einbauküche gewesen sein. Eine einzige Tür hängt noch schief von einem der Schränke, der Rest ist offen und vollgestopft mit leeren alten Konserven- und Hundefutterdosen. Das Hauptnahrungsmittel scheinen Ravioli von Aldi zu sein. Dazwischen steht ein Heer geleerter Carlsberg-Dosen. Bier zu 29 Pfennig der Drittelliter. Die ehemals glänzenden Teile wie Wasserhahn und Spüle sind versteckt unter einer dicken Schicht spakigen Gammels. Ein einfacher Tisch und ein einziger Stuhl bilden das gesamte Mobiliar. Und zwischen all diesem Dreck sitzen die armen Hunde mit ihren empfindlichen Nasen.

»Da, der Kleine da muss nach Achim.« Der Mann zeigt auf den Schäferhund.

»Wie jetzt? Der Hund ist mein Fahrgast?«

»Ja, genau. Meine Frau will den wiederhaben. Und ich hab kein' Bock mehr, mit ihr zu labern. Achim. Marschstraße 14.«

Na, klasse. Ein Schäferhund. Der Typ schlurft zum Herd und bindet ihn los. Das Halsband aus Leder, die Leine ein einfacher Strick. Vielleicht sollte der Kerl sich auch einfach so einen nehmen.

»Ihre Frau weiß Bescheid und will, dass ich ihr den Hund bringe?«, frage ich bestimmt.

»Die will den haben, und den soll sie dann auch kriegen.«

»Achim ... Das sind rund 40 Mark. Die will ich als Vorkasse.«

»Nee, nee. Das zahlt meine Frau. Die will den Hund ja haben.«

Keine Ahnung, ob ich dem Typen trauen kann. Aber der Hund sieht reinrassig aus, dürfte also deutlich mehr als 40 Mark wert sein. Und was mich zusätzlich beruhigt: Er bellt nicht mehr. Genauso wenig wie die räudige Töle neben ihm. Und eines ist mal klar: Auch wenn es ein Hund ist, so ein Leben hat er nicht verdient.

»Ich komm wieder, wenn ich kein Geld bekomme, nur dass das klar ist. Und zur Not bring ich die Polizei mit.«

»Nee, nee. Meine Frau zahlt das. Die zahlt das ... Ganz bestimmt. Die zahlt das!«

Er drückt mir den Strick in die Hand, und ich führe den Hund in eine ungewisse, aber mit ziemlicher Sicherheit bessere Zukunft. Langsam taste ich mich die Treppe hinunter. Der wedelnde Schwanz schlägt mir gegen die Beine. Der Hund zieht mich schneller die Stufen hinunter, hat es offenbar eilig, hier wegzukommen. Wer sollte ihm das verdenken? Im Dunkeln stoße ich gegen irgendetwas. Es macht einen fürchterlichen Krach, als es der Schwerkraft nachgebend treppabwärts parallel zu uns seinen Weg nach unten findet. Dürfte wohl eine Plastiktüte mit Dosen und Flaschen sein. Wie durch ein Wunder kommen wir heile unten an. Ich setze den Hund auf den Beifahrersitz. Eigentlich gehört er ja nach hinten, aber ich möchte so eine Bestie wirklich nicht in meinem Rücken haben. Dann drücke ich auf die Uhr und fahre los. Jedenfalls versuche ich das. Aber zuerst springt mir das Tier auf den Schoß und leckt mir übers Gesicht. Okay, gefährlich scheint der nicht zu sein. Mal abgesehen von den Krankheiten, die er aus dem Loch da oben mitgebracht haben könnte. Ich versuche es mit dem bekannten Befehl »Sitz!« Und er springt zurück auf den Beifahrersitz und setzt sich. Das funktioniert ja schon mal.

Ich betrachte meinen Fahrgast genauer. Nach meiner Schätzung ist er noch kein Jahr alt, die Augen leicht bläulich, ein Rüde. Ein Züchter würde ihm wohl eine schöne Fellzeichnung bescheinigen. Ich kenne mich da nicht aus. Und insgesamt sieht er wirklich gutmütig aus. Geradezu freundlich, ja erwartungsvoll guckt er mich an, macht dabei wirklich niedliche Geräusche, die ich als Freudenbekundung werte. Ich fange tatsächlich an, ihn zu mögen. Na, klasse, ich mag einen Schäferhund.

In der Marschstraße wird mir klar, was ein Pendant ist. Das Haus ist in einem genauso beschissenen Zustand, genauso runtergekommen wie das seines »Herrchens«, aber wenigstens ist nur eine Klingel an der Tür. Die Frau, die mit vorgelegter Kette öffnet, ist das exakte Pendant zu ihrem Mann, im Flur hinter ihr ebenfalls eine beträchtliche Anzahl geleerter Carlsberg-Dosen.

»Guten Abend«, sage ich freundlich, bevor sie auch nur ein Wort herausbringt. »Ich bringe Ihren Hund, von Ihrem Mann ...«

Verständnislos gucken mich graue Augen aus einem tauben Gesicht heraus an, und ich ahne, dass dies eine Dienstleistung mit Schwierigkeiten wird.

»Was soll ich denn mit der Scheißtöle?«

»Ihr Mann sagte, es sei Ihr ausgesprochener Wunsch, den Hund wiederzubekommen, und dass ich ihn hier abliefern soll.«

Die Frau zuckt mit den Achseln, macht keinerlei Anstalten, die Tür so weit zu öffnen, dass wir rein könnten, und bellt mit rauer Stimme:

»Ein' Scheiß will ich. Lass mich in Ruhe, du Arschloch.«

»Hey ... das ist Ihr Hund, und ich krieg 38 Mark. Ich hab keinen Bock, ungemütlich zu werden.«

»Von mir aus kannst du den da unten am Zaun festbinden. Der kann mich mal ... mein Mann. Arschloch das.«

Und bumms ist die Tür wieder zu.

Der Hund guckt mich mit treuen Augen an. Ich gucke den Hund an. Na, klasse. Dann werd ich den mal zurückbringen.

Auf dem Rückweg setzt strömender Regen ein. Der Hund sitzt freudig erregt auf dem Beifahrersitz, erleichtert, dass auch dieser Kelch an ihm vorübergegangen ist. Er macht es sich bequem, legt sich hin und schläft ein. Wenigstens markiert er nicht sein Revier, aber offensichtlich ist er der Meinung, dass er ab jetzt in meinem Taxi wohnt.

Das wird mir umso klarer, als ich, zurück in Bremen, Neuenlander-, Ecke Friederich-Ebert-Straße, an einer Ampel halten muss. Der Regen treibt bei scharfem Südwest Blasen über das Kopfsteinpflaster. Der Scheibenwischer läuft auf voller Geschwindigkeit, die Scheiben sind beschlagen. Bei diesem Wetter würde man keinen Hund auf die Straße schicken. Überglücklich, ein vermeintlich unbesetztes Taxi zu sehen, reißt ein durchnässter Einsteiger die Fahrertür auf und hat Sekundenbruchteile später einen Satz messerscharfer Zähne im Arm. Ich reiße den Hund am Halsband nach hinten, der Einsteiger weicht auf den Bürgersteig zurück, und weil ich nicht noch mehr Ärger haben will, fahre ich einfach mal mit Vollgas um die Ecke. Im Rückspiegel sehe ich schemenhaft wildes Fuchteln. Ist doch selber schuld. Der Geier ist aus, ich will also keine Tour annehmen. Außerdem habe ich schon einen »Fahrgast«. Kann ja keiner ahnen, dass der beißt. Hat sich die ganze Zeit mehr als anständig benommen. Anständiger als manch anderer, den ich durch die Stadt kutschiert habe. Und dann kommt es aus mir heraus ... keine Ahnung, wie das passieren kann:

»Gut gemacht. Prima auf das Auto aufgepasst. Bist ja ein Feiner.«

Die Frage ist jetzt nur: Was tun mit dem Hund? Auch wenn ihn keiner haben will, der gehört mir ja nicht. Zugegeben, wäre der Hund ein Feuerzeug, eine Uhr oder ein Portemonnaie, würde mich das jetzt nicht weiter scheren. Aber ein Schäferhund ist kein Feuerzeug. Man kann sich damit keine Zigarette anzünden, ihn nicht einschmelzen, keine Zeit darauf ablesen und erst recht kein Geld rausnehmen und den Rest in die Weser schmeißen. Unter bestimmten Kriterien handelt es sich dabei also um ein völlig nutzloses Etwas, das nichts als Scherereien macht, regelmäßig kacken will und einem die Haare vom Kopf frisst. So leid es mir tut, aber der muss zurück in die Hölle, aus der er gekommen ist.

Als wir in der Hohentorsheerstraße ankommen, winselt der Kleine. Ich greife ihn an der Leine – also am Strick – und versuche, ihn aus der Beifahrertür zu ziehen, aber das Biest sträubt sich. Die Antwort ist ein klar verständliches Knurren und eine Phalanx gefletschter Zähne.

»Komm, wir gehen jetzt mal schön zu Herrchen. Der wartet bestimmt schon auf dich. Da gibt's lecker Dosenfutter vom Aldi.«

Das scheint ihn nicht zu überzeugen. Eigentlich verwunderlich, denn soweit ich Hunde kenne, können ihre Besitzer mit ihnen machen, was sie wollen, und trotzdem stehen sie schwanzwedelnd vor ihrem vermeintlichen Rudelführer und finden ihn einfach nur toll.

»Okay, du wartest hier. Ich regel das mal kurz. Mach hier keinen Unfug! Ein Taxi ist kein Hundeklo. Nur, dass das klar ist!«

Die Haustür ist nur angelehnt. Im Schein meines Feuerzeugs stolpere ich durch den Unrat das Treppenhaus nach oben. Nach dem Klingeln keine Reaktion. Auch auf Klopfen und Rufen reagiert niemand. Nur der andere Hund bellt. Na, klasse. Die Sau macht nicht auf. Eigentlich bin ich sogar ein bisschen froh darüber. Jetzt mal geschissen auf die 40 Mark – eigentlich ja 80, ich bin ja auch *besetzt* zurückgefahren –, aber so eine Umgebung sollte man nicht mal einem Hund zumuten.

Nur, was jetzt? Das Tierheim ist nachts nicht auf. Eine Bullenwache betrete ich ganz sicher nicht freiwillig. Und behalten kommt schon mal gar nicht in Frage. Außerdem muss ich jetzt auch noch Feierabend machen. »Der Fette« findet es bestimmt nicht lustig, wenn seine Kunden zerfleischt werden, und ich kann das Tier ja nicht in den Kofferraum sperren. Jetzt erst mal überlegen. Am besten ein Bier trinken, einen schönen Joint rauchen, dann fällt mir bestimmt was ein. Aber nicht ins »Bistro Brasil«. Da würden sie mich mit dem Flohzirkus auch gar nicht reinlassen.

Also tausche ich die Autos in *Zürich*, setze die Töle in mein blaues Stück Kotze und fahre zur »Steintorschänke«. Ein Laden fest in der Hand der Punks, da fällt ein Hund mehr oder weniger gar nicht auf.

»Sag mal ...«, wende ich mich an meinen tierischen Beifahrer. »Hast du eigentlich einen Namen? Ich kann ja nicht einfach mit einem Hund ohne Namen durch die Gegend laufen.«

Keine Reaktion.

»Na, wenn du nicht antwortest, dann muss ich dir mal einen Namen verpassen, der zu dir passt. Wie wär's mit ›Nutzlos‹? Das ist doch ein schöner Name. Komm her, ›Nutzlos‹, schön bei Fuß!«

Den Hund am Seil setze ich mich auf einen der Barhocker, bezogen mit schwarzem Kunstleder – mit dem, was vom schwarzen Kunstleder noch übrig ist. In der Schänke ist so ziemlich alles schwarz – die Wände, der Tresen, die Klamotten der Gäste. Nur deren Haare sind bunt.

»Ein Bier, bitte.«

»Haake-Dreck oder Beck's?«

»Nee, gib mir mal 'n Beck's.«

»Nutzlos« sitzt entspannt neben meinem Barhocker und spielt mit dem Seil. Irgendwie wirkt er zufrieden, deutlich zufriedener als ich jedenfalls. Zeit für den Joint. Da hab ich immer ein paar Vorgedrehte im silbernen Blechetui. Was Hanf angeht, ist Bremen sehr liberal. Zumindest im Viertel kannst du fast überall am Tresen rauchen, interessiert kein Schwein. Und die Bullen haben genug mit den Koksern und den Junkies zu tun.

Genüsslich ziehe ich ein paarmal an der Tüte, als ich Michaela am Flipper entdecke. Genau genommen entdeckt sie mich. Mit Michaela bin ich zusammen zur Schule gegangen. Damals hieß sie jedenfalls Michaela. Seitdem sie blaue Haare auf dem Kopf, Sicherheitsnadeln durch die Augenbrauen und rote Netzstrümpfe über den zerrissenen schwarzen Leggins trägt, nennt sie sich »Ratte«. Und manchmal riecht sie auch so.

»Hey, Marcus, seit wann hast du denn einen Hund?«

»Seit eben.«

»Wie, seit eben?«

»Na ja ... seit anderthalb Stunden.«

Erstaunen in ihrem Gesicht.

»Wie jetzt?«

»Vor zwei Stunden hatte ich noch keinen Hund. Und jetzt hab ich einen. So 'ne Art Trinkgeld vom Taxi fahren.«

»Willst du mich verarschen oder was?«

»Sitzt da ein Hund neben mir oder nicht?«

»Na klar. Aber wer verschenkt denn so einen süßen Kerl?« Sie guckt mitleidig. »Was willste denn jetzt damit machen?«

»Keine Ahnung. Kann man da Wurst draus machen?«

Falsche Frage. »Ratte« steht auf Hunde und versteht da keinen Spaß.

»Was bist du denn für ein Arschloch?«

Ich komme also nicht drumherum und muss ihr die Geschichte erzählen. Und das ist auch gut so, denn kurze Zeit später löst sich mein Problem in Luft auf.

»Ich such doch schon die ganze Zeit einen Hund«, sagt sie, »und der ist sooo süß. Kann ich den nicht nehmen?«

Na also, sag ich doch. Einen Joint rauchen, und die Lösung kommt von ganz alleine.

»Ich weiß nicht, ob da noch mal einer nach fragt. Aber so wie ich das sehe, wäre das das Beste für alle Beteiligten. Da fällt mir jetzt aber so gar nichts ein, was dagegen spricht.«

Michaela kniet bereits neben dem Hund und streichelt ihm die Ohren. Die beiden scheinen sich zu verstehen.

»Hat der auch einen Namen?«

»Jepp. Der heißt ›Nutzlos‹.«

»Cooler Name!«

28

Immer wenn du denkst, du kannst gar nicht mehr tiefer sinken, kommt das Schicksal vorbei und gräbt dir einen Keller. Ich hatte gerade meinen 30. Geburtstag gefeiert. Okay, was heißt schon gefeiert. Nach der Schicht habe ich mich im »Brasil« mit Champagner und nicht mit Bier volllaufen lassen. Das war dann aber auch schon der einzige Unterschied zu anderen Tagen. Wolli und die anderen Schlauberger stimmten nicht mal ein »Happy Birthday« an. Wozu auch? Der Tag war ja nicht happyer als andere. Aber er war Anlass, noch mal über mein Leben nachzudenken. Und so eine Drei vorne in der Altersangabe war irgendwie beängstigend, denn ich hatte ja nichts – so rein gar nichts – von dem, was ich mir mal vorgenommen hatte, auf die Reihe bekommen.

Da gab es eigentlich nur zwei Möglichkeiten: Entweder ich arbeitete weiter an meinem geistigen und körperlichen Zerfall, oder ich bekam meinen Arsch endlich hoch und versuchte, mit meinem Leben doch noch was anzufangen. Und so entschied ich mich, es noch mal mit dem Studieren zu versuchen. Und irgendwie schaffte ich es dann tatsächlich, mich in Oldenburg zu exmatrikulieren und in der Bremer Hochschule einzuschreiben. Fachrichtung Wirtschaftswissenschaften. Ja, richtig gehört: Wirtschaftswissenschaften. Denn der Mensch ist ja durchaus blöd genug, einmal gemachte Fehler zu erkennen und sie trotzdem wieder zu begehen. Irgendwie bildete ich mir ein, ich hätte durch mein halbes aktives Semester in Oldenburg schon so etwas wie Vorkenntnisse. Und die wollte ich ja nicht einfach so aufgeben. Ich bastelte mir tatsächlich einen – überschaubaren – Stundenplan. Zumindest drei Tage die Woche, von Dienstag bis Donnerstag, wollte ich wirklich Vorlesungen besuchen und Scheine machen.

Das Schicksal begegnete mir auf dem Campus in Form einer ebenfalls 30-Jährigen, einer Chilenin. Ihr Name war Franceska. Franceska Wagner-Dolomin. Den Wagner hatte sie sich nach der Maueröffnung angeheiratet. Davor war sie im Exil in der DDR gewesen, so wie viele Chilenen, die in den 70ern vor der Pinochet-Diktatur geflüchtet waren. Ihr Vater hatte irgendeine Funktion in der Regierung Allende. Ich hab nie genau begriffen, was er da machte. Vielleicht hatte sie sich den ganzen Scheiß auch einfach ausgedacht. Jedenfalls kam sie aus Chile, behauptete, überzeugte Sozialistin zu sein, und hatte nach der Maueröffnung geheiratet, um sicherzugehen, dass sie nicht abgeschoben werden konnte. Herrn Wagner gab es in ihrem Leben nicht mehr. Als sie auch in der Bundesrepublik sicheres Bleiberecht bekommen hatte, ließ sie sich einfach mal eben scheiden. Herr Wagner hatte seine Schuldigkeit getan.

Sie hat trotzdem beide Namen behalten. Das war überaus praktisch. Denn Frau Wagner bekam Sozialhilfe, durfte deshalb aber nicht studieren. Und Frau Dolomin studierte, konnte deshalb aber keine Sozialhilfe bekommen. Wahrscheinlich würden Strafrechtler so etwas »Betrug« nennen. Aber das interessierte mich nicht sonderlich. Vielmehr faszinierte diese Frau mich von Anfang an und zog mich magisch in ihren Bann. Die erste Begegnung mit ihr verlief anfangs relativ unspektakulär. Sie trank einen Kaffee in der Mensa, und weil da gerade noch Platz war, setzte ich mich einfach zu ihr. Sie war unbeschreiblich schön. Jedenfalls war sie das für mich. Wie ich später erfuhr, nannten einige ihrer Kommilitonen sie »die Gaulsgesichtige«, wegen ihres leichten Unterbisses. Sie hatte lange, wallige, dunkelbraune Haare, ansatzweise indianische Gesichtszüge und dazu völlig unerwartet blaue Augen. Irgendwelche Vorfahren waren aus Osteuropa nach Chile eingewandert, deshalb diese seltene Kombination. Ihre Größe entsprach dem, was man von einer Südamerikanerin erwartete, so um die 1,60 Meter. Die Hüften gebärfreudig voll, die Brüste eher eine Spur zu klein (und um die Warzen herum behaart, wie ich später feststellen musste).

Ich setzte mich also zu ihr und trank ebenfalls einen Kaffee.

»Wen haben wir denn da?«, fragte sie keck. »Wohl keine Manieren. Man fragt ja wohl vorher, ob man sich zu einer Dame setzen darf.«

Ich hielt das anfangs für einen Scherz, musste aber später feststellen, dass sie durchaus konservative Umgangsformen pflegte und darauf bestand, dass andere diese auch einhielten.

»Entschuldigung, ich wusste ja nicht, dass du so penibel bist.«

Ein Wort, auf das sie äußerst allergisch reagierte.

»Penibel? Ich und penibel? Was erlauben Sie sich?«

Sie war sichtlich beleidigt. Also entschuldigte ich mich abermals.

»Was hältst du davon, wenn wir einfach noch mal von vorne anfangen? Also, ich steh jetzt auf, frage höflich, ob ich mich zu dir setzen darf, und dann trinken wir einfach gemeinsam unseren Kaffee.«

Und genau das tat ich dann. Ich stand auf, ging zwei Meter weg, kam wieder und fragte höflich:

»Verehrteste, wäre es Ihnen unangenehm, wenn ich mich zu Ihnen setzte, um gemeinsam mit Ihnen einen Kaffee zu trinken? Meyer mein Name, Marcus Meyer.«

Leider fand sie das originell und sympathisch. Ich durfte mich zu ihr setzen. Und das war der Anfang der Hölle.

29

Wir trafen uns dann häufiger. Machten zusammen mit ihrem Hund Spaziergänge an der Weser und am Werdersee, und sie nannte mich konsequent Herr Meyer. Ihre Töle hieß übrigens Isolde und war ein kleiner fieser Etagenpisser mit einem Terrieranteil, der ihn nicht unbedingt angenehmer machte. »Angenehm« war eines ihrer Lieblingswörter. Immer wenn ich was scheiße fand, fand sie das nicht so angenehm. Und immer wenn ich etwas toll fand, nannte sie das angenehm. Ich nannte sie zwar Franceska, siezte sie aber ebenfalls. Und zwar nicht nur am Anfang.

Franceska hatte die erstaunliche Gabe, die Menschheit in genau zwei Gruppen zu teilen. Die eine bestand aus Männern, die ihr aus unerklärlichen Gründen sofort verfielen. Die andere aus Leuten, die sie einfach nur anstrengend und scheiße fanden – sie hätte »nicht so angenehm« gesagt.

Sie hatte eine ausgeprägt narzisstische Persönlichkeitsstruktur, hielt sich für den erhabensten Menschen auf dem Erdenrund und war dabei über alle Maßen etepetete. Was sie übrigens nicht davon abhielt, sich neben mir noch zwei weitere Hausfreunde – als solchen wollte sie mich verwenden – zu halten, die es ihr ab und zu besorgten. Naschen ja, haben nein! Da andere Menschen prinzipiell unter ihrer Würde waren, war es natürlich absolut ausgeschlossen, dass sie mit solchen Subjekten eine feste Beziehung einging. Also benutzte sie Männer für ihre körperlichen Bedürfnisse, verschwieg den einen vor dem anderen und hielt das auch für völlig normal und angebracht. Bei einem unserer Spaziergänge fragte sie mich deshalb auch rundheraus: »Herr Meyer. Wollen Sie mit mir schlafen?«

Vorsicht, Gefahr! Natürlich wollte ich nichts mehr auf der Welt, als mit dieser Göttin zu schlafen. Aber irgendwie ahnte ich, dass ich dabei in einen riesigen Schlund der Sehnsucht stürzen würde, dass sie mich mit Haut und Haaren fressen würde, dass sie mir zwar körperliche Freuden, aber im Gegenzug tiefste seelische Qualen bereiten würde. Irgendwas in mir ließ alle Alarmglocken schrillen. Die rote Lampe hörte gar nicht auf, sich zu drehen. Und ich sagte sachlich: »Das halte ich für keine so gute Idee!«

Puh. Gerade noch mal die Kurve gekriegt. Wenigstens der siebte Sinn funktionierte noch. Ich hatte also wirklich das Angebot auf Sex mit dieser Frau abgelehnt. Na, klasse.

»Aber wieso wollen Sie denn nicht mit mir schlafen, Herr Meyer?«

»Weil ich mich dann unsterblich in sie verlieben würde, verehrte Franceska. Und weil ich das Gefühl habe, dass sie mir nur einen Knochen hinhalten, sie aber nicht die Absicht haben, mir später auch ein Stückchen Fleisch zu reichen.«

»Nun, das ist Ihre Entscheidung, Herr Meyer. Und Sie wollen wirklich nicht mit mir schlafen?«

»Momentan nicht. Nein!«

Franceska war aber nicht die Frau, die mit Ablehnung umgehen konnte. Das traf genau ihren Nerv. Im Nachhinein betrachtet, wäre es besser gewesen, sie ein paarmal zu vögeln und sie danach zu vergessen. Aber die Falle war bereits zugeschnappt. Sie hatte mich am Haken. Ich war längst nicht mehr Herr meiner Sinne. Und jetzt hatte ich ihr einen Korb gegeben. Sowas ließ sie nicht auf sich sitzen. Selbst wenn sie dafür einen feste Beziehung eingehen müsste. Zu Frau Dolomin sagt man nicht einfach nein. Es erübrigt sich wohl zu erwähnen, dass sie Psychologie studierte.

30

Die Hinhaltetaktik war meine einzige Möglichkeit. Ich konnte an dieses Wesen nur herankommen, wenn ich es nicht an mich heranließ. Das war so ähnlich wie bei Autohändler Lindemann. Du kannst das Geld nur kriegen, wenn du so tust, als ob du es nicht willst. Der kleine, aber feine Unterschied: Wenn du das Geld in der Tasche und den besoffenen Sack nach oben gebracht hast, gehört die verdammte Knete dir, und du kannst damit machen, was du willst. Wenn du Franceska irgendwie in dein Leben bekommen hast, dann machte sie mit dir, was sie wollte. Sie war in der Lage, deinen gesamten Verstand zu deaktivieren, und ließ dich nach ihrer Pfeife tanzen. Und weil der Verstand ausgeschaltet war, merktest du nicht mal, dass sie dich gerade abrichtete, dich zu einem willenlosen Werkzeug ihrer Bedürfnisse machte.

Aber soweit sind wir noch nicht. Denn zunächst einmal musste ich eine Fassade aufbauen. Franceska war nämlich definitiv nicht die Sorte Frau, die einen Alkohol und Drogen missbrauchenden Taxifahrer heiraten würde. Ja, heiraten. Genau das war mein Plan. Ich hatte den unwiderstehlichen Wunsch, diese Frau in den Hafen der Ehe zu führen. Als Kompensation meines verpfuschten Lebens. Sonst absolut nichts auf die Reihe gekriegt, dafür eine Göttin geheiratet … Das klang doch irgendwie toll.

Es blieb mir also gar nichts anderes übrig, als meinen Alkohol- und Drogenkonsum einzuschränken, Scheine zu machen, um ihr vorzuspielen, dass ich ein beflissener Wirtschaftsstudent wäre – und natürlich Unternehmersohn. Das stimmte ja.

Ihr verzogener Etagenpisser spielte mir dabei in die Hand. Das blöde Vieh konnte nämlich abends nicht alleine gelassen werden, weil es sonst die gesamte Wohnung zerrockte. Der blöde Köter kam schon gar nicht mit einer fremden Umgebung klar. Also schied meine Bude für gemeinsame Abende von vornherein aus. Das war auch besser so. Denn ich *wohnte* immer noch in einer Absteige, die nicht mal Obdachlose als adäquate Behausung akzeptieren würden.

Auf der anderen Seite musste ich aber weiter Taxi fahren, denn Franceskas Lebensstil war – trotz Sozialhilfe – mit dem Anspruch der Upperclass verhaftet. Also jetzt nicht unbedingt so, dass sie ständig neue Schuhe oder teuren Schmuck oder in exquisite Restaurants (jedenfalls nicht ständig) ausgeführt werden wollte. Nein, das widersprach ja ihrer gespielt sozialistischen Haltung. Aber sie war eine Anhängerin der nicht minder kostspieligen, wie sie es nannte: Hochkultur. Ich musste also regelmäßig mit ihr ins Theater, ins symphonische Konzert oder in die Oper gehen. Und es war natürlich selbstverständlich, dass der Herr die Dame dahin einlud.

Eben noch hatte ich ein herrliches Leben im Vollrausch mit einem einfachen Job, der mir genügend einbrachte, um mein versautes Leben zu zelebrieren. Und plötzlich war ich im nicht mehr endenden Dauerstress zwischen Studieren, Hofieren und irgendwie Geld-Ranschaffen, damit Madam zufrieden gestellt wird. Letzteres war übrigens ein Ding der Unmöglichkeit. Der Mensch, der in der Lage war, es Franceska recht zu machen, war definitiv noch nicht geboren oder einfach nicht von dieser Welt.

Drei Monate später hatte sie es geschafft, mein Leben komplett umzukrempeln. Und dabei hatten wir noch nicht ein einziges Mal gefickt.

Es war ein lauer Frühlingsabend. Ich hatte mir vorgenommen, meine ablehnende Haltung aufzugeben und es ihr genau heute Nacht zu besorgen. Wir waren im Theater. Genauer gesagt im Schauspielhaus. Kleists

»Der zerbrochene Krug«. Ein Klassiker, so piefig wie ein Hausfrauenkittel aus den 50ern. Aber Hochkultur. Wer könnte da schon was gegen sagen. Der dicke Typ, der den Richter mimte, stopfte sich vor dem Sprechen immer große Brocken Graubrot in den Mund. Und weil Madam ja in exklusive Verhältnisse hineingeboren wurde, mussten wir selbstredend in der ersten Reihe sitzen. Na, klasse. Da brüllt einer mit Graubrot in der Hackfresse rum, und ich hab keinen Regenschirm dabei. Hochkultur eben!

Nach dem Stück war ihr einziger Kommentar: »Herr Meyer, Sie haben da Schmutz auf dem Hemd.«

Ja, wie wohl auch anders, wenn da ein Brot spuckender Schreihals auf der Bühne Kleist rezitiert.

»Sie haben Recht, Franceska. So können wir keinesfalls ins Restaurant gehen. Undenkbar! Was hielten Sie davon, wenn ich Sie nach Hause begleitete?«

»Das wird nicht gehen.«

»Warum sollte das nicht gehen?«

»Sagen Sie nicht ›warum‹, Herr Meyer. Im Wort ›warum‹ liegt immer ein Vorwurf.« Jetzt ließ sie mal wieder die Psychologin raushängen. »Und ich denke, dass Sie nicht in der Position sind, mir Vorwürfe zu machen.«

Das wäre wohl die Situation gewesen, wo jeder normal denkende Mensch schnellstmöglich Reißaus genommen hätte. Die Else hatte ordentlich einen an der Waffel! Kein Zweifel. Mir hingegen kam nicht der geringste Zweifel daran, dass es sich hierbei um eine hoch eloquente Konversation auf Weltniveau handelte.

»Gut, dann anders. Weshalb geht das nicht?«

»Weil Elias bei mir zu Hause wartet.«

Bäng. Der hatte gesessen.

»Elias? Wer zur Hölle ist Elias?«

»Mein Hundesitter. Er passt auf Isolde auf.«

Sie hatte einen Hundesitter.

»Und wo ist da jetzt das Problem? Wir gehen zu Ihnen, schicken den Hundesitter nach Hause und machen uns einen reizenden Abend.«

»Das geht nicht!«

»Warum in aller ... äh, wieso bitteschön geht das nicht?«

»Elias schläft heute Nacht bei mir.«

Bäng. Auch der hatte gesessen.

»Warum zur Hölle ... äh, wieso, meine Liebe, schläft der heute Nacht bei Ihnen?«

»Weil er auf der anderen Seite der Weser in einer Parzelle wohnt. Da kann ich es ihm ja nicht zumuten, so spät noch zurückzufahren.«

War das jetzt weibliche Logik, oder steckte noch etwas anderes dahinter? Die Parzellen auf der anderen Seite der Weser waren mit dem Fahrrad in zehn Minuten und zu Fuß in einer Stunde zu erreichen. Es regnete nicht. Und selbst wenn. Das kannte der Bremer doch. Hier regnete es schließlich immer. Da *musste* was anderes dahinterstecken!

»Was genau meinen Sie mit ›Er schläft heute Nacht *bei* mir‹? Er schläft *bei* Ihnen, oder geht es hier Scheiße noch mal um *Beischlaf*? Hä? Willst du mich jetzt verarschen oder was?«

Und so erfuhr ich von meinem ersten Nebenbuhler. Ein esoterisch angehauchter Vollspacko, der regelmäßig auf ihre Töle aufpasste, wenn Madam der Hochkultur frönte. Ich zahlte die Tickets, führte sie ins Theater, lud sie meist noch zu einem Essen und gutem Wein ein, und dann ging sie nach Hause und vögelte Elias. Und was machte ich Vollidiot? Anstatt ihr eins in die Fresse zu hauen, damit die Sache ein für alle Mal vorbei war – Scheiße noch mal, sie hatte ja noch gar nicht angefangen –, drehte ich auf dem Absatz um und ging direkt zu ihrer Wohnung, um Elias mal zu erklären, was ist und was nicht ist. Zwar waren es nur fünf Minuten bis zu Franceskas Wohnung, aber weil Frau Dolomin niemals in ihrem Leben außerhalb eines Fitness-Studios laufen würde, konnte ich drei Minuten Vorsprung rausholen, bis sie ankam. Ich hatte Elias also satte drei Minuten für mich alleine.

Ich klingelte an der Tür, meine Halsschlagader war dick wie mein Unterarm. Das Herz raste, der Adrenalingehalt im Blut lag bei gefühlten drei Promille. Und dann öffnete ein 1,90 Meter großer, durchtrainierter Esospacken die Haustür.

»Na, Herr Elias ...« Ich hatte Herr Elias gesagt. »Du bist also der Hundesitter, der meine Zukünftige vögelt.«

Elias schien verwirrt. Er konnte mich so gar nicht einsortieren. Wie auch? Franceska hatte mich ihm gegenüber genauso wenig erwähnt wie ihn mir gegenüber.

»Bitte was?«, stammelte er.

»Ich wollte mich nur mal kurz erkundigen, ob du der Hundesitter bist, der meine Zukünftige vögelt. Spreche ich so undeutlich? Oder bist du einfach intellektuell nicht in der Lage, einen so einfachen Sachverhalt zu erfassen und darauf eine Antwort zu formulieren?«

Hah, der war gut. Die Kinnlade klappte ihm runter. Er wusste nicht, was er sagen sollte.

»Äh ... Ich kenn dich doch gar nicht«, brachte er schließlich hervor.

»Soweit ich mich erinnern kann, habe ich dich nicht gefragt, ob du mich kennst, sondern ob du meine Zukünftige vögelst. Die Antwort ›Ich kenn dich doch gar nicht‹ ergibt im Zusammenhang mit der von mir gestellten Frage also nicht den geringsten Sinn. Bist du sicher, dass du unsere Sprache verstehst?«

Elias quittierte dies sowohl mit einem dümmlichen Gesicht als auch Schweigen. Franceska enterte die Szene, sie wirkte deutlich souveräner als der völlig überforderte Elias.

»Franceska«, sagte er mit leiser und von Verwirrung geprägter Stimme, »Was ist hier überhaupt los?«

»Wow. Es spricht«, fuhr ich barsch dazwischen. »Die Frage ist im Übrigen völlig angebracht. Vielleicht hätte Frau Dolomin die Güte, uns einfach mal zu erklären, was hier los ist?«

Franceska zog Elias in die Wohnung und die Tür hinter sich zu. Drei Minuten später ging die Tür wieder auf. Elias trottete hindurch, sah aus, als ob ihm gerade erzählt wurde, dass Oma tot sei, und sagte knapp: »Ich geh dann mal.«

»Jepp. Gute Idee. Und komm bloß nicht wieder.«

Und genau das tat er dann auch nie wieder.

Ich ging in Franceskas Wohnung. Isolde vollführte noch immer einen Begrüßungstanz, der zum Ausdruck brachte, dass Franceska mindestens ein halbes Jahr weg gewesen sein musste. Hunde eben. Blöd wie Brot. Sie sah mich vorwurfsvoll an.

»Herr Meyer, das war kein gutes Benehmen.«

»Kein gutes Benehmen? Du vögelst hier – offensichtlich regelmäßig – einen anderen Typen, während du mir eindeutig Hoffnungen machst. Und ich kann mich nicht benehmen?«

»Herr Meyer, bitte benutzen Sie nicht solche Worte.«

»Worte? Was für Worte hab ich denn benutzt?«

»Sie haben ›vögeln‹ gesagt.«

»Jepp. Und genau dieses Wort benutze ich jetzt gleich noch mal. Nämlich eingebaut in die schöne Frage: Wie viele vögelst du eigentlich sonst noch so neben mir?«

»Da gibt es noch Sven«, sagte sie selbstbewusst.

Sven! Das musste man sich mal vorstellen. Einer ihrer Kommilitonen. Ein Versager vor dem Herrn, der ständig irgendwelche Ideen ausbrütete, wie er ans große Geld kommen könnte. Die Pläne waren immer ungefähr so ausgereift wie die eines Pubertierenden von elf Jahren, hatten grundsätzlich kein Marktpotenzial und wurden von ihm mit großer Begeisterung in die Rubrik »genial« eingestuft. Er war ein untersetzter Glatzkopf mit einem Paar Schneidezähne, die Johnny Stewarts bestem Freund Harvey zur Ehre gereicht hätten.

»Wissen Sie was, Frau Dolomin? Dann vögeln Sie doch einfach mit diesen Herren. Sie scheinen mir da gut versorgt. Ich geh dann mal!«

»Aber, Herr Meyer. Bleiben Sie doch hier.«

»Weil der Stecher für heute Abend gegangen ist? Nein, Danke! Kein Bedarf.«

Am nächsten Morgen rief sie um neun Uhr an und bat mich um ein Treffen. Ich Idiot ging hin.

Michael

Ein steter Quell der Freude für einen jeden Droschken-kutscher ist und bleibt der Bremer Freimarkt. Denn das größte Volksfest Norddeutschlands wird in unserer kleinen, beschaulichen Hansestadt nicht nur auf der Bürgerweide hinter dem Bahnhof, sondern zu späterer Stunde in der gesamten Stadt zelebriert. Die Kneipen hängen neckische Luftschlangen, Ballons und Lebkuchenherzen in die Fenster. Die Bremer und Butenbremer ballern sich da dann ordentlich die Rübe dicht.

Anders als zum Beispiel auf dem Münchner Oktoberfest ist der Freimarkt als solcher nicht in erster Linie ein organisiertes Besäufnis, sondern dient eher dem Ausprobieren von Karussells, Los- und Schießbuden. Ein Bierchen in Ehren kann zwar auch dort keiner verwehren (wobei Glühwein ob der bremisch unterirdischen Temperaturen adäquater ist), aber der finale Rausch wird in der guten deutschen Fachgastronomie realisiert. Praktischerweise setzt die Bremer Verwaltung für alle Kneipen während des Freimarkts die Sperrstunde außer Kraft. So werden die Kasuffkes über die ganze Nacht verteilt, und sie können stundenlang in aller Ruhe abtransportiert werden.

Ein besonders profitabler Laden ist der »Schwarze Hermann«, direkt neben der Festwiese, die in Bremen Bürgerweide genannt wird. Ob seiner Nähe zum Volksfest ist der Laden dann immer gerammelt voll. Und eben dort darf ich meine Fahrgäste einsammeln. Das erweist sich zunächst als schwierig. In dem allgemeinen Gewimmel werden ständig Taxen bestellt. Manchmal versuchen die angeheiterten Feierer, das Auto zu okkupieren, obwohl sie es gar nicht bestellt haben. Andere hingegen waren doch eben noch irgendwie da und sind ganz plötzlich verschwunden. Auch die Nachfrage bei einer der fünf Tresenkräfte bringt nur selten Klarheit in die Angelegenheit. Das macht aber gar nichts. In dem Falle warte ich einfach im Auto vor der Tür. Früher oder später kommt da sowieso jemand raus und will nach Hause oder in eine der Heimat näher gelegenen Saufgelegenheit gefahren werden.

Keine zwei Minuten, nachdem ich angetreten bin, kommt eine halbattraktive Blondine mit langen Beinen und mächtigen Hupen auf mich zu. Sie bedeutet mir, die Scheibe runterzukurbeln.

»Ich muss nur noch mal eben schnell bezahlen. Wir kommen dann gleich. Kannst die Uhr ruhig schon anmachen.«

Jau, können könnt ich zwar, nur dürfen darf ich nicht, weil »der Fette« uns strengstens untersagt hat, die Uhr anzumachen, bevor die Tour startet. Das ist Teil seiner Marketingstrategie. Nach dem Beförderungsgesetzt hätten wir den Wecker beim Verlassen des Autos anmachen müssen, bevor wir in die Kneipe gehen oder an einer Tür klingeln. Aber das macht sich nicht so gut, wenn nach zehn Minuten Wartezeit schon knapp zehn Mark auf der Uhr sind. Also warte ich geduldig. Wird schon nicht so lange dauern. Die Gute war ja ziemlich nüchtern und schien auch echtes Interesse daran zu haben, baldmöglichst nach Hause zu kommen.

Und siehe da. Keine zwei Minuten später kommt sie mit einem etwa einen Kopf kleineren Hänfling am Arm in Richtung Taxi getaumelt. Das Taumeln besorgt er. Die Dummheit schielt ihm im Doppelpack aus seinen verdrehten Augen. Seine Haare sind so dünn, dass sie schon damals, als es noch viel mehr waren, seine Kopfhaut nur spärlich bedeckt haben dürften. Dafür versucht er, sich als Ausgleich einen Schnurrbart zu züchten, den erwachsene Männer einen Flaum nennen würden. Sieben Stoppelchen in drei Reihen. Zu mehr reicht's halt nicht, wenn die Hormone nicht so richtig mitspielen.

200

Unter der spärlichen Haarleiste befindet sich der sabbrige Mund, gefolgt von einem fliehenden Kinn und – darunter – einer rosafarbenen Lederkrawatte. Der Typ ist offensichtlich noch nicht in den 90ern angekommen. Dabei haben wir bereits 1997. Es handelt sich bei dieser Krawatte um eines dieser dünnen Dinger, die schon, als sie modern waren, ziemlich scheiße aussahen und signalisieren, dass ihr Träger vergeblich versucht, sich modisch bewusst zu kleiden. Und dieser Versuch zieht sich bei dem abgefüllten Würstchen in aller Konsequenz bis unten durch. Hellblaues Buttondown-Hemd mit aufgedruckten Manschettenknöpfen. Weiße (!) Anzughose, garniert mit allerlei bunten Applikationen, die ihr Erfinder so nicht vorgesehen hat. Sie sind vielmehr Ausdruck seiner motorischen Unfähigkeit und setzen sich vermutlich aus Senf, Ketchup, rotem Genever und Bier zusammen. Ich weiß es nicht. Und fragen möchte man ja nicht.

Das i-Tüpfelchen setzen aber die schwarzen College-Schuhe. Solche mit Lederbommeln oben drauf. Darin stecken Füße, die so klein sind, dass japanische Geishas vor Neid erblassten. Erwachsene Männer gerieten mit solchen Füßchen wohl auch nüchtern leicht ins Taumeln. Aber das Würstchen hat ja zum Glück die stämmige Blonde dabei. Das ist nicht nur für ihn, sondern vor allem für mich ein Glück, denn ich habe nicht die geringste Lust, diesen Zwerg anzuschnallen und dabei in Kontakt mit Hemd oder Hose zu geraten. Beide sind jenseits jeglicher Grenzwerte mit Supp kontaminiert.

Die Blonde öffnet die Tür hinten rechts. Gekonnt balanciert sie das Männchen mit nur einer Hand am Unterarm. Das sieht nach Übung aus. Hat sie wohl schon öfter gemacht. Sie dreht ihn zur Seite, lässt ihn mit dem Popöchen auf die Sitzbank fallen, dreht die Beinchen hinterher und verzichtet darauf, ihn anzuschnallen. Das ist auch besser so. Ich habe keinen Kindersitz dabei. Dann läuft sie ums Taxi rum und bedeutet mir wieder, ich möge die Scheibe runterkurbeln.

»Ähm … Ich muss noch mal eben schnell rein und bezahlen. Ich hab den erst mal rausgeholt. Der bestellt sonst immer neue Runden, während ich bezahle, und so wird das nie was. Bin gleich wieder da.«

Es scheint sich bei ihr offensichtlich um eine patente Person mit Blick für die Realität zu handeln. Der Kerl hinten im Fond hingegen ist mit der Realität ungefähr so vertraut wie ein brasilianischer Ureinwohner mit einem Waschmaschinenprogramm für Synthetik. Anders ist es nämlich nicht zu erklären, dass dieser Hänfling, kaum dass die Blonde verschwunden ist, mit einer Schimpftirade beginnt, mit der sich deutlich stattlichere Männer schon ein paar ordentliche Schellen verdienen. Bemerkenswert hingegen ist, dass er es tatsächlich schafft, während dieses andauernden Vortrags mit genau drei Wörtern auszukommen. Es sind die Worte »du«, »bis« (zur Verdeutlichung sei erwähnt, dass er damit »bist« meint) und »Arschloch«. Göttlicher Minimalismus. Ein guter Pöbler braucht nicht mehr. Und das läuft so ab: Er öffnet seinen beflaumten Sabbermund und fängt mit einer bemitleidenswert fisteligen Stimme an zu schimpfen:

»Du Arschloch du, du Arschloch … Arschloch bis du, du Arschloch, du Arschloch, du Arschloch du, bis du. Arschloch. Du Arschloch, du du du Arsch … du Arsch …«

Kurze Pause für den Schluckauf.

»… Loch. Loch … Arsch du Loch bis du. Du Arschloch.«

Und so weiter und so fort. Geschlagene fünf Minuten. Ohne Pause. Meine pazifistische Grundhaltung verbietet es mir, ihm eine zu semmeln. Verdient hätte er es allemal. Und der Aufforderung, sofort auszusteigen, würde er sowieso nicht nachkommen. Das sagt mir meine Erfahrung. Das soll mal schön die Blonde erledigen. Ich fass den Zwerg nicht an.

Als die Blonde schnellen Schrittes aus dem »Schwarzen Hermann« gelaufen kommt, erkennt sie schon aus der Entfernung das ganze Ausmaß des Unheils. Sie reißt die Tür auf und herrscht den Zwerg an: »Du gibst jetzt sofort Ruhe. Sonst kannst du sehen, wie du nach Hause kommst.«

Hätte ich nicht besser formulieren können. Er schweigt sofort. Wow, sie hat Macht über ihn. Nur nützen wird ihm das jetzt nichts mehr.

»Sorry, Lady, aber den können Sie gleich wieder mitnehmen. Den fahr ich nicht.«

Sie blickt flehend.

»Tu mir das nicht an. Bitte! Das ist jetzt schon das vierte Taxi. Ich hab mich so gefreut, dass da endlich mal 'n junger Typ drinsitzt. Die anderen wollten den einfach nicht fahren ...«

»Was ja wohl auch kein Wunder ist. Wer keine Manieren hat, muss halt nach Hause laufen. Und der da, unser kleiner ›Herr Arschloch‹, hat nicht nur keine Manieren, sondern ist, um es mal vorsichtig auszudrücken, unverschämt und schwer gefährdet, sich einen körperlichen Verweis einzufangen.«

»Aber wir können nicht nach Hause laufen. Wir müssen doch nach Okel.«

Okel! Ein Zauberwort. Oder anders ausgedrückt eine 60-Mark-Tour. Das ändert den Sachverhalt natürlich schlagartig. Die paar Arschlöcher, das kann doch mal passieren. Das ist ihm nur so rausgerutscht. Er hat ja nicht meine Mutter beleidigt oder andere schlimme Sachen gemacht. Er ist doch einfach nur ein kleiner harmloser Spacken, der ein paar Bierchen zu viel hatte. Okel macht die Sünde lässlich.

»Sie sind sicher, dass Sie den im Griff haben? Ich will hier keinen Aufstand während der Fahrt.«

»Nein, ehrlich, ich pass auf den auf. Ganz ehrlich, versprochen.« Und dann zum Hänfling gewandt: »Du hältst die Schnauze, dass das mal klar ist. Ich hab hier keinen Bock auf deine Scheiße. Ich versprech dir: Wenn du dich nicht benimmst, dann schmeiß ich dich persönlich aus dem Auto. Von mir aus auch mitten in der Walachei!«

Okay, sie hat ihn im Griff. Der Zwerg schweigt. Er sieht jetzt sogar ein bisschen bemitleidenswert aus. Wie ein Vierjähriger, der Schimpfe von seiner Mutti gekriegt hat. Erschreckend, was der Alkohol aus den Menschen macht.

Die Blonde wirft dem Kleinen noch einen giftigen Blick zu und steigt dann vorne ein. Verständlich. Wer möchte schon neben so einem sitzen, selbst wenn es sich dabei um den freiwillig ausgewählten Angetrauten handelt. Allerdings erweist sich das schon kurze Zeit später als taktischer Fehler. Sie hat ihn ja auf der Beifahrerseite einsteigen lassen. Also sitzt er hinter ihr. Und kaum fahre ich los, hängt er seinen sabbernden Kopf über die Sitzlehne, greift mit seinen kurzen Ärmchen rechts und links an der Kopfstütze vorbei und packt ihr erst mal ordentlich an die Titten.

Sie lässt ihn gewähren. Das weiche Fleisch beruhigt ihn. Neben der Dummheit ist ein Funke Seligkeit in seinen Augen zu erkennen. Ach, Männer. Was sind sie doch herrlich simpel. Gib ihnen ein paar dicke Dinger in die Hand, und schon wird die Welt viel schöner. Und dann schläft der Zwerg ein.

Die Blonde erzählt mir unterwegs von ihrer 14-jährigen Tochter, wie kompliziert das jetzt alles während der Pubertät sei und wie schnell Kinder doch groß würden.

Die beiden Patschehändchen auf ihren Glocken scheint sie gar nicht zu bemerken. Hauptsache, das dazugehörige Mundwerk hält mal 'ne Viertelstunde dicht. Liebe muss schön sein!

Weiter geht's mit der Lebensgeschichte. Der Hund sei gestorben, und selbst auf dem Land müsse man so ein Tier jetzt für teuer Geld zur Tierkörperbeseitigungsanlage bringen, obwohl man die ja früher einfach hinterm Haus eingegraben und noch früher an die Schweine verfüttert habe. Ja, hat sie echt gesagt. Tote Hunde an die Schweine verfüttert. Auf so 'ne Idee muss man erst mal kommen. Wäre auch eine Eins-a-Lösung für Isolde.

Und ohnehin, führt die Blonde aus, wäre das gesamte Leben ja so teuer geworden und sie als Alleinerziehende mit Kind …

Moment mal. Wieso alleinerziehend? Die sitzt da doch mit einem Typen, der ihre Titten im schlaffen Griff hat, und fährt mit ihm im Taxi in die gleiche Richtung.

»Das da ist also gar nicht ihr Mann?«, frage ich mit ehrlicher Neugier.

»Der da? Nee. Das ist mein Chef. Sowas nimmt man doch nicht mal geschenkt.«

Wo sie Recht hat, hat sie Recht. Das muss allerdings eine seltsame Firma sein, in der sie da arbeitet.

»Wenn ich mal höflich fragen dürfte: Was arbeiten Sie denn so?«

»Wir sind in der Reisebranche.«

»Reisebranche. Was genau kann ich mir darunter vorstellen?«

»Wir organisieren Bus-Touren für ältere Menschen. So am Wochenende. Mit Kaffee und Kuchen. Damit die einfach mal rauskommen.«

»Ach, *die* Reisebranche meinen Sie. Und ich nehme mal so an, dass Sie in Ihrer Firma auch großes Interesse an der Gesundheit der alten Menschen haben und Ihnen dann aus lauter Barmherzigkeit heizbare Rheumadecken verkaufen.«

»Das kann man so sagen, ja. Wir verkaufen antiallergene Latex-Matratzen.«

»Zum Schnäppchenpreis nehme ich mal an. Weil das Leben insgesamt ja so teuer geworden ist. Und da möchte man die alten Leute ja nach Leibeskräften unterstützen.«

Bremen ist die Hochburg dieser Reisebranche. Den Rentnern werden die nachmittäglichen Ausflüge als sogenannte Kaffeefahrten verkauft. Wobei »verkauft« nicht das richtige Wort ist, denn die Rentner müssen weder für die Busfahrt noch für Kaffee und Kuchen bezahlen. Und »umsonst« klingt ziemlich billig. Das eigentliche Geschäft wickeln die sogenannten Eierverkäufer dann in entlegenen Landgasthöfen ab. Die sind immer so positioniert, dass garantiert kein öffentliches Verkehrsmittel zu Fuß zu erreichen ist, und natürlich gibt es auch nirgends in der Nähe irgendeinen Ort, der ein Alternativprogramm böte. Schließlich sollen die potenziellen Opfer sich nicht irgendwo da draußen vergnügen, sondern drinnen brav ihr Erspartes für völlig überteuerten Ramsch abliefern. Im Allgemeinen handelt es sich dabei um Heizdecken, Rheumadecken, Gesundheitskissen oder eben antiallergene Matratzen. Es können aber auch Töpfe und Pfannen oder – noch besser – Messer sein, die niemals stumpf werden. Niemals! Noch perfider sind die Eierverkäufer, die den Rentnern Reisen verkaufen. Da kann man zum Beispiel für 69 Mark für vier Tage nach Prag fahren, inklusive Unterkunft und Verpflegung. Die Unterkunft – wie sollte es auch anders sein – liegt dann natürlich nicht in Prag, sondern in einem etwa 30 Kilometer entfernten Landhotel ohne Anschluss an öffentliche Verkehrsmittel. Aber scheiß auf Prag! Schließlich bekommen die Rentner dort ein viertägiges Animationsprogramm gut gelaunter Eierverkäufer, die die alten Leute schwindelig reden. Nach vier Tagen Gehirnwäsche kauft so ein Geriatrie-Kandidat dann alles. Auch Matratzen für 3.800 Mark das Stück. Sind schließlich antiallergen.

»Ich hab einfach nichts anderes gefunden. Ist eben alles nicht so einfach, alleinerziehend, Anfang 40. Wer stellt einen denn da noch ein?«

»Und die Rentner lassen sich von dem Spacko dahinten mit *der* Fistelstimme übers Ohr hauen? Der sieht doch ungefähr so vertrauenerweckend aus wie ein libanesischer Gebrauchtwagenhändler.«

»Nee. Der kann das richtig gut. Also, wenn er will, dann kann der richtig charmant sein. Nur wenn er trinkt halt nicht. Und das macht er leider sehr oft.«

Rentner bescheißen macht eben unglücklich. Und all das Unglück, das man in vermeintlich eigenes Glück umwandelt, will dann anständig mit Alkohol versorgt werden. Wie wäre das auch anders zu ertragen?

Und deshalb kann man wohl davon ausgehen, dass ihre Brüste schon öfter Besuch von seinen Griffeln bekommen haben. Aber wenn man schon soweit gesunken ist, Rentner übers Ohr zu hauen, spielt das bisschen Angrabschen wohl auch keine Rolle mehr. Ich weiß es nicht. Und fragen möchte man da ja nun wirklich nicht.

In Okel angekommen, wartet die nächste Überraschung auf mich. Schwungvoll steigt die Blonde aus dem Auto, lächelt triumphierend und eröffnet mir: »So, der muss jetzt weiter nach Ganderkesee.«

»Bitte was? Ich soll die Schnapsdrossel da alleine nach Hause fahren? Der kotzt mir hier die Karre voll. Den nehmen Sie jetzt mal schön mit.«

»Nein, bitte. Bitte fahren Sie den nach Hause. Ich kann den hier echt nicht gebrauchen. Wenn meine Tochter den sieht. Bitte, bitte fahren Sie den nach Hause.«

Zugegeben. Es wäre der Tatbestand der unterlassenen Hilfeleistung, wenn ich dieses Ferkel jetzt auf seine Angestellte und ihre Tochter losließe. Andererseits riecht der Kerl nach einer Menge Ärger. Schließlich hab ich keine Brüste, die ihn tranquilisieren könnten.

»Hat der überhaupt Geld?«

»Keine Sorge. Der hat Geld wie Heu. Das ist überhaupt kein Problem. Ich geh dann mal.«

In dem Moment wird der Kleine wach.

»Was willsu, du Arschloch? Ob ich Geld hab, du Arschloch, klar hab ich Geld.«

Er grabscht in seine Hemdtasche und holt zum Beweis einen Fünfziger raus.

»Dassja wohl Geld, hä? Du Arschloch, du … du … du Loch.«

Na, klasse. Jetzt geht das schon wieder los. Also dann mal Richtung Ganderkesee. Das Brummen des Motors hat eine beruhigende Wirkung. Sein Kinn sackt zurück auf die Rückenlehne des Vordersitzes. Seine Arme umgreifen die Kopfstütze und scheinen trotz eindeutiger Tittenlosigkeit des Kunstlederbezugs dort den richtigen Platz gefunden zu haben. Er schläft wieder ein. Der beste Zustand, den ich momentan von ihm erwarten kann. Und dann lässt er, schwups, den Fünfziger auf den Sitz fallen. Den werde ich dann mal unter Trinkgeld verbuchen.

In angenehmer Stille fahre ich rüber nach Ganderkesee. Direkt hinter dem Ortsschild – es sind gut 100 Mark auf dem Wecker – bleibt mir nichts anderes übrig, als den Hänfling zu wecken. Ich muss ja schließlich wissen, wo der wohnt. Also rüttele ich kräftig an ihm. Aber kurz vor der Abfahrt muss er sich wohl noch etliche Kurze in den Kopf geknallt haben. Er ist nah dran an einer Alkoholvergiftung. Einfach noch mal 'n bisschen kräftiger rütteln.

»Hallo! Wo wohnen Sie?«, brülle ich ihn an.

Er wird kurz wach, verdreht die Augen und lallt irgendwas, das mit viel Interpretation »Steindamm« heißen könnte.

»So, Kleiner«, brülle ich ihn an. »Du zahlst jetzt erst mal. Denn wenn ich dich bei den Bullen abliefern muss, hätte ich gerne vorher mein Geld.«

Geld. Sein Signalwort. Klasse. Er reagiert auf Geld, das ist seine pawlowsche Glocke. Er zückt sein Portemonnaie und drückt mir 110 Mark in die Hand.

»Stimm' ssooo.«

»Gut, dann versuch ich mal, den Steindamm zu finden.«

Kann ja nicht so schwer sein. So groß ist Ganderkesee ja nicht. Also fahr ich zwei-, dreimal die kleine Hauptstraße rauf und runter. Von einem Steindamm ist nichts zu sehen. Und den Zwerg kann ich nicht fragen. Der ist wieder eingeschlafen. Andererseits weiß ich ja, wie man den wach kriegt. Und inzwischen sind 120 Mark auf der Uhr.

»Hallo. Aufwachen. Ich hätte gerne mein Geld.«

Es klappt. Er wacht wieder auf und zückt sein Geld. Und er zahlt anstandslos 120 Mark. Das sieht interessant aus. Wie oft ich dieses Spielchen mit ihm wohl treiben kann? Und noch besser: Der Typ ist Heizdecken-Verkäufer, der bescheißt Rentner. Da hätte man nicht mal ein schlechtes Gewissen, wenn man eines hätte.

Also noch mal rauf und runter fahren. 130 Mark auf dem Wecker. Aufwecken und kassieren.

»Hallo. Aufwachen … Ich hätte gerne mein Geheeld!«

Großartig. Klappt immer noch. Der Vollidiot zahlt zum dritten Mal. Jetzt wird die Sache aber allmählich gefährlich. So blöd kann doch kein Mensch sein! Und irgendwie muss ich den ja loswerden. Da war doch eben irgendwo eine Polizeiwache. Vielleicht könnten die mir ja sagen, wo dieser verflixte Steindamm ist.

In der Wache ist zwar Licht. Aber es macht keiner auf. Auch nicht, als ich klingele. Aber direkt nebenan ist ein kleines Bistro, das zum Glück noch geöffnet ist. Davor steht ein Taxi. Das passt doch.

Im Bistro sitzt ein einziger Gast am Tresen und trinkt einen Kaffee. Vor ihm ein großes schwarzes Taxi-Portemonnaie.

»Entschuldigung, Kollege. Kannst du mir mal verraten, wo der Steindamm ist? Ich hab da so 'nen Pflegefall im Wagen und würde den gern mal abliefern.«

Der Kollege dreht sich zu mir um, ein großer bulliger Typ mit schwarzem Vollbart.

»Steindamm? Steindamm gibt's hier nicht. Was haste denn da für einen? Wart mal, ich komm mit raus.«

Der Kollege zahlt und begleitet mich zu meinem Taxi. Das, was er da über den Sitz hängen sieht, scheint er zu kennen.

»Ach, Michael. Der wohnt gar nicht hier im Dorf. Der hat da außerhalb so 'ne Villa. Ich fahr einfach mal vor. Kein Problem. Das zahlt der.«

»Der ist hier bekannt oder was?«

»Berüchtigt trifft's wohl eher.«

An Michaels Villa angekommen – es handelt sich bei seiner sogenannten Villa eher um einen überdimensionierten Rotstein-Bungalow, den ein Architekturstudent schon nach dem ersten Semester so hätte rausrotzen können –, habe ich 150 Mark auf der Uhr und der Kollege 30.

Gemeinsam ziehen wir Michael aus dem Wagen.

»Aufwachen, Michael«, brüllt der Kollege ihn an. »Gib mal Geld!«

Der kennt den Trick also auch. Zum vierten Mal zückt Michael seine Brieftasche und drückt mir einen Zweihunderter in die Hand. Seinen letzten. Sauber abgepasst. Ich gebe dem Kollegen 30 und Michael einen Zwanziger zurück, dann taumelt Michael in Richtung »Villa«. Als er außer Hörweite ist, fragt der Kollege mich irritiert: »Wieso hast du ihm denn den Zwanziger wiedergegeben?«

Doch das mochte ich ihm jetzt wirklich nicht erklären.

31

Das Treffen mit Franceska lief erwartungsgemäß. Also erwartungsgemäß für jemanden, der seinen Verstand nicht in die dicke Watte des Verliebtseins eingehüllt und dort für immer vergessen hatte. Jemand, der die Entwicklung von außen betrachtet hätte, wäre sofort zu dem Ergebnis gekommen, dass sich da gerade ein Vollidiot um den Finger wickeln ließ.

Ich ging also zu ihr, klingelte, sie öffnete und schaute mich mit ihren blauen Augen an.

»Ach, Herr Meyer. Was haben Sie sich gestern doch aufgeregt … In Fragen der Sexualität sind wir da im Sozialismus einfach schon ein bisschen weiter.«

Na, klasse. Wenn der Sozialismus sich dadurch auszeichnete, dass man drei Typen gleichzeitig auf der Nase rumtanzen konnte, ohne dass die davon etwas mitbekamen, dann war das schon eine seltsame Interpretation des Sozialismus und hatte mit dem Sozialismus, den ich mir so vorstellte, herzlich wenig zu tun.

»Ich bin dann wohl etwas konservativ«, erwiderte ich barsch.

Konservativ. Muss man sich mal vorstellen. Ich und konservativ. Ich war einen Scheiß von konservativ, hatte mich ständig gegen einen geraden Lebenslauf aufgelehnt, Frauen, Alkohol und Drogen konsumiert. Und ich behauptete jetzt von mir, konservativ zu sein. Wie bekam sie mich überhaupt in diese Ecke? Wie gelang es ihr, dass ich Dinge über mich selbst sagte, die ich anderen um die Ohren hauen würde, wenn sie diese über mich sagten?

»Werden Sie erst mal erwachsen, Herr Meyer. Und beruhigen Sie sich doch. Sie sind wirklich ganz entzückend, wenn Sie so böse gucken.«

»Ach ja, Frau Dolomin? Wie hatten Sie sich das denn so vorgestellt mit uns beiden?«

Da musste sie gar nicht drüber nachdenken. Sie wusste das von Anfang an: »Nun, ich dachte, Sie könnten mein Hausfreund sein ...«

Hausfreund! Das war also der chilenische Sozialismus. Während diese Upperclass-Kommunistin über die Umsetzung politischer Ziele in Chile philosophierte, hielt sie sich mal eben eine Reihe von Hausfreunden. Das machte man dann wohl so, wenn man quasi in die Regierung hineingeboren, dann aber aus dem Land geflogen und schließlich im Sozialstaat BRD gelandet war. Ungeachtet der eigenen Stufe auf der gesellschaftlichen Leiter im Exil, zelebrierte sie innerlich ein Herrenmenschendasein erster Kajüte. Streng nach Orwells Motto, dass im Sozialismus zwar alle gleich seien, manche aber gleicher als andere. Und Franceska war mit ziemlicher Sicherheit noch etwas gleicher als der Rest der gewöhnlichen Sterblichen.

»Hausfreund kannste vergessen. Steh ich nicht für zur Verfügung. Du hast die Wahl zwischen ganz oder gar nicht. Meine einseitig entwickelte sozialistische Haltung ist leider noch nicht so weit gediehen, dass ich für dich das Fickmännchen spiele!«

»Herr Meyer, jetzt seien Sie doch nicht so gewöhnlich. Ich habe Sie doch auch ein bisschen gern.«

Wieso reichte dieser lieblos dahingeworfene Brocken aus, um so etwas wie Hoffnung in mir aufkeimen zu lassen? Wieso glaubte ich, diese gefühlskalte Hexe würde sich jemals wirklich auf mich einlassen? Was in aller Welt machte mich glauben, ich hätte gerade einen riesigen Schritt nach vorne gemacht und wäre kurz davor, diese Frau im Sturm zu erobern? Ich weiß es nicht. Und die entsprechende Frage fiel mir auch gar nicht ein. Denn alle Signale, die ein stiller Beobachter sofort wolkenkratzergroß vor Augen gehabt und richtig zu interpretieren gewusst hätte, suchten sich einfach keinen Weg in meine von hirnlosem Verlangen zugekleisterten Rezeptoren.

»Ich würde vorschlagen, verehrte Franceska, ich führe Sie heute Abend ins Theater, und Sie können sich bis dahin mal überlegen, ob Ihnen ein Mann in ihrem Leben ausreicht oder nicht. Ansonsten müssen Sie sich einfach jemand Genügsameren suchen.«

»Ich würde ja gerne mit Ihnen ins Theater gehen, Herr Meyer, aber leider haben Sie gestern meinen Hundesitter vergrault, und ich kann heute Abend nicht das Haus verlassen. Obwohl da ja dieses hochinteressante Stück von Elfriede Jelinek läuft.«

»Na, dann gehen Sie doch einfach alleine in das Stück von Frau Jelinek, und ich passe auf den Hund auf. Das müsste doch genau in Ihr Konzept passen.«

»Das würden Sie wirklich für mich machen, Herr Meyer?«

Sie klimperte mit ihren Augen, und ich war kurz davor, nicht nur meinen Verstand, sondern auch den kläglichen Rest meiner Würde zu verlieren. Andererseits bestand ja die Aussicht, dass sie heute Abend nach dem Theater endlich mit mir ins Bett steigen würde. Und die Aussicht klang deutlich besser, als einen Abend mit Frau Jelinek im Theater zu verbringen. Oder gab es irgendeinen normalen Menschen auf der Welt, der jemals ein Theaterstück dieser überinterpretierten Monsterintellektuellen verstanden hätte? Ich jedenfalls nicht, habe ich in der Oberstufe schon nicht begriffen. Und bei meinem Vorleben hatte ich inzwischen deutlich weniger Hirnzellen vorzuweisen als damals im Gymnasium.

»Aber gerne doch, verehrte Franceska. Wer möchte schon, dass Ihrem Hund oder Ihrer Wohnung was passiert? Ich komme dann heute Abend um sieben vorbei.«

»Und dann bitte bringen Sie die Karte mit, Herr Meyer.«

Wie jetzt? Die Karte? Sie erwartete also tatsächlich von mir, dass ich ihr die Karte kaufe? Ihr Blick drückte die größte Selbstverständlichkeit aus, die man sich überhaupt vorstellen konnte. Ihr kam das kein bisschen ungewöhnlich vor. Und mir wurde, wenn auch nur den Hauch einer Spur, irgendwo ganz hinten im Schädel klar, dass ich mich gerade in eine anstrengende Versorgerrolle hineinmanövrierte, aus der es so schnell kein Entkommen gab. Einstein sagte mal, dass es nur zwei Dinge gebe, die unendlich seien: das Universum und die menschliche Dummheit. Beim Universum war er sich übrigens nicht so sicher. Aber das stimmte so nicht ganz. Da gibt es nämlich noch ein drittes Ding, das unendlich sein konnte: die männliche Blindheit. Und mit der sollte ich die kommenden Jahre geschlagen bleiben.

32

Wer glaubt, dass Franceskas Promiskuität irgendwelche Auswirkungen auf ihre Qualität im Bett gehabt hätte, irrt sich gewaltig. Nur weil eine Frau sich drei Typen gleichzeitig hält, bedeutete das noch lange nicht, dass sie eine horizontale Granate sein musste. Für den Sex mit Franceska gab es nur ein einziges angemessenes Wort: unterirdisch.

Es gab genau zwei Stellungen: Sie oben oder ich oben. Das war's. Insgesamt schien sie Sex mehr als eine Entspannungsübung zu begreifen. Wobei es ihr Job war, sich zu entspannen, denn der Mann hatte für die Verhütung zu sorgen. Pille kam selbstverständlich nicht in Frage. Den weiblichen Körper unter gesundheitsschädliche Hormone zu setzen, das entsprach nicht ihrer Auffassung von Feminismus. Kondome hinderten sie aber auch in ihrer Entspannung. Der Akt – sie nannte es den Akt – hätte sonst so etwas Mechanisches. Und so blieb nur der Coitus interruptus, bei dem es meine Aufgabe war, vor dem Abspritzen rechtzeitig draußen zu sein – übrigens auch, wenn sie oben lag.

Mir schien die Aussicht darauf, sie zu schwängern, gar nicht so uninteressant. Irgendwie bildete ich mir ein, dass ich sie damit vielleicht näher an mich binden konnte. Aber *der* Kelch ging zum Glück an mir vorüber. Hätte mich gar nicht gewundert, wenn sie doch heimlich die Pille nahm, aber das konnte sie natürlich nicht zugeben, weil sie ja sonst ihr sozialistisches Gesicht oder besser gesagt ihre feministische Hexenfratze verloren hätte. All das wirkte auf mich eher katholisch als sozialistisch. Katholisch-sozialistischer Feminismus. Sollte man mal 'ne Doktorarbeit drüber schreiben.

Auch körperlich war das, was sie zu bieten hatte, alles andere als lecker. Natürlich lehnte sie es ab, sich auch nur irgendwo zu rasieren, auch nicht unter den Armen. Nun konnte man in Sachen Schamhaaren sicherlich geteilter Meinung sein. Ihre Meinung war, dass Feministinnen sowas nicht machen. Auch nicht in der Bikinizone, weil Frauen nicht die Aufgabe hätten, männliche Bedürfnisse durch Veränderung ihres Körpers zu bedienen. Okay, geschenkt. War mir auch nicht so wichtig. Aber die Haare um die Brustwarzen herum … Die hätten nun wirklich nicht sein müssen. Nun waren ihre Brüste auch sonst nicht das Nonplusultra. Für ihre Größe – kann man eigentlich für ihre Kleine sagen, das hätte es nämlich besser getroffen? – hingen sie bereits mit 30 ziemlich lappig vom dünnen Oberkörper. Ihr Arsch hingegen war eher eine Spur zu groß, erst recht in Kombination mit ihren viel zu kurzen Beinen. Das sah man so nicht, wenn sie angezogen war, weil es ihr irgendwie gelang, das mit Kleidung zu überspielen. Aber wieso überspielte sie das eigentlich? Weil männliche Bedürfnisse wecken in Ordnung ist, männliche Bedürfnisse befriedigen aber nicht? Ich weiß es nicht. Und fragen hätte bestimmt Ärger gegeben.

Ihr Feminismus trieb auch sonst einige kuriose Blüten. So war es mir zum Beispiel nicht erlaubt, eine Fernsehzeitschrift zu kaufen. Und zwar deshalb, weil da immer leicht bekleidete Damen vorne drauf abgedruckt waren. Und das war sexistisch. Den Einwand, man könne das Titelblatt ja einfach abmachen und ins Altpapier geben, ließ sie nicht gelten. Denn damit würde man immer noch eine sexistische Industrie finanziell unterstützen. Nun hingen aber auch überall in der Stadt riesige Werbeplakate. Und nicht eben wenige davon zierten leicht bekleidete Damen mit mächtiger Oberweite. Aber da hatte ich dann einfach nicht hinzugucken. Und man kann es sich gar nicht vorstellen: Ich versuchte tatsächlich, da nicht hinzugucken.

Das hatte zumindest den Vorteil, dass ich nicht ständig gegen Laternen lief. Ist mir vorher aber auch schon nicht so oft passiert.

Man konnte sich gar nicht vorstellen, was passierte, wenn abends beim gemeinsamen Durchzappen durchs Fernsehprogramm im Werbeblock eines Privatsenders eine barbusige Frau mit Peitsche und schwarzen Lackstiefeln den Zuschauer dazu aufrief, sie anzurufen. Ich musste es mir auch gar nicht vorstellen. Ich hatte das ja jetzt regelmäßig. Purer männlicher Sexismus war das. Und irgendwie gab sie mir dann auch immer Teilschuld daran, dass auf Pro7 irgendwelche dicktittigen Mädels ihr Geld damit verdienten, dass einsame oder notgeile Typen sie anriefen. Ich war nämlich ein Mann. Und damit immer mitschuldig.

Trotz all dieser – für normale Menschen – intolerablen Defizite fühlte ich mich beim Sex mit ihr glücklich. Zum einen, weil er selten war. Zum anderen, weil ich mir dann einbilden konnte, dass sie mich liebte. Na, klasse.

33

Wie kommt man eigentlich auf die Idee, mit so einer Frau zusammenzuziehen? Okay. Genau gekommen war ja nicht *ich* auf die Idee gekommen … Es war natürlich ihre. Und sie hatte mich längst so konditioniert, dass ich an Hintergedanken keine eigenen Gedanken mehr verschwendete. Sie erschien mir so liebreizend, so intellektuell, so einzigartig, dass ich auf ihr Geheiß hin auch von der nächsten Brücke gesprungen wäre.

So war ich denn auch völlig arglos, als sie mich mit zuckersüßer Stimme fragte: »Herr Meyer, wollen Sie nicht zu mir ziehen?«

Da waren wir gerade mal sechs Monate zusammen – also was man so *zusammen* nennt. Ich formuliere mal besser um: Da war ich gerade mal sechs Monate von ihr abhängig!

Mir fiel alles aus dem Gesicht. Meine Göttin wollte mit mir zusammenziehen. Sie musste mich einfach lieben. Das war jetzt der Beweis. Sie würde mich auf keinen Fall fragen, ob wir zusammenzögen, wenn sie mich nicht liebte. Ein wunderbarer Moment. Siebter Himmel? Arschkarte!!!

»Haben Sie sich das wirklich gut überlegt, verehrte Franceska?«

Natürlich hatte sie sich das gut überlegt. Denn es gab genau zwei Gründe dafür, dass ich bei ihr einziehen sollte. Auf der einen Seite würde das ihre Sozialhilfe kräftig aufstocken. Zum anderen war ich dann natürlich Mitbesitzer eines Hundes und hatte selbstredend die Pflicht, auf die neurotische Töle aufzupassen.

Hier hätte auch der neutrale Beobachter versagt. Wer sich das von außen betrachtete, konnte nämlich ganz einfach zu folgendem Ergebnis kommen: Jahrelang hat der Meyer gesoffen, Drogen genommen, sein Studium aus den Augen verloren und war dabei ziemlich einsam. Jetzt trinkt er kaum noch, nimmt nicht mehr so viel Drogen, geht tatsächlich – wenigstens ab und zu – in die Uni und hat ganz wunderbaren Familienanschluss. Auch wenn es statt eines Kindes nur ein verzogener Köter war.

Das klang gar nicht so unlogisch. Und genau das bildete ich mir auch ein. Ich konnte also gar nicht schnell genug ja sagen. »Aber sehr gerne, verehrte Franceska. Nichts würde ich lieber tun als das.«

Zumal ich mir dann auch endlich sicher sein konnte, dass sie nicht ständig jemand anderer vögelte. Ich konnte mich gar nicht daran erinnern, wie oft ich während einer nächtlichen Taxischicht an ihrer Wohnung vorbeigefahren war, um mich zu vergewissern, dass Elias oder Sven nicht bei ihr schliefen. Nach der Schicht konnte ich natürlich nicht zu ihr. Denn das bisschen Saufen, was noch ging, musste ich mir schon gönnen. Und danach schlief ich besser zu Hause. Schließlich hatte ich eine Katze. Katze! Ach, stimmt ja, da war doch was …

»Was machen wir denn mit Strontium? Würde Isolde sich überhaupt mit einer Katze vertragen?«

Sie sah mich verständnislos an. Hatte ich jemals erwähnt, dass ich eine Katze hatte?

»Sie haben eine Katze, Herr Meyer?«

»Äh, nur zur Pflege«, log ich, »die bin ich in zwei Wochen wieder los. Solange wird's dann wohl noch dauern.«

Na, klasse. Jetzt musste ich meinen Kater loswerden. Viel hatte er in den letzten Jahren sowieso nicht von mir gehabt. Aber der war jetzt immerhin schon zwölf Jahre alt. Und irgendwie die einzige Konstante in meinem Leben. Man konnte halt nicht alles haben.

»Zwei Wochen geht in Ordnung, Herr Meyer. Ich geb' Ihnen dann mal die Kontonummer.«

»Äh, Kontonummer?« Was zur Hölle meinte sie jetzt mit Kontonummer?

»Für die Miete«, kam es knapp zurück.

»Die zahlt doch das Sozialamt.«

»Das stimmt schon. Aber wenn Sie hier wohnen, dann zahlen Sie ja wohl die Miete, Sie sind schließlich der Mann.«

Da war er wieder, der katholisch-sozialistische Feminismus.

Hinterbänkler

Mein verlängerter 123er-Mercedes zieht seltsame Leute an. Besoffene jederzeit. Wer ausreichend Alkohol im Blut hat, steuert mit erstaunlicher Treffsicherheit auf meine Stretchlimousine zu. Alkohol macht schlau. Wer schlau ist, ist wichtig. Und wer wichtig ist, muss in so einem Auto sitzen. Das gebietet also die Logik.

Narzissten, und davon gibt es eine Menge in jeder Großstadt, sind schon aufgrund ihrer Persönlichkeitsstruktur dafür prädestiniert, im längsten Taxi der Stadt zu sitzen. Da kann man auch so herrlich papstgleich mit dem Handrücken rauswinken. Und ab und zu kommen dann auch mal die Perversen. In diesem Falle allerdings ziemlich attraktive Perverse.

Die beiden riechen nach Geld. Er hat einen schwarzen Zweireiher an, sehr elegant, aber nicht übertrieben. Teure handgefertigte Schuhe, graumelierte Haare, die so aussehen, als ob sie jeden Morgen mit der Nagelfeile gestutzt werden, und ein Menjou-Bärtchen. Er mag irgendwo zwischen 50 und 60 Jahre alt sein. Genau ist das nicht abzuschätzen. Leute, die es geschafft haben, wirken manchmal alterslos. Wahrscheinlich, weil sie ins Fitnessstudio gehen, zur Maniküre, in die Sauna, zur Massage und was den Körper sonst noch jugendlicher aussehen lässt. Sie dürfte in etwa sein Alter haben. Und sie könnte in ihrem früheren Leben Model gewesen sein. Ein wunderschönes ebenmäßiges Gesicht, lange, wallende Haare, grüne Augen, perfekt gezupfte Augenbrauen, aber vielleicht einen Tick zu viel Kosmetik aufgelegt. Das könnte auch an ihrem knallroten Lippenstift liegen. Der wirkt ein bisschen nuttig und passt nicht zu ihrer eleganten Gesamterscheinung. Ihr Kleid ist schwarz mit weißen Punkten. Und das hat sie sicher nicht bei H&M gekauft. Genauso wenig wie die passenden schwarzen Pumps. Und ihr Schmuck dürfte mehr kosten, als ich in meinem Leben in der Droschke verdient habe. Im Allgemeinen fährt man solche Leute ins Parkhotel. Nicht so die beiden. Sie wirken gelangweilt, als sie am Halte »Edelweiß« auf meinen Wagen zugeschlendert kommen. Drei Wagen stehen vor mir. Sie tuscheln irgendwas. Und dann entscheiden sie sich für mein Taxi. Das muss ja irgendeinen Grund haben, sage ich mir selbst. Mein Wagen ist nun wahrlich nicht mehr neu. Und zum Parkhotel könnten die beiden mit einem deutlich sauberen und neuen Auto fahren. Da stehen schließlich noch drei vor mir. Aber das Parkhotel kommt in ihrer Abendplanung gar nicht vor. Noch nicht.

Die beiden steigen hinten ein und nehmen auf der geräumigen Sitzbank Platz. Beide scheinen angeheitert, aber wirken nicht volltrunken. Eher so, als ob sie bei einem der teuren Italiener der Stadt ein, zwei gute Flaschen Wein und vielleicht noch einen Grappa getrunken hätten.

Sie kuschelt sich an ihn und guckt mich irgendwie lüstern an. Er nimmt sie geübt in den Arm und fragt: »Wo ist denn hier die nächste Tabledance- oder Stripbar?«

Damit ist Bremen nicht so gesegnet.

»In Hamburg«, antworte ich wahrheitsgemäß.

»In Hamburg? Wie lange fährt man da denn hin?«

»Wenn ich draufdrücke, schaffe ich das in einer Stunde.«

Das Geld spielt bei den beiden sicher keine Rolle. Aber sie bringt deutlich zum Ausdruck, dass sie nicht die geringste Lust hat, jetzt eine Stunde nach Hamburg zu fahren. Und womöglich müssen die beiden auch noch wieder zurück. Weil der Bentley in Bremen steht.

»Was ist das denn hier für eine Stadt?«, fragt sie. »In München wäre das jetzt kein Problem.«

»Sie kommen aus München?«

»Wir kommen aus München«, sagt sie mit leichten Artikulationsschwierigkeiten. Sie ist wohl doch etwas mehr angeheitert als zunächst gedacht.

»Ja, gibt's hier denn überhaupt irgendwas mit Rotlicht?« fragt er.

»Gibt's. Aber das würde ich jetzt nicht unbedingt empfehlen. Gegenüber vom Holzhafen in Walle gibt's ein paar Bars. Allerdings gehen da hauptsächlich Männer hin, um dicken Frauen jenseits der Anbietungsgrenze teure Puffbrause auszugeben. Und sowas ähnliches ist gleich da vorne um die Ecke. Da sind die Mädels ein bisschen schlanker und jünger. Aber da würde ich jetzt auch nicht unbedingt mit einer Frau reingehen.«

Er überlegt eine Weile, sie lässt lasziv ihr Bein über das seine gleiten und dabei durchblicken, dass sie außer ihren Strapsen mit Strümpfen nichts drunter hat. Und dass ich das sehen kann, scheint sie auch nicht besonders zu stören. Mich schon gar nicht. Krieg ich endlich mal wieder 'ne Frau mit einer vernünftigen Frisur zu sehen.

»Hm«, sagt er, »was würde es denn kosten, wenn du uns ein bisschen rausfährst und wir dein Taxi mal 'ne Stunde für uns alleine haben?«

Sie kichert.

»Kommt drauf an, wo Sie hinwollen. Die passende Stelle hätte ich da schon im Kopf. Und ansonsten kostet die Stunde 36 Mark, wenn die Uhr läuft. Aber wenn Sie das machen wollen, von dem ich glaube, dass Sie es machen wollen, wäre ein kleiner Bonus ziemlich hilfreich.«

»Ich geb dir 250. Wär das in Ordnung?«

»Das wäre durchaus in Ordnung. Kann's losgehen?«

»Immer los, Kleiner«, antwortet sie.

Und so fahre ich ein dekadentes Münchener Oberklasse-Paar zum Rhododendron-Park. Hat sich ja früher schon mal bewährt, auch wenn ich dadurch leicht melancholisch werde.

Die beiden auf dem Rücksitz machen kein langes Aufheben. Er greift ihr ins Dekolleté, sie nestelt an seiner Hose. Die scheinen es ja eilig zu haben. Am Rhododendron-Park angekommen, hat sie dann einen Einfall: »Ich will, dass der Kleine da zuguckt.«

Ihn scheint das nicht weiter zu stören. Ganz im Gegenteil, es kommt ihm nicht mal ungewöhnlich vor. Die beiden scheinen offensichtlich ein funktionierendes Sexleben zu haben. Und wenn da dann mal so ein Taxifahrer zuguckt, macht es die Sache auch nicht schlechter.

»Hey, Kleiner.« Jetzt nennt er mich auch schon Kleiner. »Was willst du haben, wenn du uns dabei zuguckst?«

Die Frage ist gar nicht so leicht zu beantworten. Zunächst einmal muss ich mich fragen, ob ich da überhaupt zugucken will. Andererseits sind ja viele Dinge im Leben nur eine Frage des Preises. Und die beiden, also vor allem sie, sehen ja gar nicht so schlecht aus. Genau genommen sieht sie für ihr Alter granatenscharf aus. Und ich bin mir nicht mal sicher, ob ich, wenn sie mich nicht zum Zugucken aufgefordert hätten, nicht sowieso versucht hätte, einen Blick zu riskieren.

»Fürs Doppelte guck ich zu.«

»Kein Problem, Kleiner.«

Also machen sie da weiter, wo sie eben aufgehört haben, und ich gucke ihnen dabei zu. Sie hat wirklich erlesene Wäsche an und einen erstaunlich gut erhaltenen Körper. Offensichtlich ist sie keine Feministin. Haare kann ich außer auf ihrem Kopf nicht entdecken.

Und dann sagt sie plötzlich: »Ich will, dass der Kleine mitmacht.«

Einen Moment lang muss ich darüber nachdenken, ob das jetzt nicht schon den Tatbestand der Prostitution erfüllt. Ich komme zu dem Ergebnis, dass dies definitiv den Tatbestand der Prostitution erfüllt. Andererseits komme ich aber auch zu dem Ergebnis, dass ich mit dieser Frau auch geschlafen hätte, wenn sie mich nicht dafür bezahlen würde. Also dann ist das ja auch irgendwie keine echte Prostitution mehr, sondern eher eine kleine Unterstützung für einen darbenden Wirtschaftsstudenten. Man muss das ganze einfach unter Mäzenatentum einstufen, dann ist es moralisch nicht so fragwürdig. Und dann wäre es ja geradezu meine Pflicht, das anzunehmen. Schließlich soll aus mir ja mal ein großer, starker Wirtschaftsboss werden. Und da kann man ja nicht so einfach Angebote von den einzigen Mäzenen, die man in seinem Leben trifft, ablehnen. Wo kämen wir denn da hin?

»Hey, Kleiner. Was willst du haben, wenn du hier mitmachst?«

»Da verdoppeln wir gleich noch mal«, sprudelt es aus mir heraus. Und dann habe ich den besten Sex seit langem und bekomme auch noch tausend Mark dafür.

34

Der Einzug bei Franceska hatte einen kleinen, nicht zu vernachlässigenden Haken: Einzug bedeutete Umzug. Und Umzug bedeutete, dass ich Möbel, Erinnerungsstücke, Küchenkrams, Bücher und natürlich Fachbücher auftreiben musste. Und das alles in zwei Wochen. Natürlich alles in Maßen, Madam würde sich niemals ihre gewohnte Ordnung durcheinanderbringen lassen. Aber ich musste so etwas wie eine gelebte Biografie auftreiben. Wenn ich nicht mindestens drei Kartons voll Irgendwas mitbrächte, würde mein ganzer Schwindel eines wohl organisierten Lebenslaufs in sich zusammenstürzen. Doch woher nehmen, wenn nicht stehlen? Ich rekapitulierte also vor meinem geistigen Auge. Möbel? Fehlanzeige. Da waren lediglich eine Matratze und ein verschlissenes Sofa, das ein Mitbewohner des Hauses vor zwei Jahren einfach stehen ließ. Ein kleiner Tisch mit einem nicht mehr ganz neuen Sony-Fernseher, aber mit mächtiger Bildschirmdiagonale, nebst klebriger Fernbedienung, und das Katzenklo. Etliche leere Bierdosen, Pizzakartons und Styroporverpackungen vom »Kismet« hätten meinen Alltag zwar eindrucksvoll skizziert; ich hielt es trotzdem für angebracht, diese nicht mit in den gemeinsamen Haushalt einzubringen. Einerseits war Franceska in ihrer nicht besonders geräumigen Zwei-Zimmer-Wohnung bereits ziemlich komplett eingerichtet. Viel konnte ich da sowieso nicht unterbringen. Andererseits wollte ich mich von dem wenigen, was ich hatte, auch nicht trennen. Die Wahrscheinlichkeit, dass es mit dieser Frau gut liefe, tendierte schließlich gegen null. Und dann wollte ich nicht wieder bei null anfangen. Also mussten Matratze und Fernseher auf jeden Fall mit. Und dann musste ich mir noch irgendwas Unverzichtbares anschaffen. Vielleicht so eine antike Vitrine, die so aussah, als ob sie mich und meine Familie durch die Jahrhunderte begleitet hätte. Also irgendwie sowas halt. Meine anderen Möbelstücke hätte ich dann einfach bei meinen Eltern eingelagert. Jepp. So könnte es funktionieren. Einfach dreist lügen. Das klappte immer.

Schwieriger war das schon mit den Büchern. Ich hatte Franceska mein fortgeschrittenes Alter trotz nicht vorhandenen Abschlusses damit erklärt, dass ich erst eine Ausbildung in der elterlichen Firma gemacht hätte. Und später hätte ich dann Germanistik studiert, das sei aber nichts für mich gewesen. Und so sei ich schließlich auf Wirtschaft umgeschwenkt. Ich musste beim Einzug also mindestens einen Karton mit Fachbüchern beider Fachrichtungen dabei haben. Von sowas trennt man sich ja nicht. Vielleicht würden bei Germanistik auch ein Karton mit altem Zeitungspapier und einer Deckschicht aus literarischer Theorie, ein paar Manns und Kafkas reichen. Da ich das Zeugs ja offiziell nicht mehr studierte, könnte ich die Mogelpackung dann einfach in den Keller stellen. Obwohl, so ein bisschen Literatur konnte auch nicht schaden. Wenn ich hier schon einen auf Hochkultur machte, dann musste es auch Hinweise darauf geben, dass ich eben dieser frönte. Na, klasse.

Da bastelte ich mir also ein erfundenes Leben, um in die Hölle zu kommen. Neigten die Menschen nicht eher dazu, ihr Leben so zurechtzubiegen, dass sie ins Paradies kamen? Andererseits: Wer mit einem erfundenen Lebenslauf vor seinen Schöpfer trat, der hatte wohl auch nicht mit Einlass ins Himmelreich zu rechnen. War mir aber eh scheißegal. Erstens wartete sowieso die Hölle auf mich, auch wenn ich dies geschickt verklärte. Und der Schöpfer ging mir gepflegt am Arsch vorbei. Scheißsekten!

Meine Barmittel hielten sich in bescheidenen Grenzen. Ich musste das mal überschlagen. Da waren knapp 500 Mark in Scheinen, dazu noch Berge von Münzen. Könnten auch noch mal 200 sein. Dann gab's da noch meinen alten Opel, dessen Restwert ich auf zirka 150 Mark taxierte. Tatsächlich zahlte mir ein libanesischer Autohändler dafür später 80. Also alles in allem nicht mal ein Tausender. Und den durfte ich nicht komplett ausgeben, weil Madam ja ihre Ansprüche hatte. Die Miete konnte ich problemlos von den 700, die meine Eltern mir gaben, bezahlen. Da blieb sogar noch was übrig. Ach, weg mit all der Theorie. Jetzt war die Zeit fürs Handeln.

Nach der Schicht ging ich deshalb direkt ins »Bistro Brasil«. Dort saßen meine Freunde, die Schlauberger, so wie Gott sie vor zwölf Jahren für mich geschaffen hatte, nur ein bisschen älter: Wolli, Thorsten, Rudi, Hansi und Batz. Nun hatte ich mich in letzter Zeit nicht mehr ganz so häufig hier blicken lassen. Und deshalb bestellte ich aus taktischen Gründen erst mal eine Runde Bier für alle. Und dann noch eine. Und dann noch eine, bis Wolli endlich fragte: »Was hast du denn für ein Problem, Marcus?«

»Ich brauche eine Vergangenheit.«

Ratlose Gesichter im Rund.

»Soweit ich weiß«, antwortete Wolli, »hast du bereits eine Vergangenheit. Ich kann mich an große Teile deiner Vergangenheit erinnern. Sowas vergisst man doch nicht einfach. Schon gar nicht, wenn es die eigene ist.«

»Ich brauche nicht meine, ich brauche eine andere Vergangenheit, die so aussieht, als wäre sie meine. Und meine neue Vergangenheit sollte mit meiner alten Vergangenheit möglichst wenig zu tun haben. Sie sollte durch Hochkultur, Sozialismus, Intellekt und menschliche Anteilnahme geprägt sein.«

Das Gelächter war unbeschreiblich.

»Hey, was denn? Nur weil ich Taxifahrer bin, heißt das noch lange nicht, dass ich nicht intellektuell und an Hochkultur interessiert sein könnte. Schließlich bin ich auch angehender Akademiker.«

Das Gelächter wurde noch lauter.

»Mann, ihr Arschlöcher. Was soll das denn? Ich komm hierher und hab 'n Problem, und ihr lacht mich aus. Könnte es sein, dass die gesammelte Riege der Schlauberger vielleicht gar nicht so schlau ist und einen relativ einfachen Sachverhalt zu noch nicht ganz so später Stunde einfach nicht auf die Reihe bekommt?«

Immer noch Gelächter. Tränen in den Augen.

»Was jetzt? Helft ihr mir oder nicht?«

Langsam verebbendes Gelächter. Vereinzeltes Nachkichern. Tränen aus den Augen wischen.

»Marcus ...«, setzte Wolli an, nur um dann wieder voll loszuprusten.

»Marcus ...«, der nächste Versuch, »worum ... worum ...«

Erneutes Lachen. Es musste inzwischen wehtun. Dritter Versuch: »Marcus, jetzt erklär uns doch mal, worum es überhaupt geht. Wir verstehen hier nur Bahnhof. Was in aller Welt willst du mit einer neuen Vergangenheit? Musst du untertauchen, oder was? Brauchst du einen gefälschten Pass?«

Ich kam also nicht drumherum, den ungewöhnlichen Hintergrund meines Ansinnens genauer darzulegen. Das fanden die Schlauberger jetzt gar nicht mehr so komisch, ganz im Gegenteil. Ihre Gesichter sahen jetzt eher mitleidig aus.

»Mann, Marcus. Hast du dir das gut überlegt? Das klingt jetzt nicht gerade nach der Idealvorstellung einer Beziehung.«

»Mann, Wolli. Das ist *meine* Chance. Mit dieser Frau kann ich meinen Kopf aus dem Sumpf ziehen. Ein neues

Leben anfangen, endlich ein paar Ziele erreichen, endlich von der schiefen Bahn kommen.«

»Wenn du meinst.«

Die Schlauberger guckten ungläubig. Trotzdem versprachen sie mir allesamt, Überflüssiges aus ihren Kellern und Bücherregalen herauszusuchen. Und Batz hatte sogar noch einen antiken Sekretär, den er mir solange überlassen wollte, bis ich ihn nicht mehr brauchte. Allerdings nur, wenn der Zustand des Möbels vorher in Schrift und Bild fixiert würde.

Na also, es ging doch.

Die Jungs hielten, was sie versprachen, und ich kaufte mir im Gebrauchtbücherladen der Uni ein komplettes Regalbrett voll Fachliteratur für Wirtschaftswissenschaften.

Am Tag des Einzugs hatte ich eine kleine, aber feine Sammlung von Vergangenheit dabei. Batz hatte sogar ein paar Schwarzweiß-Fotos ausgegraben, die alte Menschen in Ostpreußen zeigten. Da kam mein Vater her. Und das waren jetzt Opa und Oma, die ich nie kennen gelernt hatte, und diese beiden Fotos waren mein einziger Zugang zu ihnen. Das machte sich bestimmt gut.

Als Franceska die Tür öffnete, schlug sie sofort die Hände über dem Kopf zusammen.

»Was ist das denn?«, schallte es mir entgegen. »Sie sollen hier mit mir wohnen und nicht Ihren gesamten Hausstand mitbringen.«

»Äh, gesamter Hausstand? Dies ist ein kleiner Teil meiner über Jahrzehnte mit mir gewachsenen Möblierung. Dinge, von denen ich mich auf keinen Fall trennen kann. Wirklich nur das, was mir ans Herz gewachsen ist.«

»Dann, lieber Herr Meyer, werden Sie sich wohl von einigen Dingen ihrer Vergangenheit verabschieden müssen. So ein überdimensionierter Fernseher kommt mir nämlich nicht über die Schwelle. Was sollen denn die Leute denken, wenn sie zu Besuch kommen.«

»Dass da ein Fernseher steht?« Ich verstand das Problem nicht.

»Fernsehen ist das Medium des Proletariats«, sagte sie schnippisch.

»Ja, aber Sie als Sozialistin wünschen sich doch die Herrschaft des Proletariats.«

»Ach, Herr Meyer. Sie müssen noch viel über den Sozialismus lernen.«

Damit war die Diskussion beendet, und der Fernseher bekam seinen Platz im Keller. Genauso wie der Sekretär, der ihrer Meinung nach nicht zum Gesamtkonzept ihrer Wohnraumgestaltung passte. Und die Matratze wanderte sowieso in den Keller. Ein Bett war schließlich vorhanden. Dann war noch die Frage zu klären, ob ich wirklich all die Bücherkartons mit nach oben nehmen müsse. Die Regale seien schließlich schon voll genug. Wir konnten uns also darauf einigen, dass ich ein paar von den Fachbüchern – die, die ich unbedingt brauchte – einsortieren durfte. Ich bekam dafür ein ganzes (!) Regalbrett. Und schließlich gestattete sie mir, einen Kulturbeutel samt Rasierapparat im Badezimmer zu deponieren. Allerdings unter der Bedingung, dass ich meinen Anteil an der Putzarbeit verrichtete.

Da ihr Kleiderschrank bereits zum Bersten gefüllt war, hatte sie sich dazu entschlossen, den Staubsauger, Wischeimer und anderes Putzzeugs unter der Treppe im Hausflur zu lagern. Die führte in den Dachboden. Nachbarn konnten demnach nicht gestört werden. Und meine Klamotten samt zweier geliehener Anzüge durften deshalb in die Abstellkammer einziehen. Anziehen musste ich mich ja und konnte nicht nackt mit ihr ins Theater gehen.

Das war geschafft. Und ich fühlte mich glücklich, weil jetzt endlich mein neues Leben begann.

35

Wenn mein Alltag einer medizinischen Überprüfung unterzogen worden wäre, hätten die Ergebnisse nicht unterschiedlicher sein können. Ein Allgemeinmediziner hätte sicherlich bessere Leber- und Kreislaufwerte konstatiert und mir bescheinigt, dass ich alles in allem jetzt deutlich gesünder lebte.

Ein Psychologe hätte meinen seelisch-emotionalen Geisteszustand hingegen als bedenklich, wenn nicht sogar als kritisch, und reif für die Klapsmühle eingeordnet.

Ein Wirtschaftswissenschaftler hätte vor allem mein Zeitmanagement bewundert. Wenn er denn alle Fakten gekannt hätte. Ein paar davon musste ich vor Franceska verschweigen.

Ein großer Teil meines Privatlebens war auf einen kleinen blöden Köter ausgerichtet. Der musste nämlich ständig versorgt werden und konnte abends nach wie vor nicht alleine gelassen werden. Da ich immer noch drei Nächte im Taxi verbrachte – schließlich mussten Madams Bedürfnisse befriedigt werden, und die waren zum Teil recht teuer –, hatte ich also theoretisch vier Abende in der Woche frei. Davon musste ich drei zu Hause verbringen. Denn da die Töle abends nicht alleine sein konnte und die Woche sieben Tage hat, waren drei Abende der kleinstakzeptable Mittelwert bei der Verteilung der Aufgaben für meine katholisch-sozialistische Feministin. Schließlich war ich ja selbst schuld daran, dass ich nachts arbeitete. Sie hatte mir diesen Job nicht ausgesucht. Das war meine freie Entscheidung. Und natürlich erwartete sie von einer Partnerschaft, dass die Aufgaben gleich verteilt werden. Mein Einwände, dass dies nicht mein Hund sei und dass sie gar nicht arbeitete, wischte sie mit dem

Argument vom Tisch, dass ich mich in einer Beziehung auch auf die Gegebenheiten einlassen müsse und es ihr gelungen sei, ihr Studium auf andere Art und Weise zu finanzieren. Ich könne ihr schließlich nicht übelnehmen, dass sie dem kapitalistischen System lediglich einen Teil dessen entzöge, was es den Fabrikarbeitern wegnahm. Wieso jetzt aber ausgerechnet Fabrikarbeiter *ihren* Lebensunterhalt erwirtschaften mussten, das konnte ich nie so recht verstehen. Darüber diskutierte sie auch nicht. Das war dann immer der Moment, wo Herr Meyer noch viel über den Sozialismus lernen musste.

Um mich abends, wenn sie ausging, nicht allzu sehr zu langweilen, durfte ich ihre Hausarbeiten korrigieren. Sie war der Endungen von Dativ und Akkusativ nämlich nicht mächtig. Das merkte man nicht, wenn sie sprach, weil sie im Allgemeinen recht leise sprach und die Endungen dann immer verschluckte. Das war keine dumme Taktik, denn der aufmerksame Zuhörer vervollständigte die Endungen aufgrund seiner Sprachprägungen einfach von ganz alleine. Franceska brachte es fertig, sogar beim Sprechen einen Teil der Arbeit auf den Zuhörer abzuwälzen, ohne dass dieser das merkte.

Sexuell hielt sie mich so kurz, dass ich ständig darauf brannte, mit ihr zu schlafen. Es war ein Geschenk von Gottes Gnaden, wenn sie denn endlich mal die Beine breit machte. Und genau das war es. Die ganze Zeit über machte sie einfach nur die Beine breit, mal oben, mal unten. Für die Bewegung hatte ich zu sorgen.

Am schlimmsten war aber das emotionale Hin und Her. Spätestens nach drei Tagen, die einigermaßen harmonisch verliefen – und das war selten genug –, fiel ihr mal wieder eine meiner zahlreichen Unzulänglichkeiten (ich wusste vorher gar nicht, dass ich so viele hatte) auf, und sie trennte sich von mir. Dann waren wir für etwa zwei Tage getrennt, und ich konnte sehen, wo ich blieb.

Statt mich über eben diese Tage zu freuen, badete ich in Unglück und Selbstmitleid und fuhr einfach ein bisschen Taxi. Zur Not auch am Tage. Um eine Unterkunft musste ich mich nicht bemühen. Denn da hatte ich längst eine mehr als akzeptable Lösung gefunden. Meine festen Schichten auf dem Bock waren jetzt Freitag, Montag und Dienstag. Samstag war ihr Ausgehtag. Da hätte ich, obwohl man da am meisten Geld verdiente, auf keinen Fall Taxi fahren dürfen. Die Töle. Montags kam ich nach der Schicht brav nach Hause. Und dienstags, das war mein persönliches Highlight der Woche, ging ich nach der Schicht ins »Brasil«, danach in das »Airport«, pfiff mir ordentlich Bier, Schnaps und Drogen rein und legte mich dann in den Keller auf meine alte Matratze. Franceska log ich vor, dass ich nach der Dienstagsschicht immer direkt in die Uni ginge. Da fuhr ich einfach ein bisschen länger und besuchte dann die frühen Vorlesungen. Es kam ihr nie in den Sinn, dass das für mich anstrengend sein müsste, ja, dass es eigentlich völlig ausgeschlossen war, dass irgendjemand auf dieser Welt nach 14 Stunden Schicht aufmerksam in einem Hörsaal sitzen konnte. Außer vielleicht Chinesen oder Japaner. Aber ich war ja weder das eine noch das andere.

Den Keller hatte ich mir ganz gemütlich eingerichtet. Da war die Matratze, ein kleiner Nachttopf (wofür, möchte ich hier nicht näher ausführen) und eine Kiste Wasser. Den Keller betrat Madam grundsätzlich nicht. Wenn da was runter musste, war das die Aufgabe des Mannes. Und wenn da was rauf musste, war das die Aufgabe des Mannes. Das wäre zwar ein vortrefflicher Grund zum Diskutieren gewesen, aber in meinem Falle nicht besonders geschickt, weil ich wenigstens diesen kleinen Raum für mich ganz alleine haben wollte. Wenn sie sich mal wieder von mir trennte, konnte ich einfach im Keller schlafen. Ich entwickelte über die Jahre eine tiefe Beziehung zu diesem in gebrochenem Weiß gestrichenen Verlies. Vor allem war es auch am Tage ausreichend dunkel, damit ich schlafen konnte. Und ich konnte dank des Kellers einige Tage im Monat zusätzlich Geld ranschaffen und mich danach besaufen. Grund zum Trinken gab es nämlich genug.

Die harmonischen Tage waren dergestalt, dass normale Menschen gesagt hätten, es wären schreckliche Tage gewesen. Ich hatte nämlich mein Pensum zu verrichten. Insbesondere gehörten dazu Einkaufen, Kochen (ich brachte es im Laufe der Zeit zu einiger Versiertheit) und Badputzen. Wenn sie sich mal wieder von mir getrennt hatte, musste ich diese Arbeiten, bis auf das Kochen, nachholen. Frau Dolomin arbeitete weitestgehend von zu Hause aus. Nur selten besuchte sie Vorlesungen. Und wenn sie mal einen dringenden Termin in der Uni hatte, weil Professoren ihre Studenten ab und zu auch mal zu Gesicht bekommen wollten, hatte ich natürlich zu Hause zu sein. Bei der Töle. Und zwar unabhängig davon, ob ich selbst gerade einen wichtigen Termin in der Uni hatte oder ob ich eine Klausur schreiben musste oder was auch immer. Denn, katholisch-sozialistisch-feministische Logik: Ich könne meine Zeit schließlich weitgehend frei gestalten, während sie ja schwer arbeitend vor dem Computer saß, um mit den Untiefen der deutschen Sprache zu kämpfen.

Abends, wenn sie denn zu Hause war, liebte sie es, wenn ich ihr vorlas. Ich las ihr den gesamten verdammten Kafka, vom »Prozess« bis zur »Verwandlung«, vor. Ich quälte mich durch Fontane und die »Buddenbrocks«, durch Marx und Lenin. Musste man sich mal vorstellen. Ich las Marx und Lenin vor.

Und sie lag dann auf ihrem Sofa, ihren Kopf auf meinen Schoß gebettet, und sagte Sätze wie: »Herr Meyer, Sie können so herrlich vorlesen.« Oder: »Herr Meyer, ich höre Ihnen so gerne zu.«

Einen Scheiß tat sie. Sie hörte nicht mir zu, sie hörte Marx, Kafka und Fontane zu. Ich war lediglich dazu da, mir meinen Mund trockenzusprechen.

Mein einziger – theoretisch einziger – freier Abend in der Woche war natürlich auch ein gemeinsamer Abend zu Hause. Wenigstens ab und zu nahm die Nachbarin, die unter uns wohnte, den Köter unter Aufsicht. Und dann musste ich Madam ins Theater ausführen und zum Italiener und noch in eine Bar. Sie verstand sich nämlich durchaus als Hedonistin.

Ich riss mir so mehr als vier Jahre lang den Arsch auf. Und ich konnte mich nicht erinnern, dass ich sie in dieser verdammten Zeit nur ein einziges Mal zufrieden erlebt hatte. Das heißt, so stimmte das gar nicht. Sie war durchaus zufrieden, sogar selbstgefällig zufrieden. »Herr Meyer, mich wird immer jemand lieben.«

Es ging um etwas ganz anderes. Ich konnte es ihr nicht recht machen. Ich konnte es ihr niemals recht machen, so sehr ich mich auch bemühte. Weil sie die personifizierte Prinzessin auf der Erbse war. Selbstgefällig, versnobt und nimmersatt.

Wenn ich viel verdiente, legte ich zu viel Wert auf Geld und unterlag dem Generalverdacht, mein Studium zu vernachlässigen.

»Herr Meyer. Na, studieren Sie denn überhaupt noch richtig?«

Wenn ich mehr Zeit ins Lernen investierte und am Rechner saß:

»Sie meinen wohl, so ein Computer würde das Essen auf den Tisch stellen.«

Wenn es im Sommer im Taxi nicht so gut lief und ich weniger Geld nach Hause brachte: »Na, da hat der Herr Meyer sich aber den falschen Job ausgesucht.«

Ich konnte machen, was ich wollte. Es war falsch. Und es wurde auch nie richtig.

36

Im Herbst 1999 – am Ende des letzten Jahrtausends – eröffnete mir Franceska einen Plan:

»Herr Meyer. Ich habe eine freudige Mitteilung zu machen. Ich werde meine Mutter in Chile besuchen.«

Sie hatte Unmengen meines Geldes in fast tägliche Telefongespräche mit ihrer Mutter in Chile investiert. Ständig musste ich mir Geschichten von ihrer Mutter anhören, die von ihrem Vater verlassen worden war. Ständig musste ich Interesse an ihrer Familie heucheln, obwohl ich verdammt noch mal keinen davon kannte. Es hatte eine halbe Ewigkeit gedauert, ihr beizubringen, dass es da gewisse Vorwahlen gab, die so einen Anruf nach Übersee deutlich billiger gestalteten.

»Du fliegst nach Chile? Wie lange denn?«

»Drei Monate. Mindestens. Ich fliege am ersten Dezember und bleibe voraussichtlich bis Mitte März.«

»Erster Dezember. Verehrte Franceska, das klingt ja so, als hätten Sie den Flug bereits gebucht.«

»Genau das habe ich, lieber Herr Meyer. Ich war heute im Reisebüro.«

»Na, das ist ja schön, dass ich da auch mal was von erfahre. Wenn die Frage erlaubt ist, wie haben Sie es denn geschafft, das Flugticket zu bezahlen?«

»Ich habe das Geld zurückgelegt.«

»Zurückgelegt. Wovon haben Sie denn Geld zurückgelegt?«

»Von der Sozialhilfe. Schließlich zahlen Sie die Miete, und da habe ich 260 Mark zurückgelegt.«

»Sie haben also 260 Mark zurückgelegt. Darf ich noch mal kurz fragen, seit wann Sie 260 Mark zurückgelegt haben? Also haben Sie insgesamt 260 Mark zurückgelegt?

Oder seit vier Jahren jeden Monat, oder wie kann ich mir das vorstellen?«

»Na, seit vier Jahren. Ich muss doch auch an meine Zukunft denken. Schließlich will ich nächstes Jahr meine Diplomarbeit schreiben. Und wenn ich mich dann bewerben möchte, dann sieht das nicht so gut aus, wenn ich von Sozialhilfe lebe. Also habe ich das zurückgelegt. Das nennt man Vorausplanung, Herr Meyer.«

Im meinem Oberstübchen begann es zu rattern. Vier Jahre, das sind etwa 50 Monate, multipliziert mit 260, das sind 14.000 Mark.

»Sie haben in den letzten Jahren 14.000 Mark zurückgelegt? Während ich mir hier für dich den Arsch aufgerissen, geschuftet, geputzt, deine Töle behütet, den Haushalt gemacht, dich ins Theater und zum Essen ausgeführt habe, während ich mir ständig Gedanken gemacht habe, wie wir über die Runden kommen? Du hast Scheiße noch mal 14.000 Mark gespart, während ich deine Launen, deine Arroganz, deine Respektlosigkeit, deine Erniedrigungen ertragen habe?«

Sie guckte mich verständnislos an.

»Aber nein, Herr Meyer. Ich habe 16.000 Mark. Sie dürfen die Zinsen nicht vergessen. Wenn man sein Geld anlegt, dann ...«

Der Schlag traf sie mitten ins Gesicht. Ach, war das ein herrliches Gefühl. Der hatte gesessen. Eine Spur warmen Blutes lief von der Nase über ihren Mund.

Die Genugtuung dauerte nur wenige Sekunden. Was hatte ich getan? Ich hatte eine Göttin geschlagen, die Frau, die ich mehr als alles andere liebte auf der Welt. Oh Gott. Oh Gott! Mit der Faust ins Gesicht. Das war's. Diesmal wäre die Geschichte nicht für zwei Tage vorbei, jetzt war sie für immer vorbei. Alles umsonst. Die ganzen Mühen, die ständige Belastung, all das Flehen und Hoffen waren mit einem Mal den Bach runter. In einer Sekunde hatte ich die Arbeit – oh ja, es war harte Arbeit – der letzten vier Jahre kaputt gemacht.

Franceska zeigte mit dem Zeigefinger auf mich. Sie brachte nur wenige Worte hervor. »Raus, Herr Meyer. Sofort raus!«

37

Ich quartierte mich für ein paar Tage in einem kleinen, schäbigen Hotel Am Dobben ein. An Taxifahren war nicht zu denken. Ich war am Boden zerstört. Mir kam gar nicht in den Sinn, dass dieser Schlag vor allem eines war: ein Befreiungsschlag. Ich hatte mich von meinem Joch befreit, musste mich nicht weiter gängeln, verleugnen und verarschen lassen. Stattdessen saß ich in tiefstem Selbstmitleid und stockbesoffen im »Brasil« und sehnte mich nach nichts anderem als nach diesem Joch.

Wolli saß neben mir am Tresen.

»Mensch, Marcus. Das war längst überfällig. Du hast da all die Jahre was ausgehalten, das kein Mensch ausgehalten hätte. Franceska ist eine egoistische Hexe, sie ist eine Furie, sie ist ein Vampir, der dir jeden Tropfen Blut ausgesaugt und dir all deine Lebensfreude genommen hat. Mann, denk doch mal nach. Du warst ein lebenslustiger, intelligenter junger Typ, der in einer Nacht die gesamte Kneipe in seinen Bann ziehen konnte. Und jetzt bist du ein psychisches Wrack mit Ringen unter den Augen, und für dein Alter hast du viel zu viele graue Haare.«

Ich hatte graue Haare bekommen. Mit 33.

»Mensch, Meyer. Das war *die. Die* hat das aus dir gemacht. Du solltest nur froh sein, dass du das hinter dir hast. Jede Sekunde ohne sie ist eine gute Sekunde.«

Das stimmte natürlich. Aber wer erkannte das schon in so einer Situation? Die Schuldgefühle waren unbeschreiblich. Ich hatte eine Frau geschlagen. Mit der Faust mitten ins Gesicht. Einfach so. Nur weil sie ein bisschen Geld gespart hatte. Erklär das mal einem Richter.

»Du verstehs das nich, Wolli«, lallte ich. »Die ist nicht so schlimm, wie ihr immer sagt. Sie is meine Göddin!«

»Marcus. Sie ist nicht so schlimm, wie wir immer sagen? Du erzählst doch immer die ganzen Horrorgeschichten. Du sitzt hier alle drei Tage am Tresen und schimpfst, dass sie dich mal wieder verlassen hat. Wie oft jetzt eigentlich schon? Tausendmal? Zweitausendmal? Begreif doch endlich: Ihr hattet keine Beziehung. Sie hat dich nie geliebt, und sie wird dich nicht lieben!«

Wo er Recht hatte, da hatte er Recht. Zeit für Tequila. Tequila macht schlau, immer noch. Am besten eine ganze Flasche.

Ich hatte keine Ahnung, wie ich es in mein Hotelzimmer geschafft hatte. Am Abend des nächsten Tages – ich lag immer noch in tiefem Schlaf – klingelte mein Handy. Es war Franceska.

»Herr Meyer. Ich möchte mit Ihnen sprechen. Ich erwarte Sie heute Abend pünktlich um acht.«

Ich weiß gar nicht mehr, welches Gefühl stärker war. War es die plötzlich aufkeimende Hoffnung? Oder war es die Sorge vor einer Strafanzeige, oder war es die Angst, dass sie mir vergeben könnte?

Letzteres hielt ich allerdings für ausgeschlossen. Wie schön wäre es gewesen, wenn sie mir keine neue Chance gegeben hätte … Aber so schön war das Leben einfach nicht. Denn bei Franceska Wagner-Dolomin sollte man nie etwas ausschließen. Sie war noch nicht fertig mit mir, hatte mich noch nicht zu Ende benutzt. Ihre Diplomarbeit war noch nicht geschrieben. Sie brauchte den Erhalt ihrer Lebensqualität. Und der Erhalter war nun mal *ich*. Warum in aller Welt erkannte man so etwas immer nur im Nachhinein? Also weit im Nachhinein? Ich weiß es nicht. Bis heute nicht.

Natürlich kam ich pünktlich. Mit einem großen Blumenstrauß. Ich traute mich nicht, meinen Schlüssel zu benutzen, stattdessen klingelte ich.

Franceska öffnete die Tür. Ihre Blicke waren nicht vorwurfsvoller als sonst. Genau genommen sah sie aus wie immer. Auch das war ein mehr als deutliches Zeichen, das ich einfach nicht deuten konnte. Sie guckte mich immer so an, als ob ich ihr gerade eins in die Fresse gehauen hätte. Das war ihr ganz normaler Gesichtsausdruck. So behandelte sie mich immer.

Ich versuchte hilflos, ein paar Entschuldigungen zu stammeln. Was für eine peinliche Situation. Das war eine dieser Nummern, die man gar nicht entschuldigen konnte.

»Herr Meyer«, puh, sie nannte mich noch Herr Meyer, »ich erwarte von Ihnen, dass Sie sich in medizinische Behandlung begeben. Ein solches Verhalten ist völlig inakzeptabel. Ich hatte ja schon länger den Verdacht, dass Sie eine gestörte Persönlichkeit sind. Aber solche Dinge kann man heute behandeln.«

Sie ließ die Psychologin raushängen. Das war also keine aggressive Entgleisung gewesen, sondern der Beweis für eine psychische Störung. Ich war also kein Arschloch, sondern krank. Na, klasse. Sie bot mir die Möglichkeit an, den Faustschlag als Symptom einer Krankheit zu sehen. Mein Verstand war also nicht auf der Höhe. Ich hatte eine Macke. Ich war bekloppt, konnte also gar nicht anders handeln, als ich gehandelt hatte. Und wenn mein Verstand auch nur ein bisschen funktioniert hätte, hätte ich mich auf dem Absatz umgedreht und wäre wieder gegangen. Unter den Umständen hätte ich ja einfach noch mal zuhauen können. Tat ich aber nicht. Stattdessen griff ich nach dem Strohhalm, den sie mir vermeintlich großzügig reichte, und versprach ihr, mich in therapeutische Behandlung zu begeben. Sie musste ja Recht haben. Ich hatte sie geschlagen. Und sowas machte man einfach nicht. Wer sowas tat, hatte einen an der Waffel. Kein Zweifel, so musste es sein.

Bei Lichte betrachtet entsprach die Diagnose der Wahrheit. Ich war nicht Herr meiner selbst, weil ich es zuließ, dass jemand anders mich beherrschte. Das war das gravierendste Symptom. Der Schlag ins Gesicht war deshalb nicht Ausdruck einer psychischen Störung. Es war das einzig Gesunde, das ich in den vergangenen vier Jahren gemacht hatte. Aber erklär das mal einem Richter.

Einkaufstour

Wer von Sozialhilfe lebt, darf dies gerne trinkend tun. Wenn man schon so gar nichts in seinem Leben erreicht hat, sollte man den kleinen verbliebenen Rest der menschlichen Würde konsequent in Hochprozentigem baden. Und wenn man im Aldi aus Versehen beim Zählen durcheinandergekommen und sich statt drei nur zwei Flaschen Wodka in den Einkaufswagen geladen hat, muss man nachts nach dem Trockenlaufen ja irgendwie an Schnaps rankommen. Der geübte Kasuffke ruft dann bei Wesertaxi an und bestellt eine Flasche »Gabiko«. Das ist »ganz billiger Korn«, bevorzugt »Alter Senator«.

Diese sogenannten Einkaufstouren erfreuen sich bei Taxifahrern nur mäßiger Beliebtheit. Beim Ruf gibt es Fahrer, die solche Touren schlichtweg ablehnen. Da es sich bei Wesertaxi aber um einen Qualitätsdienstleistungsbetrieb handelt, werden die Kunden auch noch zu später Stunde mit dem versorgt, was sie zum Darben brauchen.

»Wesertaxi 97«, schnarrt es aus dem Lautsprecher. »Fahr mal zur Tanke am Woltmershauser Tunnel und kauf ’ne Flasche Korn. Die kannst du dann in der Kleinen Johannisstraße 27 bei Jungjohann abliefern.«

Einkaufstouren haben aber auch einen Vorteil. Die Flasche Korn merkt es nämlich nicht, wenn die Uhr nicht eingeschaltet wird. Flaschen sind da zu doof für. Und deshalb bekommt »der Fette« von so einer Tour nichts ab, darf aber den Diesel bezahlen.

Flasche Korn bedeutet aber auch immer ein gewisses Risiko. Und damit ist nicht allein das Risiko gemeint, dass der Alki inzwischen eingeschlafen ist und die Tür nicht mehr aufmacht. Halbe Höhe. Da wird dann einfach die

Quittung in die Abrechnung gelegt und »der Fette« bekommt 'ne Flasche Korn. Nein, das eigentliche Risiko besteht darin, dass der Taxifahrer in den Machtbereich eines Volltrunkenen eindringen muss. Und das sind eben auch gerne Volltrunkene, die meinen, dass sie noch nicht genug getrunken hätten, und latent zu Aggression neigen. Zum aggressiven Verhalten mag beitragen, dass auch »Gabiko« an Tankstellen nicht ganz billig ist, und summiert mit der Taxifahrt kommen da schon mal 20 Mark raus. Obwohl man den ja im Supermarkt für sechs bekommt. Geschickter weise weiß man deshalb als Taxifahrer, wie man Schlägen ausweicht und dass man einen Fuß in die Wohnungstür stellen muss, damit sie einem nicht einfach vor der Nase zugeknallt wird. Alles schon vorgekommen.

Herr Jungjohann erweist sich aber als ein ganz anderer Fall. Als ich klingele, in Erwartung einer womöglich gefährlichen Situation, schnurrt der Summer der Haustür des dreistöckigen Mietshauses. Herr Jungjohann wohnt im zweiten Stock. Der Flur müffelt seltsam. Ich erklimme die Stufen. Herr Jungjohann, er muss jenseits der 80 sein, erwartet mich bereits in verwahrlostem Zustand vor der Tür. Er trägt einen Pyjama, der in diesem Jahrtausend offensichtlich noch nicht gewaschen wurde. Und aus seiner Wohnung dringt ein Geruch, der einen Harzer Roller vor Neid erblassen ließe. Herr Jungjohann ist der lebende (gerade noch lebende) Beweis dafür, dass Altenheime nicht so schlecht sein können wie ihr Ruf.

Er hat einen Zwanzigmarkschein in der Hand. Aber leider gelingt es ihm nicht, mir diesen akkurat zu überreichen. Nein, er lässt ihn auf den Boden fallen. Und weil sich alte Menschen nicht so tief bücken sollten, erledige ich das. In Bodenhöhe erreicht der Gestank eine Intensität jenseits jeglicher menschlichen Vorstellungskraft. Manche Sachen soll man sich auch gar nicht vorstellen. Die sollte man besser auch nicht erleben. So muss es sich ungefähr anfühlen, wenn dir jemand in beide Nasenlöcher faule Eier steckt und dann draufhaut. Alles in allem also nicht empfehlenswert. Es gelingt mir, wieder hochzukommen. Wäre kein Wunder gewesen, wenn ich einfach da unten liegen geblieben wäre. Kein schöner Tod! Wortlos nimmt Herr Jungjohann die Flasche Korn entgegen. Das Wechselgeld interessiert ihn nicht. Er schlurft zurück in die olfaktorische Hölle.

Nun gehen die Lebensumstände erwachsener Menschen einen Taxifahrer prinzipiell nicht viel an. Muss ja jeder selbst entscheiden, wie er sein Leben gestaltet. In diesem Falle entscheide ich mich aber anders und lenke mein Taxi zum Polizeirevier Neustadt. In der Wache steht eine leicht übernächtigt wirkende Polizistin.

»Ähm, ich hatte da gerade eine seltsame Situation«, setze ich an, »da in der Kleinen Johannisstraße, Nummer 27 bei Jungjohann ... Also, da sollte ich 'ne Flasche Korn abliefern, und das hab ich auch gemacht. Und da kam ein Geruch aus der Wohnung, den ich so noch nicht erlebt habe. Also, mal abgesehen von dem Typen mit den offenen Beinen, den ich mal gefahren habe. Der roch ähnlich. Aber nicht so intensiv. Also, vielleicht wäre es besser, wenn Sie da mal vorbeigucken würden.«

Ach, Polizisten können ja so herrlich unbeteiligt sein. Sie verzieht keine Miene, fragt mich aber erst mal nach meinem Ausweis und nimmt die Personalien auf. Als ob ich ein Problem hätte und nicht der Jungjohann.

»Wir kümmern uns«, ist ihr kurzer, genervter Kommentar.

Zwei Tage später steht ein kleiner Artikel im Weser-Kurier in der Rubrik »Blick in die Welt«. Ein 84-jähriger Mann habe drei Monate lang mit seiner toten Frau in einer Wohnung in der Neustadt gelebt. Er habe sie nach 60 Jahren Ehe nicht einfach so gehen lassen können. Die Nachbarn hätten nichts bemerkt.

38

Ich fuhr Franceska zum Flughafen und trug ihr natürlich die Koffer. Ich hatte ihr versprochen, dass ich mich um Isolde kümmern würde und auf keinen Fall Taxi führe, wenn der Hund nicht versorgt wäre. Ich log ihr vor, dass mein Erspartes (guter Witz) locker drei Monate reichte und dass ich zur Not völlig ohne Taxifahren auskäme. Da sie mir das glaubte, zweifelte ich das erste Mal ernsthaft an ihrer Intelligenz. Wahrscheinlich war es aber gar nicht ihre Intelligenz, an der es mangelte. Es war wohl eher ihre Gefühlskälte. Denn nach ihr kam erst mal ihre Mutter und danach drei Lichtjahre lang gar nichts. Dann kam die Töle und irgendwo unter ferner liefen Herr Meyer.

Ich hatte überlegt, ob ich ihr zum Abschied Blumen schenken sollte, dies aber wieder verworfen, weil wirklich niemand Blumen im Flugzeug gebrauchen konnte. Ihr Kommentar: »Keine Blumen zum Abschied, Herr Meyer. Sie enttäuschen mich.«

Jede Wette. Wenn ich Blumen dabei gehabt hätte, hätte sie mich gefragt, was in aller Welt sie wohl mit Blumen auf einem Interkontinentalflug anfangen solle. Ihre Vorwürfe waren eine verlässliche Größe in meinem Leben. Aber ich hatte vorgesorgt. Ich hatte nämlich ein Gedicht geschrieben. Nur für sie. Und das lautete wie folgt:

Meines Glückes Fassbarkeit,
dass Ihr an meiner Seite seid,
ist nicht auszumessen.
Mit Euch möchte ich allzeit,
in liebender Glückseligkeit,
die ganze Welt vergessen.

Was für ein schwülstiges Geschwurbel. Und dann auch noch im hochehrwürdigen Majestätsplural. Ging ja nicht anders. Meines Glückes Fassbarkeit, dass Sie an meiner Seite sind, hätte sich ja nicht gereimt.

Sie schien fast ein bisschen gerührt. Also fast. Der Kommentar klang dann schon weniger gerührt.

»Herr Meyer. Von wem haben Sie das denn abgeschrieben? Das kann doch nicht von Ihnen kommen.«

Na dann mal einen guten Flug!

Vom Flughafen fuhr ich sofort ins nächste Zoogeschäft und kaufte einen Katzenkorb. Die blöde Töle würde keinesfalls die Wohnung zerlegen, wenn ich die nächsten drei Monate Nacht für Nacht Taxi fuhr.

Ach, wie schön das Leben doch ohne Franceska sein konnte. Da war es plötzlich wieder da: Mein Leben.

Schlauberger, Drogen, Alkohol, Taxifahren. Alkohol, Drogen, Taxifahren, Schlauberger. Drogen, Taxifahren, Schlauberger und Alkohol. Die Kombinationen des Glücks waren schier unerschöpflich. Und es gelang mir sogar, fast jede Nacht einmal zu Hause vorbeizuschauen, um die Töle zum Gassigehen aus dem Katzenkorb zu holen. Hunde sind erstaunlich genügsam, wenn sie es sein müssen.

39

Man glaubt ja gar nicht, wie kurz drei Monate sein können. Sie waren in meinem Fall definitiv *zu kurz*. Jedenfalls, wenn man die Sache von außen betrachtete. Meine Innenwelt war wie immer eine andere und von der Realität so weit entfernt wie die Erde vom Andromedanebel. Objektiv betrachtet ging es mir in der Zeit von Franceskas Abwesenheit so gut wie schon lange nicht mehr. Subjektiv vermisste ich sie.

Ich telefonierte fast täglich mit ihr. Begeistert war sie davon allerdings nicht. Denn das bisschen Zeit (14 Wochen!), das sie in Chile verbringen durfte, gehörte natürlich ihrer Mutter. Sie brachte das Kunststück fertig, mich nicht ein einziges Mal zu fragen, wie es mir gehe. Ob ich fleißig sei, ob mein Studium vorankomme, ob es Isolde gutging. Das waren ihre Themen. Isolde ging es jetzt nicht ganz so gut, aber das durfte ich ja nicht zugeben. Ansonsten musste ich mir erzählen lassen, wie wunderbar sonnig Chile sei, dass die gesamte Gesellschaft dort viel besser funktioniere, dass die Menschen nicht so kaltherzig wie in Deutschland seien (SIE beschwerte sich über Kaltherzigkeit!) und dass Familien bereits ihre Kleinkinder mit zu klassischen Konzerten nähmen, natürlich Open Air und kostenlos. Warum sie nicht einfach dablieb? Ich weiß es nicht. Aber diesmal hatte ich sogar gefragt. Wegen des Diploms, erfuhr ich. Göttlicher Pragmatismus. Danach könne sie sich durchaus vorstellen, nach Chile zurückzukehren. Und das versetzte mich in innere Panik. Sollte sie vielleicht einfach nach ihrer Diplomarbeit Deutschland verlassen? Würde sie mich verlassen? Ich kam mir ja so verlassen vor …

Die beste Zeit der letzten viereinhalb Jahre empfand ich als eine Ewigkeit. Ich vermisste sie. Ich vermisste sie unglaublich und meinte, das sogar körperlich zu spüren. Dabei ging es mir doch gut. Ich hatte mir ein kleines finanzielles Polster geschaffen, war wieder auf einem akzeptablen Alkohol- und Drogenlevel und fühlte mich trotzdem im Paradies der Einsamkeit schlechter als in der Hölle der eingebildeten Zweisamkeit.

Die Hälfte des Polsters legte ich in Schmuck an. Also jetzt nicht für mich. Nein, ich ging tatsächlich zu einem Juwelier und gab einen Ring in Auftrag. Smaragd mit Gelbgold, 1.200 Euro. Ich holte sie nicht in Bremen, sondern in Frankfurt vom Flughafen ab. Und ob man es nun glaubte oder nicht: »Der Fette« lieh mir tatsächlich ein Auto. Obwohl er ja nicht das Sozialamt sei und wenn da jeder käme und so. Und Diesel selbst bezahlen. Und bloß keinem erzählen, und selbstredend müsse ich jetzt auch mal 'ne Dienstags- und 'ne Montagsschicht fahren. Hatte ich ja dreieinhalb Monate lang gemacht. War dem »Fetten« nur nicht aufgefallen. Irgendwann wird's ja auch unübersichtlich bei 60 Taxen.

Drei Stunden, bevor sie landete, war ich bereits am Flughafen. Mein Herz schlug bis zum Hals. Denn ich hatte einen Masterplan geschmiedet: Heiratsantrag. Das war genau der richtige Tag für einen Heiratsantrag. Ring dabei, Blumen dabei, mich dabei. So funktionierte ein Heiratsantrag. Und als sie endlich, völlig übernächtigt, aus der Zollkontrolle kam, war ich überglücklich. Stolz präsentierte ich ihr den Ring, sank auf die Knie und fragte sie, ob sie meine Frau werden wolle. Ach, wie herrlich konnte man sich doch erniedrigen. Da der Ring gefiel, sagte sie: »Ja.«

Bingo, ich war verlobt. Ich war verlobt mit der personifizierten Hölle. Was war das doch für ein glücklicher Tag. Und zwar genau bis zu dem Augenblick, als ich ihre Koffer in die gemeinsame Wohnung trug. Im Taumel der glücklichen Eroberung, der niemals geglaubten Fügung, hatte ich nämlich eine klitzekleine Kleinigkeit vergessen.

»Herr Meyer«, ihre Stimme war schneidend scharf, »Was bitteschön macht der Käfig da?«

Käfig? Hä, was meinte die? Was denn für ein Käfig? Mit einem gefühlt drei Meter langen Zeigefinger deutete sie auf den Katzenkorb. Ups. Dumm gelaufen!

»Äh ... äh ... Isolde war krank. Da hab ich sie zum Tierarzt gebracht.«

Ganz schlechte Lüge. Isolde war ja durchaus in der Lage, an der Leine zu laufen.

»Sie haben meinen Hund in einen Käfig gesteckt, um ihn zum Tierarzt zu bringen?«

»Ja ... Wegen der anderen Hunde und der Katzen. Also, das arme Ding war total schwach und hätte sich ja gar nicht wehren können. Wenn da mal eines der anderen Tiere auf sie losgegangen wäre ...«

Und was soll man sagen? Wie gut, dass Hunde nicht reden können. Und wie seltsam, dass sie trotz ihres zur Schau gestellten Intellekts dermaßen einfältig sein konnte. Sie nahm mir diese Lüge ab.

40

Nun sollte man Franceska aber nicht unterschätzen. Auch wenn sich ihre soziale Kompetenz im nicht messbaren Bereich bewegte, wusste sie doch sehr genau, was sie wollte und von wem sie es kriegen konnte. Als frisch Verlobter bildete ich mir ein, sie jetzt endgültig an mich gebunden zu haben. Das war natürlich Quatsch. Es gab ihr nur die zusätzliche Sicherheit, mich so lange weiter benutzen zu können, bis sie hatte, was sie wollte.

Die nächsten Monate waren die anstrengendsten meines ganzen Lebens. Drei Schichten Taxi pro Woche, Uni, die blöde Töle, und ich musste auch noch ihre Diplomarbeit korrigieren und formatieren. Kurz vor Weihnachten im Jahr 2000 teilten mir meine Eltern mit, dass sie nicht die Absicht hätten, mich weiterhin zu unterstützen. Mit 34 Jahren sollte ich ihrer Meinung nach selbst in der Lage sein, mich zu finanzieren. Dazu war ich durchaus in der Lage. Aber ich war nicht in der Lage, mich *und* die »Prinzessin auf der Erbse« zu versorgen. Jedenfalls nicht, wenn ich tatsächlich irgendwann noch mal meinen verdammten Abschluss erreichen wollte.

Da traf es sich gut, dass das Schicksal mir endlich mal einen hoffnungsvollen Wink gab. Das Zauberwort war Gabriel. Der reiche Sack gönnte sich am 23. Dezember seine ganz persönliche Weihnachtsfeier. Und diesmal bestellte er sich nicht ein, sondern fünf Taxis. Reichtum schützte offensichtlich nicht vor einer gehörigen Portion Schwachmatentum.

So rückten wir denn mit fünf Taxen in der großen Johannisstraße an. Ganz vorne stand Harry, dahinter Träne, dann kam meine Wenigkeit, und hinter mir standen noch Aladin und Pfeife. »Der Fette« konnte also fünf Fahrer für den Rest der Nacht abschreiben. Und diesmal machte Gabriel gar keine langen Faxen, sondern fuhr sofort in den Puff. Er nahm natürlich im mittleren Wagen Platz, also hatte ich ihn an der Backe. Und so machte sich ein Konvoi auf den Weg nach Seckenhausen. Zum Glück war Harry ganz vorne; wenn Träne vorne gefahren wäre, wären wir nie angekommen.

Geübt lenkte Harry seine Karosse auf den Bordellparkplatz. Und weil da ja noch vier andere drauf mussten, zog er zügig bis zum Ende durch. Da müssten die anderen noch dahinterpassen. Träne hingegen latschte, sobald sich die Hinterräder auf dem Pflaster des Parkplatzes befanden, voll auf die Bremse, und ich knallte ihm ordentlich hinten drauf. Der Blechschaden hielt sich in engen, aber leider nicht vertuschbaren Grenzen. Das würde ich dem »Fetten« wohl erklären müssen. Na, klasse.

Schlimmer als »der Fette« war aber die Aussicht, dass Gabriel es jetzt womöglich nicht mehr für nötig hielt, mir am Ende 500 Mark Trinkgeld zu überreichen. Und falls dem so sein sollte, müsste Träne mir schon sehr genau erklären, wieso er Scheiße noch mal wie ein Idiot auf die Bremse gestiegen war. Die Gebühr für diesen Vorgang legte ich schon mal innerlich mit 500 Mark fest.

Gabriel ließ sich durch den kleinen Vorfall aber nicht aus der Ruhe bringen. Das war schließlich seine Masterplan-Weihnachtsfeier. Mit ein paar abschätzigen Bemerkungen über meine Fahrkünste war die Sache schon erledigt. Und dann ging es zügig in die Absteige. Na, das konnte ja heiter werden. Wurde es auch. Es wurde so ziemlich das Heiterste, was Bremer Taxifahrer sich noch Jahre später erzählten.

Im »Muschelpalast« ließ Gabriel nämlich die Puppen tanzen. Und zwar, dass es nur so krachte. Champagner floss im Überfluss. Wer wollte, durfte auch mal eben aufs Zimmer. Geld spielte keine Rolle, und die kleine Claire stellte sich als Meisterin ihrer Zunft heraus. Andererseits war sie mal wieder ein Beweis dafür, was Franceska doch für eine Niete im Bett war. Egal. Göttinnen verzieh man sowas.

Zu sehr später Stunde, es musste so gegen vier, fünf Uhr gewesen sein, kam Gabriel dann auf einen seiner berühmt berüchtigten Einfälle. Der »Muschelpalast«, in Taxikreisen »Muschipalast« genannt, hieß ja aus einem ganz bestimmten Grund »*Muschel*palast«. Denn neben dem runden Tresen hatte ein wenig begabter Innenarchitekt eine Bühne aufgebaut. Und darauf stand die herrlich geschmacklose Badewanne in Muschelform.

Erstaunlich, wofür Männer Geld zahlen.

Gabriel ließ die Muschel mit zwei Thai-Girls bestücken. Und dann kam sein großer Auftritt. Gönnerhaft stellte er die Frage: »Na, wer von euch Jungs will sich denn in der Muschel einen blasen lassen?«

»Ich, ich, ich!«, schrie Pfeife. »Ich mach das!« Wir anderen hatten nicht mal Zeit für einen Wimpernschlag, da stand Pfeife schon auf der Bühne an der Muschel und pulte an seiner Hose rum. Ach, Pfeife. Er war der lebende Beweis dafür, dass Männer komplett ohne Hirn auskommen können. Sein zentrales Nervensystem befand sich in seinen Testikeln. Das Autofahren erledigte er mit dem Rückenmark.

Nun war Pfeife auch optisch nicht unbedingt ein Vorzeigeexemplar der menschlichen Gattung. Er war zwar fast 1,90 Meter groß, brachte aber bestimmt nicht mehr als 70 Kilo auf die Waage. Harry kommentierte das so: »Guckt euch mal den Spargeltarzan an. Alter ey, hat irgendwer 'n Fotoapparat dabei? Das glaubt uns hinterher keiner.«

Leider gab es keinen Fotoapparat, und ich bezweifelte, dass das Gerät ausgelöst hätte. Das hätte sich nicht mal die dümmste Kamera der Welt angetan. Denn abgesehen von

Pfeifes Statur (falls er seinen Lappen verlöre, könnte er immer noch einen Job als Bohnenstange ergattern) hatte er auch noch ein Gesicht zum Eierabschrecken, mit einer Nase, die man ohne weiteres auf dem Gemüsemarkt als Kartoffel hätte anbieten können. Der krönende Abschluss seines Stylings war aber zweifelsfrei seine Frisur. Vokuhila in Reinkultur. Oben Bürste, hinten dünne Strapsen und das alles in schönstem Straßenköterblond. Normale Menschen würden so gar nicht auf die Straße gehen, geschweige denn sich nackert vor vier Kollegen in der Muschel einen blasen lassen. Aber Pfeife war da offensichtlich schmerzfrei.

Oder genauer gesagt nicht ganz so schmerzfrei. Denn als er da, so wie Gott ihn geschaffen hatte, in der Muschel stand, passierte mit seinem Dödel genau gar nichts. Sollte man auch nicht unterschätzen, den Publikumseffekt. So sehr die beiden Grazien sich auch bemühten. Pfeifes Schwellkörper versagten den Dienst. Da half kein Schieben, Drücken, kein Arschgewackel, kein Küsschen, gar nichts. Vielleicht war es ja eine gute Idee, einfach schon mal mit dem Blasen anzufangen. Könnte ja sein, dass der kleine Frummel dann wächst. Aber Fehlanzeige. Pfeifes Würmchen hing schlaff nach unten im arbeitsbereiten Mund einer der Amüsierdamen.

Und da kam mir die zündende Idee. So muss das damals mit Newton und dem Apfel gewesen sein. Nur entwickelte ich keine Gravitationstheorie, sondern Pfeifes hängender Pimmel im wirkungslosen Mund der Hure brachte mir die Eingebung, wie ich den »Fetten« um die Einnahmen einer gesamten Nacht bringen konnte. Und zwar nicht nur um meine, sondern um die aller Taxen. Und es sollte nicht irgendeine Nacht sein. Es musste an Silvester passieren.

Heiligabend

Der Heilige Abend scheint für viele Taxifahrer eine Bedeutung zu haben. Jedenfalls hat »der Fette« am 24. immer Probleme, seine Autos zu besetzen. Dabei ist das ein sehr lukrativer Tag. Es werden ausgesprochen viele Taxen bestellt, und die ganze Selig- und Herrlichkeit ist dem Trinkgeld überaus förderlich. Außerdem ist der Heilige Abend für einen Taxifahrer ein interessantes soziokulturelles Ereignis.

Das geht schon am Nachmittag los. So ab vier Uhr bestellen vor allem gastronomische Betriebe jede Menge Droschken. Weil nämlich die Trinker ohne Familienanschluss bereits ab morgens um elf ihre Einsamkeit in Alkohol ertränken. Es muss dermaßen schrecklich sein, diesen Tag alleine zu verbringen, dass es nur die Möglichkeit des Vollrausches gibt, um den Seelenschmerz zu betäuben. Und da spielt es gar keine Rolle, in welchem Stadtteil diese bemitleidenswerten Kreaturen wohnen. Die findet man überall. Über die ganze Stadt verteilt.

So gegen 18 Uhr kommen dann die Rentner. Die sind gut gelaunt, die Freude über diesen Tag strahlt ihnen aus den Augen. Und die meisten fahren dann zu ihren Kindern und Enkelkindern und haben wahrscheinlich einen ganz famosen Abend. Ich weiß es nicht, da ist man ja nicht dabei.

Dann kommt die Phase der Ruhe. Zwischen acht und zehn wird gegessen. Und das mache ich auch am Heiligen Abend. Und zwar bei meinen Eltern. So klassisch, mit Gans und Knödeln. Die Schwierigkeit an diesem Abend besteht darin, meine Eltern davon zu überzeugen, dass ich kurz vorm Abschluss stehe. Und seltsamerweise wird das jedes Jahr schwieriger. Wieso eigentlich? Sie müssten sich an meine Argumentationskette doch bereits gewöhnt haben. Der Heilige Abend ist seit einigen Jahren der einzige Tag im Jahr, an dem ich meine Eltern sehe. Die Vorwürfe, die ich mir dann anhören muss, reichen aber auch locker für 365 Tage.

Ab zehn kommen dann die Jugendlichen, die das von Oma und Opa geschenkte Geld auf den Kopf hauen wollen. Alles auf einmal. Um zehn müssen alle Jugendlichen der Stadt in die Disse. Ausnahmslos alle.

Und um zwölf kommen dann die ganz besonderen Kandidaten. Das sind die, die bei sogenannten Freunden feiern und danach nach Hause wollen. Und genau so eine entzückende Familie muss ich pünktlich um Mitternacht in der Neuen Vahr Süd abholen. Sie missgelaunt, er alkoholisiert, die Kinder zu dick und verzogen. Na, klasse.

Allein der Einsteigvorgang dauert eine halbe Ewigkeit. Schließlich muss die Beute im Wagen untergebracht werden. Und das ist gar nicht so einfach, wenn man mit Freunden feiert. Das sind ja auch noch mal vier Leute. Und weil jeder jedem was schenkt und die Kinder sowieso allemal drei bis vier Geschenke von ihren Eltern bekommen, müssen nicht weniger als 40 Pakete im Auto verstaut werden. Schmuck geht dabei übrigens gerne mal im Kofferraum verloren. Zur Not helfen wir Taxifahrer dabei ein bisschen nach.

Kaum sitzt die gesamte Bagage im Wagen – es geht grundsätzlich nur um zwei Ecken, das Taxi ist die einzige Möglichkeit, zwei Tonnen Geschenke nach Hause zu bekommen –, geht das Gezanke los. Die Kinder kriegen sich in die Haare, wem denn nun der grüne und wem der blaue Gameboy gehört. Obwohl die beiden Dinger bis auf die Farbe absolut identisch sind. Aber scheißegal: Irgendeinen Grund braucht man ja nun mal zum Streiten. Sie faucht ihn an, dass er zu viel getrunken hat. Er ärgert sich nach kurzem Überschlagen darüber, dass sie mehr

Geld in die Geschenke für ihre Freunde investiert, als sie im Gegenwert zurückbekommen haben. Sie schwört Stein und Bein, dass es nun wirklich das allerletzte Mal gewesen war, dass man mit den Schmadtkes gefeiert hat. Und überhaupt: »Hast du Giselas Kleid gesehen? Dass die fette Kuh sich sowas traut.«

Göre eins: »Aber Papa hat doch vorhin in der Küche gesagt, dass das Kleid von Gisela ganz toll aussieht.«

Sie: »Du warst mit Gisela in der Küche?«

Er brummelt irgendwas vor sich hin. Sie droht mit Scheidung. Weihnachten ist das Fest der Liebe.

41

Am ersten Weihnachtstag taxierte ich die wahrscheinliche Beute. Die Rechnung war nicht ganz einfach. An Silvester konnte keiner so genau sagen, wie viele Wagen von Wesertaxi tatsächlich auf der Straße waren. Zunächst mal die 63 offiziellen Taxen. Dann schickte »der Fette« aber noch mal mindestens 15 eigentlich schon ausgediente Autos auf die Straße. Welcher Polizist hatte schon die Zeit, an Silvester die Konzession zu überprüfen. Und dann waren da noch mal 25 Autos mit Mietwagenkonzession. Die durften zwar Leute aus Kneipen und zu Hause abholen, aber niemanden von der Straße mitnehmen. Da hielt sich bloß niemand dran. Alles in allem also etwa 100 Autos. Und die machten im Schnitt geschätzte 1.200 Mark Kasse in der Silvesternacht. Das waren also 120.000 Mark. Davon kassierte »der Fette« aber nur 60 Prozent. Es ging also um sage und schreibe 72.000 Mark, um die ich den »Fetten« erleichtern würde. Aufgeteilt auf zwei Jahre wären das 3.000 im Monat. Oder anders ausgedrückt: Diplom, ich komme.

Okay. Ich würde immer noch zwei Schichten die Woche fahren müssen. Sonst hätte »der Fette« mich sofort im Verdacht. Aber die könnte ich ganz stressfrei gestalten.

Der Plan war absolut simpel. So simpel, dass es mich wunderte, dass noch nie einer draufgekommen war. Wenn die Fahrer ihre Abrechnung machten, packten sie das Geld in einen Briefumschlag. Den Umschlag schmissen sie außen am Betriebsgebäude in einen Briefkastenschlitz. Und von dort aus führte ein Schacht durch das Mauerwerk direkt in den Tresor des »Fetten«. Der Schlitz war etwa auf Schulterhöhe. Der Tresor stand vielleicht anderthalb Meter vom Schlitz entfernt. Der Schacht musste also mindestens zwei Meter lang sein. Und in diesen Schacht würde ich einen kleinen Einsatz schieben mit einem Netz dahinter. So wie Pfeifes Pimmel schlaff im Mund der Hure, würde mein Netz im Geldschacht des »Fetten« hängen. Nur wären Einsatz und Netz zusammen natürlich deutlich länger.

Ich machte ein paar Versuche an unserem eigenen Briefkasten. Die Frage war, wie lang der Einsatz, den ich aus der Plastikverpackung eines Warndreiecks bastelte, sein musste, damit die Umschläge normal und locker nach unten rutschten. Außerdem musste das Netz eher stabil und möglichst engmaschig sein, damit die Ecken von den Umschlägen sich auf keinen Fall in den Maschen verkannten konnten. Geeignetes Material fand ich an einem Baugerüst, eine ziemlich feste Gewebeplane, die für meine Zwecke immer noch flexibel genug erschien. Jetzt war nur noch die Frage zu klären, wie ich das verdammte Ding befestigen konnte, ohne dass die Manipulation zu sehen war. Das erwies sich als das größte Problem. Zumal ich das auch nicht zu Hause ausprobieren konnte. Das ging nur am lebenden Objekt. In der Nacht vom ersten auf den zweiten Weihnachtsfeiertag fuhr ich deshalb mit meiner Konstruktion nach *Zürich*. Jetzt durfte mich bloß keiner von den Fahrern sehen. Und *Zürich* war ja ein regulärer Taxiplatz von Wesertaxi. Ach, drauf geschissen. No risk, no fun.

Natürlich stand ein Wagen mit erleuchtetem Geier auf dem Betriebshof. Naja. Das konnte doch nicht lange dauern. Weihnachten lief das Geschäft sehr gut, da stand keine Droschke länger als fünf Minuten am Platz. Aber der verdammte Wagen machte nicht die geringsten Anstalten, sich endlich mal vom Fleck zu bewegen. Nicht mal nach einer Stunde, auch nicht nach zwei. Ja, verdammte Scheiße, was war das jetzt für eine Nummer? Wir hatten Dezember, es war schweinekalt, ich fror mir hier draußen den Arsch ab, und der blöde Heckenpenner da kommt einfach nicht in die Gänge. Ich entschloss mich, mal vorsichtig zu dem Wagen zu gehen. Hatte da vielleicht einfach jemand vergessen, den Geier auszuschalten, und bereits Feierabend gemacht? Vorsichtig spähte ich in das Fahrzeuginnere. Koslowski. Na, klasse. Der Typ war mal wieder eingepennt. Das passierte ihm öfter, weil er den Wagen 24 Stunden am Tag hatte, und auch Polen müssen wohl ab und an 'ne Mütze Schlaf nehmen. Das Gute daran war, dass Koslowski, wenn er denn erst mal schlief, wirklich tief und fest schlief. Wir hatten ihm mal während einem seiner Nickerchen an der Halte »Benningsen« die gesamte Karre hochgebockt, die Reifen abgeschraubt und die Achsen auf Ziegel gestellt. Während er drinsaß … Das muss man sich mal vorstellen! Es war ein Bild für die Götter, als Reimund ihn über Funk anschrie, dass er jetzt endlich aufwachen solle. Wir standen mit 15 Fahrern am Halteplatz und werden Koslowskis Gesicht nie vergessen, als die Karre zwar ansprang, aber sich nicht einen Millimeter vom Fleck bewegen wollte. Ganz großes Kino!

Koslowski konnte ich also getrost ignorieren. Der wachte nicht auf. Niemals! Die Idee, die ganze Nummer vorher auszuprobieren, erwies sich als überlebenswichtig für meinen Plan. »Der Fette« hatte nämlich oben und unten am Briefkastenschlitz kleine Blechblenden anbauen lassen. Der Schlitz war nur halb so groß wie meiner zu Hause. Das war mir vorher nie aufgefallen. Das Gute daran war, dass die Blenden geschraubt waren, mit ganz normalen Kreuzschrauben. Ich müsste also nur genau solche Blenden an meinem Einsatz befestigen, und dann könnte ich das Ding ganz einfach anschrauben, ohne dass es hinterher anders aussähe als vorher. Bestimmt hatte »der Fette« die Bleche anbauen lassen, damit keiner auf die Idee käme, da mal reinzufassen, ob da nicht irgendwo ein Umschlag hängen geblieben war. Ha, was war der doch doof.

Da baute er mir auch noch eine Vorrichtung, damit ich ihn besser beklauen konnte.

Jemand tippte auf meine Schulter. Das Herz rutschte mir in die Hose. Ich drehte mich in Sekundenschnelle um und blickte in Koslowkys verträumte Augen.

»Was machste denn hier, Haftschale?«

Geistesgegenwärtig ließ ich den Einsatz in den mitgebrachten Rucksack gleiten.

»Ach, äh …« Jetzt musste mir schnell eine gute Lüge einfallen. »Äh, ich hatte gestern im Tran vergessen, meine Abrechnung in den Kasten zu schmeißen.«

»Du bist doch gestern gar nicht auf dem Bock gewesen.«

Woher wusste er das jetzt?

»Äh, nee. War gar nicht gestern. Ich meinte Heiligabend. Bin immer noch ein bisschen verpeilt, hab gestern ordentlich gefeiert.«

Koslowski schlurfte davon. Er schien die Geschichte geschluckt zu haben. Aber mir war der Schock ordentlich in die Glieder gefahren. War das wirklich so eine gute Idee? Wenn mir das Herz schon beim kleinsten Zwischenfall in die Hose rutschte?

42

In der Nacht vor Silvester verglich ich noch mal die Blenden. Die Größe stimmte exakt. Aber die Löcher waren zu weit außen. Da musste ich noch mal bohren. Okay, das ließ sich ohne große Mühen bewerkstelligen. Das Problem war eher, dass Anspannung und Aufregung sich bereits jetzt ins Extreme steigerten. Ich hatte doch noch gar nichts gemacht, der Adrenalinspiegel war trotzdem im toxischen Bereich. Ich schlief dann ziemlich unruhig – im Keller. Franceska war sauer, dass ich Heiligabend und Silvester im Taxi saß. Da waren mal wieder zwei, drei Tage Trennung angesagt. Das war auch besser so. Ich konnte bei all der Aufregung nicht auch noch den ganz normalen Alltagswahnsinn ertragen.

Am 31. holte ich meinen Wagen pünktlich um 18 Uhr ab. Alles war wie immer. Weshalb auch nicht, es war ja noch nichts passiert. »Der Fette« schärfte den Fahrern zum x-ten Mal ein, »dass heute Nacht Funk gefahren wird.« Die einfache Logik, die dahintersteckte, war, dass Leute, die an Silvester ein Taxi bekommen, auch das gesamte Jahr über genau die Firma anriefen, bei der sie beim Jahreswechsel erfolgreich waren.

»Der Fette« feierte an Silvester nicht einfach wie alle anderen Reichen dieser Welt ein rauschendes Fest. Er setzte sich tatsächlich in seinen 500er-SL (göttliches Auto) und kontrollierte, ob wir keine Einsteiger mitnahmen. Natürlich nahmen wir Einsteiger mit. Aber nur so, dass »der Fette« das nicht merkte. Wer in so einer Nacht den Bahnhof ansteuerte, war selber schuld. Denn das hatte, insofern »der Fette« ihn erwischte, Konsequenzen. Da brüllte dann mitten im dicksten Geschäft seine grobe Schlachterstimme durch den Funk.

»Wesertaxi 54. Du kannst den Wagen abstellen und brauchst dich nie wieder bei mir blicken zu lassen.«

Das war die gewaltfreie Methode. Wenn er gut gelaunt war. Bei schlechter Laune gab's auch mal was an die Backen.

Die Funker führten an Silvester Strichlisten. Da schrieben sie auf, wer wie viele Funktouren fuhr, aufgeteilt nach Stunden. Wenn du mitten in der Nacht ein, zwei Stunden keine Funktour gefahren bist, konntest du den Wagen auch abstellen. Ich durfte mir bei der Montage meines Geldnetzes also nicht so viel Zeit lassen. Das war ohnehin nicht ratsam, denn es könnte immer passieren, dass ein Wagen *Zürich* ansteuerte. Auch wenn das unwahrscheinlich war, weil die Autos eigentlich ständig unterwegs waren. Zwischen zehn und elf Uhr rechnete ich mir als besten Zeitpunkt aus. Da waren garantiert alle Autos besetzt, »der Fette« saß auf keinen Fall noch im Büro, und ich hatte eine gute Chance, die Nummer unbeobachtet hinter mich zu bringen.

Den Wagen stellte ich vorsichtshalber am Neustadtsbahnhof vor Jaques' Weindepot ab. Da sollte ihn niemand sehen können, weil das gesamte Gelände von großen Büschen umgeben war. Über den Kopf hatte ich mir tatsächlich so eine alberne Strumpfmaske gezogen. Und Handschuhe waren auch angesagt. Auf Blechen konnte man hervorragend Fingerabdrücke hinterlassen. Und eines der ältesten Beweismittel der Kriminologie sollte mich nicht zur Strecke bringen.

Mit klopfendem Herzen schlich ich mich rüber zum Betriebsgebäude. Alles war still, kein Mensch zu sehen. Nervös fingerte ich den Einsatz samt Netz und einen Kreuzschraubendreher aus meinem Rucksack. Mit zittrigen Fingern versuchte ich, die erste Schraube zu lösen. Mist, das Scheißding saß ganz schön fest. Und an Kriechöl hatte ich nicht gedacht. Unter erheblichem Kraftaufwand gab das verflixte Ding endlich nach. Mann, dauerte das alles lange. Und die blöden Schrauben quietschten. Konnten Schrauben laut sein? Ich fand die Scheißdinger verdammt laut. Aber das war sicherlich Einbildung. Als die Blenden endlich im Rucksack verschwunden waren, drückte ich das Netz vorsichtig durch den Schlitz. Ich hatte ein längeres Stück Schlauch dabei, um es tief nach unten in den Schacht zu schieben. Das konnte da ja nicht einfach als Knäuel drinhängen. Die Umschläge mussten schließlich genauso problemlos wie sonst auch durch den Schacht gleiten. Dann schob ich den Einsatz hinterher. Scheiße, war der auffällig gelb. Das musste doch auffallen. Aber als die Blenden akkurat angeschraubt waren, sah man das im dunklen Schacht gar nicht mehr so deutlich. Nur kam es mir eben unglaublich deutlich vor. Das konnte doch gar nicht gutgehen. Aber wo ich doch jetzt schon mal so weit war …

Draußen waren es drei Grad Minus. Ich musste mir trotzdem Schweiß von der Stirn wischen. Angstschweiß. Und der schwierigste Teil lag noch vor mir: Ich musste das Netz ja auch noch wieder rausziehen. Das Netz mit 72.000 Mark. Es gab einfach kein Zurück mehr, das Ding musste jetzt durchgezogen werden.

Die Schicht zog sich unendlich in die Länge. Brav fuhr ich eine Funktour nach der anderen. Ab und an natürlich auch mal einen Einsteiger. Alles Außergewöhnliche musste ich unbedingt vermeiden. »Der Fette« durfte nicht den kleinsten Hinweis darauf bekommen, wer ihn beklaut haben könnte. Denn beim geringsten Verdacht hätte er die Wahrheit mit Sicherheit aus mir herausgeprügelt.

Zeit ist eine erstaunliche Masse. Während sich die Stunden bis fünf Uhr morgens unendlich in die Länge zogen, vergingen die 60 Minuten bis sechs wie im Flug. Das Schichtende kam auf einmal in rasender Geschwindigkeit. Jetzt sollte sich herausstellen, ob die Umschläge wirklich sauber durch den Schlitz rutschten. Jetzt sollte sich herausstellen, ob wirklich keinem das gelbe Plastik aufgefallen war. Wieso in aller Welt hatte ich keinen schwarzen Einsatz gebaut? Andererseits: Hatte Pfeife einen schwarzen Schwanz? Und hatte Newton seine Gravitationstheorie in nur sieben Tagen auf die Beine stellen müssen? Nun war's jedenfalls zu spät, um sich solche Gedanken zu machen.

Äußerlich cool saß ich in *Zürich* und machte meine Abrechnung. Der ganz normale Smalltalk, Taxilatein, das Übliche eben. Innerlich war ich auf 180. Und das Schlimmste: Der finale Akt war noch einige Stunden entfernt, denn mindestens bis acht oder neun Uhr dauerte die Ablösung, weil viele Tagfahrer am ersten Januar nicht so früh anfingen. Und ich konnte alles gebrauchen, nur keine Zuschauer.

Ich verließ zusammen mit Harry und Aladin den Raum, wo wir die Abrechnung machten. Alle hatten ein Bier in der Hand. Und dann kam der große Moment. Ich versuchte so gleichgültig wie möglich auszusehen, als Harry die silberne Klappe des Briefschlitzes öffnete. Kein Wort über gelbes Plastik. Er schob den Umschlag einfach in den Schlitz. Genauso wie immer. Die Nummer funktionierte. Wie geil war das denn, es klappte tatsächlich. Aladin schmiss seinen Umschlag hinterher, und ich dann meinen. Das rutschte einfach so runter. Gar kein Problem.

Ein bisschen mehr Schläue wäre jetzt nicht schlecht. Also jetzt nicht unbedingt die reine Tequilaschläue. Eher so eine leichte Bierschläue. Irgendwas, was mich auch ein bisschen runter brächte. Ich ließ mich deshalb mit einem Taxi ins »Brasil« fahren. Und da gab es dann drei ordentliche große Beck's.

43

Liebend gerne wäre ich einfach im »Brasil« sitzen geblieben, um ein bisschen zu schlaubergern. Aber wenn man schon so weit gekommen war, dann konnte man die Sache nicht einfach abblasen. Okay. Noch war nichts passiert. »Der Fette« würde zwar merken, dass jemand ihn beklauen wollte, aber er wüsste, auch wenn er das Netz entdeckte, ja nicht, wer es da reingestopft hatte. Der Zweifel ist ein böses Nagetier. Das durfte mich jetzt nicht stoppen. Also schnell noch ein letztes Bier und dann … Was dann eigentlich?

Ich konnte mich ja nicht einfach mit einem Taxi nach *Zürich* fahren lassen. Und ich hatte dummerweise auch kein Auto mehr. Dann eben mit der Straßenbahn. Die hielt um kurz vor zehn in der Westerstraße, und ich machte mich auf den Weg zum finalen Akt.

Vorsichtig sondierte ich von der Hochstraße aus die Lage. *Zürich* lag wie ausgestorben im gerade erwachten Morgen. Nur ein paar Taxis standen noch auf dem Betriebshof, nicht ungewöhnlich am Neujahrsmorgen. Alle Wagen konnte »der Fette« da nie besetzen. Ein paar Flocken Schnee fielen. Um meinen Herzschlag zu prüfen, hätte ein Arzt mit Sicherheit kein Stethoskop gebraucht.

»Komm schon, Meyer«, sagte ich zu mir selbst. »Komm schon. Du musst da jetzt durch.«

Ich streifte mir ein paar schwarze Lederhandschuhe über und versuchte dann, mir die mitgebrachte Strumpfmaske über den Kopf zu ziehen. Wieso war das denn so verdammt kompliziert?

»Mensch, Meyer. Erst Strumpfmaske, dann die Handschuhe. Wenn *das* schon nicht klappt.«

Ich versuchte, mir selbst Mut zuzusprechen. Aber viel Mut war da nicht mehr. Alles in mir schien »Abbruch, Abbruch!« zu rufen. Aber statt mich umzudrehen und die ganze Sache zu vergessen, schlich ich vorsichtig auf *Zürich* zu. Immer noch alles ruhig. Alles war in bester Ordnung. Ich sprintete rüber zur Hecke, die den gepflasterten Stellplatz für die Droschken abschirmte. Ein letzter Kontrollblick, und weiter zum Briefschlitz. Jetzt musste alles verdammt schnell gehen. Jeder Handgriff musste sitzen. Wo war denn jetzt der dämliche Schraubendreher? Der war doch eben noch hier im Rucksack. Der kann doch nicht einfach verschwunden sein. Diese verflixten modernen Rucksäcke. Weshalb haben die bloß so viele Taschen? Wieso hab ich mir nicht gemerkt, wo ich das Ding hingesteckt habe? Nervös fummelte ich jeden einzelnen Reißverschluss auf und drehte den Rucksack einfach um. Der Schraubendreher fiel raus, da war er ja. Betonung auf »war«, denn er blieb nicht einfach so liegen, der war ja rund. Er drehte sich um seine eigene Achse auf den Abflussdeckel unterm Fallrohr der Regenrinne zu, so einer mit Ritzen. Solche, die gerade groß genug waren, einen Kreuzschraubendreher zu verschlucken. Und schwups war er verschwunden. Das durfte doch alles nicht wahr sein! Mit wackeligen Knien begutachtete ich das Gitter. Die Streben waren exakt so weit auseinander, um mir das Werkzeug zu entreißen, aber meine Hände passten natürlich nicht rein. Mit aller Gewalt zog ich am Metall. Da bewegte sich nichts, rein gar nichts. Der Dreck der Jahrzehnte hatte das Gitter fest mit der Steinumfassung verbunden. »Abhauen, jetzt einfach abhauen«, war mein erster Gedanke. Und der zweite: »Fingerabdrücke. Da sind doch bestimmt Fingerabdrücke am Schraubenzieher. Ich hab den vorhin ohne Handschuhe in den Rucksack gepackt. Da sind meine Fingerabdrücke dran.«

Ich spürte Panik in mir aufsteigen. Panik war nicht gut. Panik hilft in so einer Situation einfach nicht weiter.

»Mensch, Meyer, jetzt reiß dich mal zusammen«, versuchte ich mich selbst zu beruhigen. »Jetzt atme erst mal tief durch.«

Die verfluchte Maske begann zu jucken, darunter lief der Schweiß. Ich musste jetzt irgendwie eine Lösung finden, die zündende Idee, ich brauchte ein Werkzeug, um das Gitter hochzuheben. Ein Brecheisen, etwas in der Art eines Brecheisens ...

»Wagenheber«, schoss es mir durch den Kopf, »nein, besser noch ein Radkreuz!«

Das musste funktionieren. In jedem Taxi lag ein Radkreuz. Theoretisch jedenfalls. Bei Wesertaxi nicht unbedingt. In der 97 lag eins, das wusste ich. Aber ich wäre sicher nicht so blöd, das Kreuz aus meinem eigenen Wagen zu holen. Ich riss die Tür zum Aufenthaltsraum auf und rannte zum Board. Welches war der neueste Wagen? Da musste bestimmt noch das Werkzeug drin sein. Die 34 ... Nee. Die fuhr Molle, die war bestimmt nicht auf dem Hof. Der fuhr schließlich auch 24 Stunden am Tag. Hektisch glitt mein Blick über die wenigen Schlüssel, die am Board hingen. Die meisten Autos waren in der Tagschicht. Ein Blick nach draußen. Die 23 und die 62 standen am nächsten. Ich riss beide Schlüssel vom Board und stürzte nach draußen. Zittrig fummelte ich den ersten ins Kofferraumschloss und warf die Plastikmatte zur Seite. Unter der Reserveradabdeckung lag tatsächlich ein Radschlüssel. Puh! Die Autoschlüssel schmiss ich einfach in den Kofferraum und rannte rüber zum Abflussgitter. Als ich die Metallstange zwischen zwei Stäben ansetzte und mich mit meinem ganzen Gewicht auf das andere Ende kniete, gab das Gitter nach und sprang mit einem lauten Scheppern aus der Mulde. Das lief alles nicht nach Plan. Das lief alles überhaupt nicht nach Plan!

Mit der Linken griff ich in den schlammigen Schacht und bekam das Ende des Schraubendrehers zu fassen. Das hatte mich bestimmt zehn Minuten gekostet. Die ganze Aktion sollte nicht länger als drei dauern.

Die unvorhergesehenen Probleme machten meine Hände nicht ruhiger. Aber wenigstens lösten die Schrauben sich wesentlich leichter als in der vergangenen Nacht. Ich ließ sie einfach auf den Boden fallen. Also, die erste jedenfalls. Mann, war das laut. Vorsichtig versuchte ich, den Einsatz aus dem Schlitz zu ziehen. Das Ding bewegte sich keinen Millimeter. Was war das denn jetzt für eine verdammte Scheiße?

Tja, da hatte der Schlauberger nicht bedacht, dass sich so ein Netz, auch ein engmaschiges, in so einem Schacht ausdehnt, wenn da Hundert Umschläge mit Geldscheinen reingeworfen werden. Ich zog mit mehr Kraft. Nichts. Kein Millimeter. Ich versuchte es mit aller Gewalt, da rutschte das Ding endlich aus dem blöden Schlitz, der Einsatz riss vom Netz ab, und ich schaffte es gerade noch, nach den Maschen zu greifen. Mit lautem Gepolter flog die Halterung auf den Boden.

»Scheiße, Mann, ich sterb hier gleich.«

Das Netz ließ sich so prall gefüllt natürlich nicht aus dem engen Schlitz ziehen. Ich musste also umständlich die einzelnen Umschläge rauspulen. Die Zeit verging jetzt wieder rasend schnell. Das dauerte und dauerte, und ich hatte das Gefühl, überhaupt nicht weiterzukommen. Dabei zog ich doch Umschlag um Umschlag aus dem blöden Ding. Das mussten doch jetzt bald mal alle gewesen sein. Wie viele hatte ich denn jetzt? Ich guckte in den Rucksack. Höchstens 20. Mehr waren das noch nicht. Also ging das Gefummel munter weiter. Dieser Raubzug kostete mich mindestens drei Lebensjahre. So viel war schon mal sicher.

Ich hatte vielleicht zwei Drittel der Abrechnungen im Sack, als ich einen Motor hörte. Ich drehte mich zur Seite.

»Scheiße, ›der Fette‹!«

Was wollte der denn schon hier? Der kam doch immer erst nachmittags. Wieselflink sprintete ich um die Ecke des Betriebsgebäudes. Mist. Wie kam ich hier jetzt bloß weg? Ein vorsichtiger Blick um die Ecke. Er stieg aus seinem Wagen, das Netz hing mindestens 20 Zentimeter aus dem Briefschlitz heraus, und dann lagen da auch noch ein Radkreuz und ein Abdeckgitter vorm Betriebsgebäude. Oh Gott, oh Gott, das war's. Das musste er einfach sehen. Das war definitiv das Ende. Und zwar das echte. Überleben würde ich das nicht. Nicht beim »Fetten«.

Aber nein, der bemerkte das gar nicht. Der war viel zu sehr damit beschäftigt, seinen Büro-Schlüssel aus der Hosentasche zu prökeln. Wenn er drin wäre, hätte ich ungefähr 30 Sekunden, um zu verschwinden. Danach hatte er den besten Überblick aus seinem Bürofenster. Als die Tür hinter ihm zufiel, rannte ich los. Aber da hing ja noch immer dieses überaus reizvolle Netz. Vielleicht noch mal eben dran ziehen ... Ich huschte zum Schlitz, griff beherzt zu und zog. In dem Moment guckte »der Fette« mir von innen direkt in die Augen. Gepriesen sei die Strumpfmaske! Er begriff nicht, was da eigentlich vor sich ging. Ich zerrte am Netz, riss mit aller Kraft, stemmte beide Beine gegen die Wand, drückte mich davon ab, und dann gab es endlich nach, ploppte aus der vermaledeiten Enge, und ich knallte mit voller Wucht auf den Rücken. Jetzt begriff er. Er rannte aus seinem Büro, er brüllte. Ich nahm die Beine in die Hand, lief Richtung Hochstraße und stopfte das Netz mit den restlichen Umschlägen in den Rucksack. Da kam mir ein Taxi entgegen.

»Halt ihn fest, Harry, halt ihn fest!«, bölkte »der Fette«. »Das Schwein hat meine Kohle geklaut. Halt ihn fest!«

Jetzt hatte Harry Schwierigkeiten, zu begreifen, was passiert war. Aber der Weg zur Straße war eindeutig versperrt. Es gab nur noch eine Fluchtmöglichkeit: die in Richtung Bahndamm, zwischen Werkstatt und Waschanlage hindurch. Meine Knie wurden weich wie Gummi. Aber es gab keine Wahl, ich musste verdammt noch mal verschwinden. »Der Fette« lief keuchend und mit den Armen fuchtelnd über den Betriebshof.

»Anders rum, anders rum«, brüllte er Harry zu. »Schneid ihm den Weg ab!«

Ich rannte auf den Bahndamm und dann die Schienen entlang in Richtung Stephanibrücke. Weder »der Fette« noch Harry konnten mein Tempo halten. Adrenalin macht schnell. Und schneller als die beiden Übergewichtigen war ich allemal. Aber die ließen nicht locker. Die waren mir immer noch auf den Fersen. Daran ließ das Geschrei des »Fetten« nicht den geringsten Zweifel. Und Scheiße noch mal: Warum war da doch gleich die Brücke? Weil da auch die Weser kam. Und von hier unten, vom Bahndamm aus, konnte ich nicht auf die Fußgängerbrücke kommen. Die verlief über den Gleisen. Und die Eisenbahnbrücke war auch keine Alternative. Da konnten einem ja Züge entgegenkommen. Wie oft kommt so ein Zug, an einem Neujahrsmorgen? Wollte ich das Risiko eingehen? Auf keinen Fall. Aber was war die Alternative?

Der Fluss! Es gab nur eine Wahl. Ich musste durch die Weser schwimmen. Die war an dieser Stelle zwar keine 100 Meter breit, aber im Winter war das ein lebensgefährliches Unterfangen. In die andere Richtung gab's nur Harry und den »Fetten«. Da bestand nicht nur die Gefahr, das Leben zu verlieren, da bestand eindeutig Gewissheit. Ich ließ mich also langsam ins Wasser gleiten. Nur keinen Krach machen. Die beiden durften auf keinen Fall merken, welchen Fluchtweg ich genommen hatte. Ich drehte mich auf den Rücken. Das Wasser war eisig, mir blieb erst mal die Luft weg. Von meinen Verfolgern war immer noch nichts zu sehen. Nur vereinzelte Rufe schallten über den Fluss.

»Siehst du ihn? Wo ist der Kerl hin?« brüllte »der Fette«.

»Ich seh den nicht mehr, vielleicht ist der zur Straße hin …«, kam es von Harry ein Stück flussaufwärts zurück. Sie durchsuchten offenbar die Uferböschung.

Ich drehte mich zurück auf den Bauch und durchpflügte das kalte Wasser. Die Muskeln versagten allmählich den Dienst. Das konnte verdammt schnell gehen. Meine Bewegungen wurden zunehmend langsamer. Dazu kam die gewaltige Strömung des auflaufenden Wassers. Sie trieb mich mit erstaunlicher Geschwindigkeit in Richtung Innenstadt. Ich drehte mich zurück auf den Rücken. Ich musste meine Kräfte einteilen so gut es ging. Die nassen Klamotten gaben mir immer noch ein wenig Auftrieb. Lange würde das bestimmt nicht mehr so bleiben. Ich schloss die Augen und bewegte Hände und Füße möglichst gleichmäßig durchs Wasser. Das rettende Ufer kam langsam näher. Meine Muskeln waren inzwischen wie gelähmt, die Bewegungen hatten jegliche Effektivität verloren, ich hielt mich nur noch an der Wasseroberfläche. Aber das reichte. Die Strömung jenseits der Fahrrinne trieb mich an die rechte Weserseite. Nur hatte ich keine Kraft mehr, mich an der Böschung hochzuziehen. In eisiger Kälte lag ich halb in der Weser, halb auf der steinernen Uferbefestigung. Das war's. Jetzt konnte ich nur noch auf den Erfrierungstod warten. Das war das verdammte Ende. Hoch gespielt und verloren.

Latrine

Erlebnisgastronomie ist eine seltsame Episode der bremischen Kneipenkultur, die – dem Taxigott sei Dank – nicht lange dauern sollte. Es handelt sich dabei um eine Handvoll von Lokalen im Bahnhofsviertel, mit seltsamen Namen wie Bolero, Donnerbalken oder Bayernschaukel. Einer dieser Läden, die »Latrine« im Philosophenweg, bringt es in einer Wochenendnacht gut und gerne auf 80 bis 100 Taxibestellungen. Ein Hinweis darauf, dass der Laden wirklich brummt. In diesen Läden wird deutsche Partymusik gespielt. Kein einziger Interpret dürfte dem Publikum über längere Zeit bekannt bleiben, da weder die Musik noch die Texte sich auch nur durch einen Hauch von Qualität auszeichnen. Es geht grundsätzlich um Ficken, Saufen und Ficken. Und Saufen.

Das Publikum ist in der Regel um die 30 Jahre alt und wirkt so, als ob es im Alltag normalen Berufen nachginge. Ich weiß es nicht. Solche Leute kennt man ja nicht.

Die Besitzer dieser Lokale haben aus mir nicht erfindlichen Gründen das Gefühl, »es geschafft« zu haben, weil sich die Leute in ihrer Erlebnisgastronomie dermaßen die Birne zuschütten, dass am Ende des Monats für den Wirt Gewinne übrigbleiben, obwohl die Preise für die Getränke sich auf unterstem Niveau bewegen. Die Masse macht's.

Reimund gibt mir eine Funktour zur »Latrine«, vom Edelweiß ist das gerade mal eine Minute. Durch die Milchglasscheiben des Etablissements wummern Bässe. Die Szenerie passt ganz und gar nicht zu einem Heiligen Abend. Von Melodie und Texten bekomme ich zum Glück nichts mit. Und meine »Fahrgäste« stehen auch schon bereit. Das könnte schnell gehen. Der kleinere der beiden trägt einen graublauen Nadelstreifenanzug, ein hellblaues Hemd ohne Krawatte und teure italienische Schuhe. Die gefärbten Haare – es waren wohl schon einige graue gekommen – wellig bis lockig und für meinen Geschmack zu lang. Und natürlich darf der 80er-Jahre-Fusselschnäuzer nicht fehlen. Sein Begleiter scheint nichts mit ihm gemein zu haben. Ein großer, normal gekleideter Typ mit brauner Lederjacke. Deutlich nüchterner als der Kleine. Er sieht irgendwie gutmütig aus, was man vom Kleinen übrigens nicht sagen kann. Er schnauzt den Großen an, ich kann nicht verstehen, was. Scheiben sind eben nicht nur zum Regen-Abhalten nützlich.

Der Große setzt sich in Bewegung, geht zur Beifahrerseite und öffnet die hintere Tür. Der kleine taumelt hinterher und lässt sich auf die Rückbank fallen. Aha. Der Herr lässt sich die Tür öffnen.

»Nach vorne, nach vorne … hinten sitzt der Chef«, brabbelt der Kleine. »Du musst nach vorne!«

Der Große tut, wie ihm geheißen, öffnet die Beifahrertür, setzt sich und wünscht mir freundlich einen Guten Abend. Eine angemessene Begrüßung um zehn Uhr abends.

Der Kleine ist weniger freundlich. Er brüllt Kommandos:

»Losfahrn, losfahrn, wir haben's eilig. Jetzt fahr schon los.«

»Das würde ich ja gerne tun, werter Herr«, antworte ich, »nur fehlt mir noch die kleine Information, wo es denn hingegen soll.«

»Jetzt fahr schon los … wir ham's eilig … ich sach dir schon, wo's langgeht.«

»Vielleicht ein kleiner Hinweis … den Stadtteil wenigstens? Oder ob es womöglich weiter weg geht?«

»Losfahrn habbich gesacht. Du weißt wohl nicht, wer ich bin …«

Das weiß ich wirklich nicht. Und ich habe auch nicht die geringste Lust zu fragen. Dann fahr ich mal lieber los, vom Philosophenweg aus in Richtung Breitenweg.

»Links abbiegen«, brüllt der Kleine, »liiiiinks!«

Das ist jetzt so ein Problem mit dem Linksabbiegen. Der Breitenweg ist eine vierspurige Straße. Zwischen den beiden Doppelspuren sind Parkplätze, über die die Hochstraße führt. Wenn ich jetzt links abböge, wäre ich das, was im Verkehrsfunk ein Geisterfahrer genannt wird.

»Sorry, aber ich kann hier nicht links abbiegen.«

»Links hab ich gesagt. Kannsu kein Auto fahn oder was! Du biegst hier jetzt links ab. Du weißt wohl nicht, wer ich bin.«

»In der Tat … ich weiß nicht, wer Sie sind. Aber ich weiß ziemlich genau, dass ich hier nicht links abbiegen werde.«

Ich lenke den Wagen halb auf den Bürgersteig und halte an, damit die anderen Autos an mir vorbeikommen. Muss ja nicht jeder unter diesem Vollspacken leiden.

»Ey, du weißt wohl nicht, wer ich bin. Ich bin die Latrine!«

Na, klasse. So einer schon wieder. Aber diesmal ist er kein Autohaus, sondern eine Latrine. Und er ist deutlich unfreundlicher als Autohausbesitzer Lindemann.

»Sie sind also eine Latrine …«

»Wass willsu? Ich bin der Chef von der Latrine. Du fährsjetz liiiiinks oder du bis dein Job los.«

Es würde mich schon wundern, wenn der Fette mich am Heiligen Abend feuern würde, weil ein kleiner Fusselschnäuzer, der sich für einen Abort hält, möchte, dass ich falsch herum in den Breitenweg einbiege. Okay. Der Kunde ist König. Aber in meinem Taxi bin ich nun mal der Kaiser.

»Du weiß wohl nicht, wer ich bin …«, kommt es wieder von hinten.

»Doch, das weiß ich inzwischen. Sie sind eine Latrine. Und zwar eine, die jetzt aussteigt.«

Der Große mischt sich ein: »Jürgen … nun mach mal halblang. Der darf da nicht links abbiegen. Wir wollen doch nur kurz nach Walle. Mann, mach doch nicht schon wieder so einen Ärger.«

»Du häls die Schnauze«, herrscht Jürgen Latrine den Großen an und dann zu mir: »Du weiß wohl nicht, wer ich bin.«

Das war's. Ich stoppe die Uhr, steige aus, gehe nach hinten und öffne Latrine die Tür.

»Aussteigen.«

»Du weißt wohl nicht, wer ich bin.«

»Aussteigen oder du kriegst was auf die Schnauze.«

»Mensch, Jürgen, mach doch keinen Scheiß.«

»Der weiß wohl nicht, wer ich bin.«

»Letzte Chance …«, sage ich und balle meine Faust.

Der Kleine legt sich auf die Rückbank und versucht, mich mit den Füßen abzuwehren. Ich bekomme seinen linken Schuh zu fassen und habe ihn eine Sekunde später in der Hand. Ohne Fuß. Ist wohl 'ne Nummer zu groß.

Ich werfe den Schuh über meine Schulter. Mit einem Poltern landet er auf dem Bürgersteig direkt vor McDonald's.

Der Große ist inzwischen ausgestiegen und steht hilflos daneben.

»Mensch, Jürgen, nun mach doch keinen Scheiß.«

»Der weiß wohl nicht, wer ich bin … der wird gefeuert …« Latrine ist die Angst anzumerken. Ich greife beherzt nach seinen Füßen. Er tritt mich mit dem einzig verbliebenen beschuhten Fuß. Zack … der zweite Schuh poltert auf den Bürgersteig. Ich packe seine feuchten schwarzen Socken und ziehe ihn mit einem mächtigen Ruck aus dem Taxi. Sein Arsch landet mit großem Schwung auf den Gehwegplatten. Eisregen setzt ein.

»Du weißt wohl nicht, wer ich bin!«, brüllt der Kleine und macht nicht die geringsten Anstalten, seinen Allerwertesten aus dem Eisregen zu heben. Er bleibt einfach stur da sitzen.

»Mensch, Jürgen, mach doch keinen Scheiß …«

»Der weiß wohl nicht, wer ich bin! Der wird gefeuert!«

Ich steige ins Taxi und fahre los. Im Rückspiegel sehe ich, wie der Große vergeblich versucht, auf seine Latrine einzuwirken. Aber die bleibt einfach stur sitzen. Im Eisregen. Sieht irgendwie ungemütlich aus.

Eine halbe Stunde später kommt der Funkspruch von Reimund.

»Haftschale … geh mal auf Kanal zwei.«

»Was gibt's denn?«

»Du hattest doch vorhin eine Tour von der Latrine. Hattest du da zufällig den Chef im Auto?«

»Ich hatte einen besoffenen Wicht im Auto, der sagte, er sei eine Latrine.«

»Ja … genau den meine ich. Der war eben hier in der Zentrale. Auf Socken und hat behauptet, du hättest ihm die Schuhe geklaut.«

Ich erkläre Reimund die Geschichte.

»Okay … da isser dann auch selber schuld. Aber kannst du mal eben da vorbeifahren und gucken, ob die Schuhe noch da sind? Die waren wohl teuer.«

Unfassbar, da war der Kleine sich wohl zu fein, die drei Meter zu seinen italienischen Designerschuhen rüberzulaufen, und konnte wohl auch den Großen nicht dazu bewegen, dass er das für ihn macht. Stattdessen ist er sockfuß im Eisregen die 300 Meter zur Zentrale in der Bürgermeister-Smidt-Straße gelaufen. Aber wenn man eine Latrine ist, hat man wohl auch nichts anderes als Scheiße im Kopf.

Ich lenke das Taxi also an die Ecke Philosophenweg/Breitenweg. Die Schuhe liegen nicht mehr da. Hat er eben Pech gehabt.

Auf einem der Gitterroste vorm McDonald's liegt ein Penner. Der Platz ist beliebt, weil von unten warme Abluft durch die Gitter geblasen wird. Er hat es sich dort gemütlich gemacht, mit einer dünnen Matratze und mehreren Decken übereinander. Und ganz oben drauf eine Plastikfolie. Ein Fuß guckt unter dem Deckenberg hervor. Mit einem hochwertigen italienischen Schuh daran. Der Mann hat offenbar Geschmack. Frohe Weihnachten.

44

Eine wuchtige Hand zog mich aus dem Wasser. Jemand fummelte mir die Strumpfmaske vom Kopf. Und dann kam die ungläubige Frage: »Marcus, was machst du denn hier? Was soll denn *der* Quatsch?«

Träne. Das war Träne, kein Zweifel. Er hatte eine Tour ins Stephaniviertel gehabt und dann jemanden in der Weser schwimmen sehen. Und nur Träne war dumm genug, einen Typen mit Strumpfmaske über dem Kopf aus dem Wasser zu ziehen. Was für ein Glück!

»Träne«, sagte ich, ich konnte kaum sprechen, »schnell, bring mich ins Taxi, ich erfriere.«

»Wo soll ich dich denn hinfahren?«

Eine Frage, die so nur von Träne kommen konnte. Also ob es mich interessierte, wo er mich hinfuhr. Ich wollte einfach nur ins Warme.

»Träne ... Taxi. Es ist kalt, ich erfriere.«

Träne zog mich weiter die Böschung hoch und stützte mich auf dem Weg zum Taxi. Ich ließ mich hinten reinfallen und versuchte, mich aus meinen nassen Sachen zu schälen.

»Träne ... Rucksack.«

»Hä? Rucksack?«

Der Typ war so blöd, dass man es hätte läuten hören müssen.

»Rucksack, Träne. Mein Rucksack liegt noch am Ufer.«

Träne verschwand kurz und kam mit meinem Rucksack zurück. Ich schaffte es, mich bis zur Unterhose auszuziehen. Und Träne drehte endlich die Heizung auf volle Pulle.

»So, Marcus. Jetzt erklär mir mal, was das hier für eine seltsame Nummer ist.«

Da kam ich nun nicht mehr drumherum. Träne als Mitwisser. Na, klasse.

Er brachte mich erst mal zu sich nach Hause, kochte einen großen Becher Tee (den besten meines Lebens) und lieh mir ein paar seiner viel zu großen Sachen. Zusätzlich in Decken eingepackt gönnte ich mir ein warmes Fußbad. Mein ganzer Körper zitterte fürchterlich, der Rotz lief mir nur so aus der Nase. Aber ich war am Leben, und ich spürte, wie die Kräfte langsam, aber sicher zurückkehrten.

45

Dass ich den »Fetten« beklaut hatte, fand er nicht im Geringsten verwerflich.

»Hätte ich auch gemacht, wenn ich drauf gekommen wär«, war sein einfältiger Kommentar.

»Reichen 5.000 Mark, damit du die Klappe hältst?«

Träne guckte mich mit großen Augen an. »Jo. Das reicht.«

»Aber eins sag ich dir: kein Sterbenswörtchen. Zu niemandem. Auch nicht zu Chris. Du hängst da jetzt mit drin. Und ›der Fette‹ ist mit Sicherheit in der Lage, gleich zwei von uns ein Ticket über den Jordan zu buchen.«

Irgendetwas in seinem Blick sagte mir, dass er den Ernst der Lage ausnahmsweise Mal begreifen könnte. Aber bei Träne wusste man das nun wirklich nicht. Und dann fuhr er mich nach Hause.

Dass Franceska mich vermissen würde, war eher unwahrscheinlich, ja nahezu ausgeschlossen. Ich hatte also Zeit, die Lage im Keller zu sondieren. Ich hängte
meine nassen Klamotten in die Waschküche. Da konnten
sie nicht weiter auffallen. Schließlich hängten da alle ihre
Wäsche auf. Dann schaffte ich mir Platz auf der Matratze,
noch immer war mir fürchterlich kalt. Träne hatte mich
erst vor drei Stunden aus dem Wasser gezogen, und der
Keller war klamm und kalt, wie Keller eben so sind.

In freudiger Erwartung ließ ich einen dicken Klumpen klatschnassen Papiers auf den Kellerboden plumpsen. Umschlag für Umschlag musste geöffnet, die Scheine
glattgestrichen und auf die Matratze gelegt werden. Das
würde ewig dauern, bis die trocken waren. Es war einfach
eine Riesenmenge an Papier, weil wir Fahrer »dem Fetten« immer die kleinen Scheine in die Abrechnung packten und die großen, wenn es ging, für uns behielten. Eine
Armada von Fünfern, Zehnern, Zwanzigern und Fünfzi-
gern. Aber ich hatte ja Zeit. Wenn der Keller bloß nicht
so kalt und feucht gewesen wäre. Da musste ich durch.
Das war gar nichts im Vergleich zu dem, was ich heute
Nacht geleistet hatte.

Eine diebische Freude stieg in mir auf. Mit jedem Umschlag, den ich öffnete, wurde mir klarer und klarer, dass
mein Plan hundertprozentig aufgegangen war. Mal abgesehen von dem kleinen Umstand, dass mir die Nase lief
und ich jetzt einen Mitwisser hatte. Am Ende waren es
umwerfende 68.730 Mark. Minus 5.000 für Träne. Aber
immer noch genug, um jetzt endlich auf die finale Fahrbahn Richtung Diplom einzulenken. Es war der ersehnte
Befreiungsschlag. Nur durfte Franceska nichts davon mit-

bekommen. Sie musste glauben, dass ich nach wie vor fleißig für unseren Lebensunterhalt arbeitete. Denn wenn sie
gewusst hätte, dass ich auf einmal einen Arsch voll Geld
hatte, dann wären ihre Ansprüche mal eben so mir nichts
dir nichts ins Unendliche gestiegen. Und wenn das Geld
dann erst mal weg war, dann hätte sie die mit Sicherheit
nicht mehr zurückgeschraubt.

Der Keller erinnerte an Dagobert Ducks Geldspeicher.
Überall lagen Scheine rum. Auf jedem freien Flecken
lagen kleine, einzig anerkannte Äquivalente. Am meisten Geld lag auf der Matratze. Das sah aus wie eine Fo-
totapete, wunderbar. Und weil ich langsam, aber sicher
unglaublich müde wurde, hatte ich gar keine Wahl. Ich
musste mich aufs Geld legen. Und so nahm ich das erste
und einzige Geldbad meines Lebens. Ich konnte Dagobert
auf einmal sehr gut verstehen.

Am 2. Januar kaufte ich einen Föhn und bezahlte ihn mit klammen Scheinen. Über Nacht hatte das Geld kaum an Feuchtigkeit verloren. Stattdessen kondensierte jetzt überall Wasser an den glatten, mit Latex gestrichenen Wänden und zog in Schlafsack und Matratze ein. Ich hatte einen ausgewachsenen Schnupfen an der Backe, und der Husten war auch nicht so schön. Da fehlte also Geschwindigkeit in der Sache. Ich musste endlich in die warme Wohnung. Das musste jetzt auch so ungefähr der Zeitpunkt sein, an dem sich Franceska wieder beruhigt haben sollte. Also legte ich immer an die 20 Geldscheine in einen Plastikeimer, in dem sie herumwirbeln konnten, und wenn sie mir trocken genug erschienen, kamen sie in einen meiner Umzugskartons mit Büchern und die Umschläge einfach in den nassen Rucksack.

Ich föhnte munter vor mich hin, als ich den Eindruck hatte, jemand habe die Klinke der Kellertür gedrückt. Das war jetzt nicht das Riesenproblem. Ich hatte von innen abgeschlossen. Aber wer in aller Welt drückte auf die Klinke? Hatte wirklich jemand auf die Klinke gedrückt, oder bildete ich mir das nur ein? So ein Föhn war ja laut. Da hört man so leise Geräusche wie das Drücken von Klinken doch gar nicht. Ich schloss die Tür also auf und lugte vorsichtig in den Gang. Da war kein Mensch. Alles Einbildung.

Am Abend des 2. Januar war das Werk vollbracht. Fast 70.000 Mark, minus die 5.000 für Träne, lagen fein säuberlich – wenn auch ein wenig wellig – geschichtet im Umzugskarton und darauf eine Schicht Kafka. Jetzt konnte das neue Leben beginnen.

Die Realität holte mich am 3. Januar wieder ein. Wer an Silvester vom »Fetten« ein Auto haben wollte, musste in den Wochen danach Präsenz zeigen. Deshalb hatte ich bereits zwei Tage später wieder vier Schichten am Stück angemeldet. Schon, um nicht aufzufliegen. »Der Fette« hatte jetzt sicher ein Auge darauf, wer plötzlich deutlich weniger Nächte fuhr. Das musste ich also geschickt machen. Gnädigerweise hatte mir Franceska – lediglich aus Rücksicht auf meinen Gesundheitszustand, wie sie versicherte – gestattet, in der gemeinsamen Wohnung zu schlafen. Auf dem Sofa.

Warum fragte sie eigentlich nie, wo ich nächtigte, wenn ich nicht zu Hause war? Ahnte sie etwas vom Keller? Wusste sie vielleicht sogar vom Keller? Aber selbst wenn … Vom Geld konnte sie nun wirklich nichts ahnen. Und ich war ja nicht erst seit gestern Kellerkind. Reichtum macht nervös.

Gegen Mittag setzte das volle Reflexionsvermögen wieder ein. Die Restrisiken waren nicht zu unterschätzen. Könnte es sein, dass »der Fette« mich erkannt hatte? Oder Harry? Würde Träne wirklich seine Schnauze halten? Eine Rechnung mit drei Unbekannten. Gegen Nachmittag wurde mir klar, dass die Sache alles andere als ausgestanden war. »Der Fette« würde, auch wenn er mich nicht erkannt hatte, bestimmt fuchsteufelswild jeden einzelnen Fahrer einer genauesten Befragung unterziehen. Bestimmt wollte er wissen, was man denn am 1. Januar zwischen zehn und elf Uhr morgens gemacht habe. Harry würde die verrückte Geschichte in *Zürich* rumposaunen, und es würde wilde Spekulationen geben, wer dieses Husarenstück fertiggebracht haben könnte. Alle würden alle beäugen. Und würde Träne es sich verkneifen können, kleine Andeutungen zu machen? Also, nur so klitzekleine, die bei seiner Einfältigkeit gleich verraten würden, dass er mehr wusste, als er zugeben wollte?

Meine Lust, nach *Zürich* zu fahren, sank beträchtlich. Könnte ich nicht einfach in der Zentrale anrufen und mich krank melden? Ich hatte mir ja wirklich eine ziemlich schlimme Erkältung eingefangen. Aber würde mich das nicht gleich zum Topverdächtigen machen? Und wie war das eigentlich, wenn ich gar nicht verdächtig, sondern bereits überführt war? Weil ich erkannt wurde, weil Träne bereits alles ausposaunt hatte? Ich wusste es nicht. Und fragen ging hier ganz und gar nicht.

Ich kam zu dem Schluss, dass mein Todesurteil sowieso schon gesprochen war, wenn »der Fette« bereits alles herausgefunden hatte. Da kam es auf ein bis zwei Tage nicht mehr an. Da konnte ich auch gleich nach *Zürich* fahren. Wenn ich unerkannt war, musste ich sogar da hin. Da war es wieder, das Herzklopfen. Ja, hörte das denn nie auf?

Ich verabschiedete mich von Franceska, als ob ich sie tatsächlich das letzte Mal sehen würde. So mit romantischer Umarmung, und ich versuchte sogar, sie zu küssen.

»Was ist denn los, Herr Meyer? Sie tun ja so, als ob wir uns nie wiedersehen.«

Ja, scheiße. Wenn ausgerechnet die schon merkte, dass mit mir was nicht in Ordnung war ...

»Äh, nö. Mir war einfach mal danach. Schließlich haben wir uns ja noch nicht mal richtig ein frohes neues Jahr gewünscht. Ist alles in Ordnung. Hab nur ein bisschen Schnupfen und bin deshalb wohl ein kleines bisschen anlehnungsbedürftig. Und ich habe mir sagen lassen, dass auch andere Verlobte sich manchmal herzlich von ihrer Liebsten ...«

Sie hörte schon gar nicht mehr zu, sondern hatte sich wieder ihrer verzogenen Töle zugewandt. Ich war und blieb bedeutungslos für sie. Damit konnte ich mich aber nicht aufhalten. Es ging auf sechs Uhr zu. Und ich musste jetzt verdammt noch mal die Höhle des Löwen betreten.

49

Ich hatte den »Fetten« unterschätzt. Der Typ war deutlich raffinierter, als ich gedacht hatte. Er saß einfach in seinem Büro und verzog keine Miene. Stattdessen saß Harry im Abrechnungsraum. Er saß dort verdächtig lange rum und machte gar keine Anstalten, seinen Autoschlüssel zu holen. Unglaublich. Harry hatte sich vom »Fetten« kaufen lassen. Er sollte herausfinden, ob sich irgendein Fahrer seltsam benahm, ob er sich ihm gegenüber seltsam benahm. Ich brauchte eine Weile, um die Logik dahinter zu durchschauen. Natürlich konnte »der Fette« nicht vor versammelter Mannschaft bekannt geben, dass er um die gesamten Silvestereinnahmen beschissen worden war. Wie hätte das denn ausgesehen? Was hätte das für einen Autoritätsverlust bedeutet? Und wenn er die Geschichte öffentlich gemacht hätte, dann hätten alle Fahrer sofort gedacht, dass sie, obwohl sie es ja gar nicht waren, unter Beobachtung stünden. Und Fahrer, die vom »Fetten« beobachtet wurden – und das wussten –, benahmen sich per se ungewöhnlich.

Ich mied also den Blickkontakt mit Harry und versuchte, möglichst cool im Büro aufzuschlagen.

»Die 97?«, fragte ich, als ob nichts wäre.

»Wieso?«, polterte »der Fette« zurück. »Willste heute einen anderen Wagen fahren?«

»Nö, passt schon. Man gewöhnt sich ja mit der Zeit an so ein Auto.«

Ich lächelte ihn breit an. Lächeln, das erschien mir cool. Oder war das jetzt ein Grinsen? Machte mich das verdächtig?

Die Schweinsaugen des »Fetten« verengten sich zu noch dünneren Schlitzen: »Willste hier jetzt festwachsen, oder was?«

»Nee, ich wollte mal 'n bisschen Taxi fahren, wenn's recht ist.«

»Raus!«

Länger bleiben wollte ich sowieso nicht. Ich nahm meinen Schlüssel vom Haken und fuhr meine Schicht. Alles war wie immer. Mit einer kleinen Ausnahme: Ich traf mich nachts mit Träne. Bei ihm zu Hause. Und er wirkte noch viel nervöser als ich.

»Mensch, Marcus ...«, begrüßte er mich. »Was hast du da bloß für einen Scheiß gebaut? Ich mach mir hier echt in die Hose. ›Der Fette‹ hat nicht ein Wort gesagt. Der weiß doch irgendwas ...«

Ich versuchte ihn zu beruhigen.

»Wenn der was wüsste, hätte er mich längst durch die Mangel gedreht. Die Sache ist glatt gelaufen. Und *dich* hat er bestimmt nicht im Verdacht. Die Nummer ist einfach nicht deine Krangenweite. Ich war vorhin in *Zürich*, hab mir mein Auto genommen, genau wie immer. Und genau das wirst du auch machen. Und du fährst jetzt auf keinen Fall mit deinen 5.000 ganz überraschend in den Urlaub. Nur dass das jetzt mal klar ist. Das kannst du frühestens in einem halben Jahr machen. Besser noch später. Hast du das verstanden?«

»Ja, hab ich verstanden. Aber wenn das rauskommt ...«

»Träne, das kann gar nicht rauskommen, wenn wir beide schön die Klappe halten.«

»Ich sag echt nix. Ehrlich, Marcus. Ich hab viel zu viel Angst. Mann, auf was hab ich mich da bloß eingelassen?«

»Du hast dich auf gar nichts eingelassen. Die Sache ist offiziell doch gar nicht passiert. ›Der Fette‹ kann nicht mal zur Polizei gehen, weil sonst rauskäme, dass er an Silvester illegal Taxen laufen lässt. Die Bullen müssten doch bestimmt alle Fahrer, die in Frage kommen, vernehmen. Das kann der gar nicht riskieren. Der wartet nur drauf, dass der Schuldige jetzt einen Fehler macht. Und der einzige Fehler, den wir machen könnten, ist, dass wir jetzt mit vollen Händen Kohle rausschmeißen oder irgendwem irgendwas davon erzählen. Wenn wir uns an diese beiden kleinen Regeln halten, dann ist die Sache einfach erledigt.«

Träne guckte ungläubig. Aber in seinen Augen konnte ich ablesen, dass er so unglaublich viel Schiss in der Hose hatte, dass er definitiv kein Sterbenswörtchen sagen würde. Und ob man's glaubt oder nicht. Er hielt sich dran.

50

Die Situation normalisierte sich. Ich fuhr ganz normal weiter Taxi und ließ das Geld unangetastet. Bei meiner momentanen Schichtfrequenz konnte ich unser Leben aus den laufenden Einnahmen bestreiten. Die Sache verlief einfach so im Sande. Ich vermutete zwar, dass »der Fette« und wahrscheinlich auch Harry wie Luchse aufpassten und versuchten, jede Unregelmäßigkeit, jede Verhaltensauffälligkeit zu entdecken. Aber sie entdeckten da eben nichts. Ende Januar war ich mir sicher, dass »der Fette« nie dahinterkommen würde. Und das kam er auch nicht.

Dafür kam was anderes. Franceskas Prüfungsergebnisse. Sie hatte ihre Diplomarbeit bestanden. Glatt Eins. Kein Wunder. Das Ding war ja auch von einem Ausgenutzten orthografisch und grammatisch aufgepimpt worden. Sie ließ sich sogar zu einem »Dankeschön, Herr Meyer« herab. Jedenfalls, nachdem ich sie zur Feier des Tages zum Essen eingeladen hatte.

Zwei bis drei Monate Sicherheitsabstand wollte ich mir noch geben. Das Leben war bereits angenehmer, weil ich wenigstens die Korrekturen für Franceska nicht mehr machen musste. Zwei bis drei Monate, in denen ich drei Schichten die Woche fuhr. Und dann maximal noch ein bis zwei. Denn schließlich konnte auch ich jetzt mit Fug und Recht behaupten, dass ich meine Diplomarbeit schreiben müsse. Mir fehlten nur noch drei Leistungsscheine zur Zulassung. Das alles war also ein ganz normaler Vorgang.

Upperclass-Schlampe

Besoffene Männer im Taxi sind unangenehm. Sie furzen, sie lallen, sie stinken, und sie nerven. Und da Alkohol nicht nur im »Brasil« schlau macht, wissen die natürlich auch alles. Vor allem alles besser.

Mein Kollege Abbi hatte mal das Vergnügen, dass ihm in einer Nacht drei verschiedene Männer in den Wagen gekotzt, geschissen und gepisst hatten. Damit war er absoluter Rekordhalter.

Besoffene Frauen hingegen sind einfach nur gewöhnlich. Die werden nicht schlau, die werden sentimental. Die übergeben sich auch gerne mal. Aber irgendwie schaffen es Frauen, kurz vorher Bescheid zu sagen, und man kann anhalten, damit sie ihren Kopf aus der Tür raushängen können. Doch vor allem werden besoffene Frauen auf eine schwer erträgliche Art und Weise weinerlich.

Einen solchen Fall muss ich aus dem »Saitensprung« in Schwachhausen abholen. Saitensprung. Mit »ai«. Sehr originell. Was für ein gelungener Wortwitz, kann mit 'ner Geige passieren, kann auch im Bett passieren. Und dieser Witz prangt da schon seit mehr als zehn Jahren über der Tür. Voll komisch! Der »Saitensprung« ist eine sehr elegante Kellerkneipe. Der Besitzer würde wohl eher Bistro sagen. Und die besoffene Frau, die da meinem Taxi entgegentaumelt, hat offensichtlich Geld. Sie trägt ein teures gelbes Designerkleid, gelbe Pumps, jede Menge Schmuck und auf dem Kopf einen blonden Helm von Dauerwelle. Die 60 hat sie bestimmt schon überschritten. Aber das kann sie nicht akzeptieren. Deshalb versucht sie, das mit allerlei Kosmetik zu überspielen. Es fällt natürlich trotzdem auf.

Beim Einsteigen braucht sie Hilfe. Da sind Frauen nicht besser als Männer. Und sobald sie drinsitzt, fängt sie auch schon an zu heulen. Wie gemein doch die ganze Welt sei, dass ihr Mann sie wegen einer Jüngeren verlassen habe, dass sie doch noch ganz passabel aussehe, ja dass sie eigentlich viel besser aussehe als die Neue …

Und dann greift sie nach meiner Hand.

»Hier. Fass mal an.« Sie führt meine Hand zu ihrer brettharten Dauerwelle. »Fass doch mal an. Das sind doch schöne Haare. Ich hab doch so schöne dicke Haare. Die sind alle echt, das ist keine Perücke.«

Ja, was soll man da jetzt zu sagen?

»Nee, da haben Sie schon Recht. Das sind wirklich ganz tolle Haare, da wusste Ihr Mann wirklich nicht, was er hatte.«

»Nicht wahr? Der weiß gar nichts. Der weiß gar nichts, dieses miese Schwein. Hier, meine Brüste. Da. Alles echt.«

Na, klasse, jetzt muss ich auch noch ihre Titten anfassen. Sie grabscht nach meiner Hand und drückt sie auf ihre Doppel-D-Körbchen.

»Alles echt. Da hängt gar nichts. Alles echt.«

»Wirklich ganz tolle Brüste, meine Liebe. Ganz toll. Wo soll's denn hingehen?«

»Und meine Beine. Da könnten sich andere Frauen was von abschneiden … Alles fest. Da ist nichts gemacht.«

Also muss ich auch noch die Beine anfassen. Sie will dann zu einer Tanzbar, dem »Rendezvous«, in der Innenstadt. Auf dem Weg heult sie mir weiter die Ohren voll. Und als wir ankommen noch mal das körperliche Komplettprogramm. Haare, Brüste, Beine. Alles wirklich ganz toll, versichere ich ihr. Da fasst man gerne an. Am Ende der Tour gibt es 20 Euro Trinkgeld. Ob es das wert ist?

51

Es war die Nacht vom 2. auf den 3. Februar 2001. Ich weiß das deshalb noch so genau, weil ich es später in einem Gedicht verarbeitet habe. Dem zweiten und letzten, das ich in meinem Leben formulierte. Im Taxi war es ganz hervorragend gelaufen. Ich hatte über 400 Mark verdient und guckte noch mal eben auf ein Bier im »Brasil« vorbei. Es gelang mir sogar, mit nur drei Bier auszukommen. Schließlich wollte ich Franceska nicht mit einer Riesenfahne begrüßen. Ich hatte wirklich gute Laune. Die Angst, dass »der Fette« mich doch noch enttarnen könnte, war verschwunden. Ich fühlte mich körperlich und geistig fit und hatte das Gefühl, dass jetzt alles in den richtigen Bahnen war. Jetzt nach Hause, schlafen. Und morgen würde ich mit Franceska dann mal richtig lecker essen gehen. Und mit ihr endlich über einen geeigneten Hochzeitstermin reden. Vorausgesetzt, die Nachbarin nahm den Hund.

Der Hund ... Was war mit dem Hund? Als ich den Schlüssel in die Wohnungstür steckte, kläffte da kein Hund. Die Aussicht, dass Isolde das Zeitliche gesegnet hätte, erschien mir einen kurzen Moment lang als eine schöne. Obwohl das sicherlich einen Schatten auf den geplanten gemeinsamen Abend geworfen hätte. Wahrscheinlich sogar auf die nächsten Wochen. Aber unterm Strich hätte das Ableben Isoldes ein deutliches Mehr an Lebensqualität bedeutet.

Ich schloss also die Tür auf und griff nach dem Lichtschalter. Kein Licht. Hä? Falsche Wohnung? Nee, das war eindeutig unsere Wohnung. Wenn es doch bloß nicht so dunkel gewesen wäre. Wieso funktionierte denn das verdammte Licht nicht? Ich überquerte tastend den Flur und knipste das Licht im Bad an. Das Bad war leer. Also jetzt nicht so, dass da keiner drin war. Da war gar nichts drin. Keine Waschmaschine, kein Duschvorhang, kein Regal mit Handtüchern, keine Schminktigelchen, nichts. Lediglich mein kleiner Kulturbeutel hing an dem Haken, wo er immer hing. Ich fummelte mein Feuerzeug aus der Hose, um wenigstens ein bisschen Licht in den Rest der Wohnung zu bringen. Auch in den anderen Zimmern war nichts mehr da. Lediglich ein paar Bücher standen aufgestapelt im Wohnzimmer herum. Meine Bücher. Meine Fachliteratur.

In mir stieg Panik auf. Hatte diese Schlampe mich jetzt einfach so verlassen? Diplom geschafft, ich hatte meine Schuldigkeit getan? War sie einfach in einer Nacht- und Nebelaktion ausgezogen?

Und dann kam mir ein noch schlimmerer Verdacht. Meine Kohle. Sie hatte doch Sachen im Keller stehen. Sie war bestimmt auch im Scheiß-Keller gewesen. Ich rannte die Treppen hinunter, nahm immer vier Stufen auf einmal, kam ins Stolpern, donnerte gegen die Haustür, rappelte mich wieder auf und stürmte zur Kellertür. Sie stand sperrangelweit offen. Ich drückte auf den Lichtschalter. Und schon in der ersten Sekunde war klar: Die Kohle war ebenfalls weg. Mein Umzugskarton war geöffnet, der Kafka lag daneben, und mein Geldspeicher war leer.

Ich rannte zum Karton, obwohl schon alles klar war. Ich stieß ihn um, wühlte in den Büchern. Nichts. Nicht ein Schein. Ich guckte in den Karton darunter. Völlig idiotisch. Sie hatte das Geld geklaut. Wieso sollte sie das Geld in einen Karton darunter packen? Ich riss ihn trotzdem auf. Und da waren nicht meine Bücher. Da waren ihre Bücher drin. Ich erkannte nicht sofort, was mir da in die Hände gefallen war. Ich war viel zu wütend, ich war viel zu verbittert, zu enttäuscht von dieser Welt. Was war das doch für eine Scheißwelt.

Der nächste Weg führte mich direkt ins »Bistro Brasil«. Dort ließ ich mich volllaufen und formulierte das Gedicht:

Gebenedeit, oh Datum drei zwei eins,
in Bremen kurz vor neun.
Wie Dich gab's für mich vorher keins,
ich bin mich grad am bläun.

Und ob ich mich an diesem dritten Februar 2001 bläute. Ich schoss mir für die kompletten 400 Mark den Kopf weg. Und dann kroch ich zurück in meinen Keller. Oben war ja kein Bett mehr.

52

Als ich am nächsten Abend aus dem Koma erwachte, kontrollierte ich noch einmal die Kartons. Da war kein Geld, nichts, sie hatte mir nichts gelassen. Sie hatte mir nicht nur über mehrere Jahre die Würde genommen, sondern mich auch noch nach allen Regeln der Kunst beklaut und abgeschossen. Das Einzige, was sie in ihrer Eile vergessen hatte, war der Karton mit ihren Scheißbüchern. In Spanisch. Es dauerte eine halbe Ewigkeit, bis ich erkannte, was sie wirklich vergessen hatte. Der Karton mit ihren Büchern, das war nicht einfach ein Karton mit ihren Büchern. Ganz obenauf lag ein Fotoalbum. Und das war nicht irgendein Fotoalbum. Es war ihr Kindheitsfotoalbum aus Chile. Ein unersetzliches Dokument ihrer persönlichen Geschichte. Ich blätterte darin herum. Tatsächlich, das war sie. Mit ungefähr sechs Jahren. Und wer hatte sie da auf dem Arm? Das war doch tatsächlich Salvador Allende. Der chilenische Staatspräsident, der von Pinochet gestürzt worden war. Ihr Vater könnte tatsächlich ein wichtiger Mann gewesen sein. Und diese Fotos, die waren bestimmt wichtig für sie.

Ich griff mir meinen Rucksack. Darin waren unzählige Abrechnungszettel und Fahrberichte. Die hatten die Fahrer mit in die Umschläge gepackt, und ich hatte es bisher aus Nachlässigkeit versäumt, diese sicher zu entsorgen. Aber das könnte ich ja jetzt machen. Warum nicht einfach gleich jetzt? Und so stiefelte ich den Sielwall hoch zum Osterdeich und setzte mich einfach im Dunkeln ans Weserufer. Das Papier war schnell entfacht. Die Zettel brannten trotz einer gewissen Restfeuchte gut. Die Fahrberichte auch. Und dann nahm ich ganz langsam ein Foto nach dem anderen aus dem Album und fütterte das Feuer damit. Es war ein Bild für die Götter, wie die Flammen nach ihren Haaren griffen, wie ihre Großeltern in Rauch und Asche aufgingen, wie Allendes Schäferhunde – der hatte Schäferhunde, wie interessant – in der Hitze verglühten. Dazu das leise Zischen der Negative. Großartig. Nero konnte sich beim Brand von Rom unmöglich mehr amüsiert haben …

ENDE

Inhalt

Ebenfalls im KellnerVerlag erschienen:

Yves Bertho

Ich war Pierre, Peter, Pjotr

Yves Bertho (1922–2013) war ab 1943 Zwangsarbeiter in Bremen und verarbeitete seine Erlebnisse in einem 1976 erschienenen Roman, der in Frankreich Aufsehen erregte und mit zwei bedeutenden Literaturpreisen ausgezeichnet wurde. Er spiegelt exemplarisch das großstädtische Leben während der Luftangriffe im Zweiten Weltkrieg und beschreibt literarisch-eindringlich viele Facetten des Alltags im Bombenhagel, die mit Fakten und Zahlen allein nicht nachzuempfinden wären.
Mit zwei ausführlichen Nachworten.
Historischer Roman. 520 Seiten. 14 x 21,5 cm,
ISBN 978-3-95651-079-3 **€ 18,90**

Heinz Ortmann

Erlebnisse eines Bremer Gästeführers

Bremen aus einer neuen Perspektive: Der bekannte Stadtführer Heinz Ortmann erzählt aus seinem reichhaltigen Repertoire zahlreiche Anekdoten & Fakten über Bremens Vergangenheit und Gegenwart. Hier mischen sich interessante Begegnungen aller Art mit Hintergrundwissen zur Bremer Historie. Ergänzt mit dem »Bremer Rundgang« und den wichtigsten Stadt-Infos.
112 Seiten, 12 x 20 cm, mit 53 farbigen Abbildungen
ISBN 978-3-95651-028-1 **€ 9,90**

Bernward Schmöcker

Nix dabei, Herr Zollinspektor!
Schmuggeln in Bremer Häfen und andere Erlebnisse

›Nichts dabei!‹ waren die Worte, die der Zollbeamte Bernward Schmöcker nahezu täglich bei Kontrollen hören musste. 40 Jahre lang war er in dem Beruf tätig – und erlebte allerlei amüsante Geschichten. Der Schmuggel gehörte dabei zur Tagesordnung: Immer versuchten Menschen, die Steuern beim Zollamt zu umgehen und ihre Waren ins Land zu bringen. Spannend und voller Humor erzählt er von diesen Erfahrungen und entführt den Leser in die ganz eigene Welt aus Gesetzesschranken und Kriminalität.
104 Seiten, ISBN 978-3-95651-074-8, **€ 9,90**
Auch als E-Book: ISBN 978-3-95651-068-7

**Sämtliche
Titel auch
als E-Books
erhältlich:
7,50 €**

Hans-Peter Mester

Die Franziska-Reihe

Der Autor, ehemaliger Leiter des Ortsamtes
West, kennt sich wie kein Zweiter mit menschlichen
Eigenheiten und dem Leben »auf Parzelle« aus. Das merkt man
auch seiner spannenden Krimi-Reihe an, die sich rund um Roman-
Heldin Franziska Morgenstern – von Hauptberuf Stadtplanerin und
aktive Kleingärtnerin – dreht. In diesem Milieu erlebt sie zahlreiche
Krimi-Abenteuer: Mit viel Witz und einzigartigem Charme!
Bisher 6 Bände, je **9,90 €**

Falk Guder

Mordfälle im
historischen Bremen

Im Bremen um 1900 gilt es für Kommisär
Otto von Weyhe spannende Fälle vor
historsicher Kulisse zu lösen: Ein von einer
afrikanischen Lanze erstochener Bauer
führt zu dunklen Geheimnissen in Deutsch-
Südwest-Afrika. (»Tod im Herrenzimmer«)
Und auch zur Freimarktszeit geht es
auf Verbrecherjagd: Ein dilettantischer
Bankraub führt auf die Spur eines Wander-
zirkusses, in dem sich zusätzliche Überra-
schungen und Morde ereignen. (»Tod in
der fünften Jahreszeit«)
Bisher 2 Bände, je **9,90 €**

Krimis
aus und in
Bremen

Martha Bull
Die Frau Friese-Reihe

Waltraud Friese, Rentnerin aus dem Bremer
Peterswerder, erlebt mit ihren 74 Jahren
allerlei detektivische Abenteuer: Egal, ob es
beim Klassentreffen zu tödlichen Verwick-
lungen oder Offenbarungen in ihrer Famili-
engeschichte geht – Frau Friese nimmt mit
dem ihr eigenen Spürsinn und der ge-
wohnten Rüstigkeit einer in Kriminalfällen
erfahrenen Seniorin jede Herausforderung
an und beweist, dass sie auf keinen Fall zum
»Alten Eisen« zählt.
Bisher 2 Bände bei Kellner, je **9,90 €**

Bernd Küpperbusch
Tödliche Brieffreundschaft

Nach der Wende beginnt Jürgen mit Nachforschungen
in Norwegen zu seiner Brieffreundin aus den 1960er-
Jahren. Aber die Umstände werden immer mysteriöser:
Niemand kannte sie, sie scheint nicht existiert zu haben.
Kurz vor seinem Eintreffen im hohen Norden geschehen
Morde, die seine Nachforschungen zusätzlich erschwe-
ren. Mithilfe eines charismatischen Kommissars und des
norwegischen Geheimdienstes kommt eine verzwickte
Spionage-Geschichte ans Licht, die bis ins Dritte Reich
zurückreicht und verblüffende technische Innovationen
offenbart.
Politische Geheimnisse, die sechs Dekaden umspannen,
vereint mit großen Gefühlen – Spannung pur.

*Zum aktuellen
Thema: Energie-
Speichermedien*

*Kriminalroman, 264 Seiten, 12,5 x 20 cm,
ISBN 978-3-95651-098-4* **€ 9,90**

Johann-Günther König / Georg Droste

Der Osterdeich

Geschichte und Geschichten

Von der facettenreichen Geschichte vom Mittelalter bis in die Gegenwart, ansässigen Häusern und prominenten ›Osterdeichern‹: Viel Wissenswertes befindet sich in dieser erstmaligen Würdigung des gesamten Osterdeiches. Ein altdeutscher Exkurs ›Achtern Diek‹ aus 1908 von Georg Droste vervollständigt diese umfassende Darstellung. **Alle Häuser werden gezeigt und bilden das farbige Panorama dieses einmaligen Nachschlagewerkes.** Nützlich und interessant, nicht nur für die Anwohner/innen. Was es über den Osterdeich zu wissen gilt, ist in diesem Buch: »**This is Osterdeich!**«

128 Seiten, A5 quer, viele Fotos, € 14,90
ISBN: 978-3-95651-109-7

Rolf Diehl / Frank Obergethmann

Die Bremer Vahr

Geschichte eines modernen Stadtteils

Bei ihrer Entstehung ab Mitte der 1950er-Jahre ist die Neue Vahr Europas größtes Bauvorhaben, notwendig geworden durch die immense Wohnungsnot nach dem Zweiten Weltkrieg. Heute ist die Vahr ein hübsch begrünter Stadtteil Bremens, der zudem bereichert wird von den Menschen aus anderen Kulturen und der generationenübergreifend gemischten Bevölkerung. Das Buch bietet geschichtliche Daten & Fakten, garniert mit vielen Fotos von Rolf Diehl, dem VAHReporter.
Ein nützliches Lese-und Nachschlagewerk.

248 Seiten, 13 x 21 cm, mit vielen Farbfotos, € 9,90
ISBN: 978-3-95651-031-1

Erhältlich im Buchhandel (auf Bestellung)
oder direkt beim:

KellnerVerlag
St.-Pauli-Deich 3, 28199 Bremen
Tel.: 04 21-77 8 66 Fax: 04 21-70 40 58
buchservice@kellnerverlag.de • www.kellnerverlag.de

25